사르비아 총서 · 631

젊은이의 변모

한스 카로사 지음/ 박환덕 옮김

범우사

차 례

■이 책을 읽는 분에게 · 5
입학 · 13
고향 생각 · 23
처벌의 시간 · 32
사감 선생 · 41
교육의 형식 · 55
녹색 책상과 잃어버린 열쇠 · 67
카니발 · 84
비밀 재판 · 98
완쾌 · 115
비밀 준수 · 135
흐르는 대자석 · 154
그릇된 노력 · 184
시와 생활 · 206
탑에 오르다 · 232
□연보 · 245

이 책을 읽는 분에게

한스 카로사는 헤르만 헤세, 토마스 만과 나란히 20세기 독일 문학을 대표하는 작가다. 그는 헤세나 토마스 만처럼 전문적인 직업 작가가 아니라 본업은 개업의였다. 따라서 전문적인 작가에 비하여 창작 활동상 많은 제약을 받았음은 물론이다. 작품이 비교적 적은 것도 그 때문이다. 그러나 그는 이 불리한 조건을 미리 자각하여 그것을 메우고자 비상한 노력을 경주했다. 그래서 참으로 역량 있고 수준 높은 작품만을 저술했던 것이다.

의사인 동시에 시인이며 작가인 예는 아주 많다. 그러나 카로사의 경우처럼 의사로서의 실생활과 문학의 문제가 중요한 관계를 갖는 예는 극히 드물다. 슈니츨러나 벤이나 체호프의 문학을 생각해 볼 때, 의사라는 직업은 그다지 중요한 의미를 갖지 않는다. 그러나 카로사의 문학은 의사라는 직업을 도외시하고는 전혀 생각할 수 없는 성질의 것이다.

한스 카로사는 1878년 8월 12일 남부 독일 오버 바이에른의 요양지 바트 툅츠에서, 북부 이탈리아의 혈통을 이은 개업의인 아버지 카를과 뮌헨 출신의 독실한 카톨릭 신자인 어머니 마리아 사이에 태어나 생애의 대부분을 남부 독일 바이에른 주에서 보냈다.

인간의 성격을 결정짓는 유년기와 청소년기는 쾨니히스도르프와 카딩 그리고 란츠 후트 등의 시골에서 보냈으며, 인격 형성에 있어서 가장 중요한 시기인 대학 생활은 바이에른 주의 뮌헨에서 보냈고, 그 이후의 대부분의 생애는 다뉴브 강가의 파사우와 그 근교에서 보냈다.

따라서 《루마니아 일기》와 《이탈리아 여행》을 제외한 그의 모든 작품이 고향 바이에른을 무대로 하고 있다. 바이에른의 풍토, 특히 다뉴브 강, 이자르 강을 위시한 바이에른의 산수, 동물과 식물, 그리고 그가 생활하던 전원 도시, 믿음이 강한 시골 사람들에 대한 깊은 애정이 그의 모든 작품에 깃들여 있다.

카로사가 처음으로 문학에 관심을 갖게 된 것은 어린 나이에 부모의 곁을 떠나서 란츠후트의 김나지움에서 공부하던 시절이다. 카딩에서의 유복하던 생활에 비하여 너무나도 살벌한 기숙사의 분위기, 흥미를 느낄 수 없었던 수업, 너무나 엄격한 선생님들 ― 이러한 것들에 의해서 자유를 박탈당한 소년 카로사는 한편으로는 맹렬한 향수에 젖게 되며 다른 한편으로는 그런 것들에 대한 반항심에서 여러 가지로 짓궂은 장난을 하게 된다. 이 장난이 지나쳐 어느 날 벌을 받게 되는데, 그 벌받는 시간에 그는 도서관에서 《가정시가집家庭詩歌集》을 빌려 읽는다.

그 안에 들어 있는 클로프슈토크, 괴테, 뫼리케의 시에서 그는 기이하게도 마음의 위안을 받으며, 동시에 이미 잊고 있었던 과거에 대한 그리움과 자유에 대한 동경으로 가슴이 뿌듯해짐을 느끼게 된다.

다른 한편 그가 의학에 관심을 갖게 되는 것은 그보다는 약간 뒤의 일인데, 잠시 동안 휴학을 하고 집에 돌아와 있을 무렵의 일로서, 아버지로부터 의학에 대한 이야기를 듣게 되고 아버지의 의학 논문을 읽음으로써 큰 감동을 받게 된다. 이것이 최초의 동기였다.

이처럼 그는 문학과 의학에 대해 거의 동시에 눈을 뜨게 되는데, 전자는 친우 후고와 함께 독서를 시작하면서, 그리고 후자는 아버지의 감화에 의한 인간적인 성장과 함께 점차 강화된다. 그는 이 무렵의 체험을 《젊은이의 변모》에서 생생하게 서술하고 있다.

1903년 4월 라이프치히 대학에서 의사 면허 시험에 합격한 카로사는, 파사우에서 개업하여 의사로서의 실생활에 들어간다. 고뇌에 휩싸였던 이 무렵을 소재로 하여 처녀작 《뷔르거 박사의 운명》은 일기체로 둘 다 내면의 생각을 토로하는 데 가장 알맞은 형식이고, 내용적으로도 각각 작가 자신의 분신인 주인공을 자살시킴으로써 작가 자신은 위기를 극복한다는 소위 자기 구제의 문학이다.

카로사는 작품의 소재를 언제나 자기 생활 이외에서는 구하지 않았다. 자기의 체험을 작품의 기조로 하는 경향은 괴테 이래의 독일 문학에 있어서 하나의 커다란 특징이기도 하다. 그러나 카로사의 경우처럼 꾸준히 자기 자신을 관찰하면서 70여 년의 생애 전체를 작품화한 예는 드물다.《유년 시절》,《젊은이의 변모》,《아름다운 유혹의 시절》,《젊은 의사의 수기》의 네 작품은 탄생에서 28세 무렵까지의 일관된 자서전적 작품이다.

1933년에서 1945년까지의 나치스 치하의 생활을 그는《이질 세계異質世界》에서 다루었고, 제2차 세계대전의 체험은《루마니아 일기》에서, 이탈리아 체험은《이탈리아 여행》에서 다루었다. 그 이후의 체험은《의사 기온》,《지도와 순종》,《성년의 비밀》 등에서 다루었다.

여기에 소개하는《젊은이의 변모》는 1968년에 출판되었으며,《유년시절》의 속편으로서 씌어진 작품이다. 최근까지 25만부가 팔린 이 작품은 토마스 만의《토니오 크뢰거》(20만부)의 판매 부수를 능가하고 있다.

이 책은, 양친의 슬하를 처음으로 떠나 란츠후트의 김나지움에 입학한 소년이 졸업하기까지의 9년 동안 여러 가지 체험을 통하여 성장해 가는 과정을 묘사하고 있다. 여기에 묘사된 체험이란 결코 극적인 대사건이 아니라 누구에게나 일어날 수 있는 극히 평범하고 일상적인 것에 지나지 않는다. 너무나도 평범한 것이어서 소홀히 다루게 되는 것 속에 그 무엇과도 바꿀 수 없는 진실, 즉 영원의 문제가 숨겨져 있음을 카로사는 우리들에게 제시하고 있다.

누구나 한 번은 여기에 묘사되어 있는 순수하고 천진 난만한 소년 시절을 경험했음에 틀림없다. 그러나 인간이란 성인이 되면 목전의 분망한 생활에 쫓기면서 자신의 참모습을 차차 잃어간다.

그럴수록 천진스럽던 소년 시절의 추억은 더욱 빛나게 된다. 꿈 많던 어린 시절의 추억을 다시 일깨워 줄 이 작품의 일독을 감히 권한다.

옮긴이

젊은이의 변모

입학

란츠후트의 고전주의인문 고등학교(그리스 어와 라틴어 위주의 9년제 중고등학교. 김나지움)의 입학 시험이 끝나자 신입생에게는 다시 한 번 고향에 돌아갈 기회가 주어졌으나, 그것은 겨우 6일간이었으며, 그러고는 본격적인 수업이 시작되었다. 대부분의 학생들은 시내에 친지가 있어 거기서 하숙할 수가 있었다. 그러나 나는 몇몇 학생들과 함께, 이 학교에 딸린 국립 기숙사로 들어가야 했다. 입학 시험 때는 어머니가 따라와 주셨으나, 이번에는 난생 처음으로 혼자서 여행을 해야만 했다. 처음에는 기분좋은 거리를 똑바로 찾을 수 있었으나, 마침내 요도크 광장으로 가는 방향을 알 수 없게 되었다. 그 광장에 있는 카스터니엔과 아카시아 고목 뒤에 교사校舍가 있을 것으로 생각되었다.

나는 여행용 트렁크를 든 채, 햇볕을 받아 빛나고 있는 구름 사이에서 내 쪽으로 모습을 드러내고 있는 거대한 트라우스니츠 성을 한참 쳐다보고 있었다. 그러자 한 부인이 내게 자기는 교장 선생님이 보증한 학생들을 돌봐주는 친절한 아주머니라면서, 만일 하숙집을 찾고 있다면 작은 방을 하나 빌려 주겠다고 말했다. 첫눈에도 그 부인은 이 세상에서 보기 드문 미인으로 생각되었다. 그리고 인간의 운명이란 하늘의 뜻에 따른다는 말을 언젠가 들은 기억이 있는데, 그 말이 정말로 실증된 것으로 생각되어 기뻤다. 그래서 나는 숨김없이 이렇게 말했다. "국립 기숙사에 제 방이 하나 정해져 있는데, 그것은 아무래도 상관없습니다. 저는 아주머니 댁으로 천 번 만 번 기꺼이 따라가겠어요. 그리고 그 사실을 부모님께 곧 편지로 알리겠습니다." 나를 불안하게 만든 것은, 그 근사한 부인이 내 말을 듣고서 몹시 놀란 일이었다. 그리고, "그런 짓을 하면 큰일이 납니다. 섭섭하지만, 곧 양성소 — 기숙사를 부인은 그렇게 불렀다 — 로 가야 해요"라고 말했다. 내가 실망한 것을 눈치채자 부인은 바래다 주겠다고 말하고, 그뿐 아니라 과일 장수 아주머니에게서 빨간 앵두까지 한 봉지 사주었다.

  이윽고 두 사람이, 이제부터 내가 생활하게 될 커다란 회록색 건물 앞에 섰을 때, 부인은 힘있게 생긴 손으로 내 대신 초인종 줄을 잡아당겼다. 그러고는 "잘 있어요"라고 말하면서 내 볼을 가볍게 때렸다. 나는 앞이 잘 보이지 않을 정도로 캄캄한 긴 복도에 곧장 들어섰는데, 그 왼쪽 벽에는 수많은 네모진 창들이 열린 채로 있었고, 반대쪽에는 검은 숫자로 번호를 매긴 연한 다갈색의 학생 전용 벽장이 벽을 따라서 빽빽하게 늘어서 있었다. 왔다갔다하는 소년은 불과 몇 명뿐이었다.

한 소년이 입구 근처에서 마침 자기의 물건을 뒤적거리고 있었으므로 나는 그에게 말을 걸기로 마음 먹었다.

"너, 신입생 벽장이 어느 것인지 알려 줄 수 있겠니?"

그래도 그 소년은 아무 대답 없이 우선 얌전하게 자기 벽장 문을 닫고서 자물쇠를 채웠다. 그러고는 양손을 허리에 댄 채로, 내 앞으로 다가와서 나를 뚫어지게 쳐다보았다.

"실례입니다만 ― 말씀이 무례한 것 같은데, 도대체 우리가 언제부터 친구지간이죠?"

그는 얼굴이 갸름한, 귀엽게 생긴 소년이었다. 숱이 많은 금발에 이상할 정도로 날카로운 눈매를 하고, 청색 수병복水兵服에 매우 세련된 넥타이를 매고 있었다. 나는 우리가 서로 만난 일이 있었는지 기억할 수 없다고 고백하지 않을 수 없었다. 그는 두 손을 마주 잡고 비비면서 더욱 가까이 다가왔다.

"말세로군. 참으로 이건 참을 수가 없는데, 불면 날아갈 것 같은 1학년인 주제에 향수에 젖어 글썽거리는 두 눈을 하고서, 그 따위 시험에 붙었다 해서 버릇없이 2학년생에게 당장 너라고 말을 걸다니…… 알겠나, 그런 짓을 하면 어떤 벌을 받는다는 것을?"

나는 그 소년의 정확하고 세련된 말투에 압도당함과 동시에 호감이 가기도 하여 처음에는 잠자코 있었다. 그러나 향수에 젖어 있다는 어처구니 없는 놀림을 당한 것은 나 역시 참을 수가 없어서, 그런 것은 전혀 느끼고 있지 않다고 자신 있게 말했다. 아니 그뿐만이 아니다. 그래도 상대가 의심을 하고 있기 때문에 나는 그를 밝은 창가로 오도록 해서 눈을 크게 뜨고 그에게 들이대며, 눈물 자국이 전혀 없음을 증명했다. 그러자 그의 노여움은 좀 누그러진 듯했다. 나는 허리를 굽혀 여행용 트렁크를 집어 들고서 계속 걸어가려고 했다. 그러자 그 낯선 부인이 사준 빨간 앵두가 쏟아져 나와 복도 여기 저기에 흩어졌다.

"나는 개인적으로 1학년생에 대하여 특별히 어떤 악의를 품고 있는 건 아니야"하고 푸른 옷을 입은 그 소년이 말을 이었다.

"오히려 그 반대야. 뿐만 아니라, 누군가가 너를 괴롭히면 나에게 도움을 청해도 좋아. 또 숙제를 가지고 내게 물으러 와도 돼. 하지만 빨리 이곳의 환경에 익숙해져야 돼. 자칫하면 나보다도 마음이 좁은 상급생을 만나 혼이 날지도 모르니까 말이야."

소년의 목소리는 부드러워져 있었다. 더군다나 그는 허리를 굽혀 쏟아진 앵두를 주워 모으는 일을 도와주었다. 내가 감사 표시로 머뭇거리면서 앵두를 서너 개 내밀자 그는 거미라도 보는 듯이 기분 나쁜 표정으로 그것을 내려다 보고 있다가 곧 받아서 입으로 가져갔다. 그런데 그때 뜻밖의 일이 생겼다. 녹색 깃과 사슴 뿔 단추가 달린 회색 사냥복을 입은 떡 벌어진 체격의 검은 머리 학생이 우리 쪽으로 뛰어온 것이다.

"계집애 같은 자식, 코흘리개 2학년 따위가 어디서 감히! 내가 아무것도 모르고 있다고 생각하나? 첫날부터 식당에서 남의 빵을 몰래 바꾸다니! 그 벌로 바이에른 고기 만두 세 개를 몰수하겠다. 알고 있겠지?"

금발의 2학년생은 애교 섞인 유창한 말로 교섭을 시작하려고 했다. 그러나 그는 갑자기 획 뒤로 돌려 세워져서는 등 뒤로부터 두 어깨를 꽉 붙잡힌 채, 무릎으로 엉덩이를 세 번 채였다. 그러자 가사 상태에 놓였던 동화 속의 백설 공주처럼 입에서 앵두 조각이 툭 튀어나왔다.

나는 조금 전에 내게 매우 고압적인 태도를 취한 건방진 소년이 그토록 굴욕적인 취급을 당하고 있는 것을 동정심을 품고서 지켜 보고 있었다. 그러고는 다시 급히 여행용 트렁크를 집어 들었다. 그러나 회색 복장의 학생은 처벌을 그 정도로 끝내고 나를 쳐다보더니 이름과 출신지를 물었다. 나는 눈앞에 있는 그를 3학년 이상일 것으로 짐작하고 있었으므로 혼날 각오를 단단히 하고 있었다. 그런데 그는 전혀 두려워할 필요가 없다고 은근한 말로 다짐하고는, 자기는 가이젤헤링 출신의 디켈후버인데 동향인을 만나서 기쁘다, 자기가 이 세상에서 제일 좋은 사람이라는 것은 기숙사 안에서는 누구나 다 알고 있다, 물론, 최근 2학년생 중에는 건방진 놈들이 더러 있어 거기에는 나로서도 화를 내지 않을 수 없다, 그래서 유감스럽게도 방금 혼을 내 준 것이라고 말했다.

그때 나는 이곳에 어떤 규칙 같은 것이 있음을 어렴풋이 느꼈다. 그 규칙에 따라서 학생들은 모두 얼마 전까지 자신이 속해 있었던 저학년 학생들로부터 너무 무례한 대접을 받지 않으려고 신경을 곤두세우고 있었다. 바로 그때 계단쪽에서 젊은 신부神父가 다가오더니 내 이름과 번호를 물었다. 그리고 나를 2층 공부방에 있는 내 사면斜面 책상으로 안내해 주고는, 다시 아래층으로 데리고 내려와 물건들을 넣을 수 있도록 제 15호 벽장으로 안내했다. 이런 일이 거의 끝날 무렵 저녁 식사를 알리는 종이 울렸다.

　나는 식당 쪽으로 몰려가는 인파에 섞였다. 식당인 큰 홀에는 인문 고등학교의 아홉 개 학년을 위한 아홉 개의 긴 식탁이 있었다. 입구에는 아직도 감독을 필요로 하는 신입생의 줄 사이에, 교장 선생님과 두 명의 사감舍監을 위한 작은 식탁이 있었다. 그리고 맞은편 멀리 떨어진 상급생들의 자리 옆에는 무엇인가 본 적 없는 어떤 것이 희미하게 빛나면서 물이 튀기는 소리를 내고 있었다. 그것은 어처구니없이 큰 잔〔盃〕으로, 속에는 꽃이 달린 화축花軸 하나가 현삼玄蔘꽃 정도의 높이로 곧게 서 있었다. 이 화축에서 나와 있는 두 개의 관이 끊임없이 물을 흘려 내보내고 있었다. 이 신기하게 생긴 금속제 물건은 푸른색으로 예쁘게 칠해져 있었으며, 화축에 달린 꽃들까지도 황금 빛으로 약간 채색되어 있었다. 교장 선생님은 대머리였으며, 시력을 거의 상실하고 있어서 이미 퇴직원을 제출하고 있었는데, 자신의 지배권을 영원히 기념하기 위해 지난 휴가 중에 이 분수를 기증했던 것이다. 그러므로 이 분수가 거기에 있는 것은 재학생들에게도 뜻밖의 일이었다. 학생들은 돌로 만든 항아리를 갖고 그대로 물을 뜨러 오는 체했으나, 사실은 그 푸른 원반圓般을 한 바퀴 돌아서 구경하고 가는 것이었다.

　식사가 끝나자, 두 명의 일꾼이 식기류를 미닫이 창구를 통하여 취사장 쪽으로 나른 뒤에 반쯤 열려 있던 문이 완전히 열리면서 묵직하고 나른한 걸음걸이로 한 마리의 베른하르트 종의 개가 들어왔다. 그 개는 꼬리를 흔듦으로써 늙은 주인에게 인사를 하고 사감에게 잠시 애무를 받고 나서는 다시 안으로 들어가 간부들과 푸른 분수 사이에, 머리는 앞다리 위에 올려놓고 얼굴은 주인 쪽으로 돌린 채 드러누웠다. 나중에 나는 이 개의 눈이 짝짝이라는 것을 깨달았다. 한쪽 눈은 작고 갈색으로 꿈꾸는 듯한 음영陰影을 지니고 있었으며 다른 한쪽은 크고 무엇이든지 놓치지 않고 볼 것 같은 맑고 연한 쥐색 눈이었다.

그 동안 우리 신입생들은 거의 입을 다문 채 잠자코 앉아 있었다. 어느 누구도 아직 상대방을 어떻게 생각해야 좋을지 몰랐던 것이다. 나도 처음에는 마음이 통할 것 같은 얼굴을 하나도 찾아내지 못했다. 훨씬 윗자리에 앉아 있던 1학년 유급반 학생들은 우리들의 의기소침해 있는 것을 만족스러운 듯이 바라보고 있었다. 그리고 지난 학년의 형편없는 성적에 대해 부끄러워하기는커녕 후견인인 체하면서 좋지 않은 이야기를 예언하기도 하고, 신입생들로 하여금 마음속으로는 향수에 젖어 괴로워하고 있다고 차례차례 고백하게 했다. 대부분의 신입생은 그 말을 부인하지 않았다. 나는 두 번째로 걸렸는데 단연코 부인하고 그런 트집을 반박했다. 나는 점점 기운이 솟았기 때문이었다. 엄숙하게 울리는 라틴어의 기도는 내게 아직은 수수께끼 같은 문구 투성이었으나, 그것은 모여 있는 사람들의 주위에다 기분 좋은 의무의 원圓을 그려 주었으며, 개 바리 역시 안도감을 느끼게 해주었다. 그의 맑게 갠 한쪽 눈은 잠을 자고 있을 때도 그 누구에게도 좋지 않은 일이 일어나지 않도록 감시하고 있는 것처럼 생각되었다.

자랑스럽게 분리되어 있는 아홉 개의 공화국을 내부로부터 유지해 나가지 않으면 안 되는 이 신기한 군주국을 대충 살펴보기는 매우 어려운 일이었으나 그 전체적인 흐름은 어렴풋이 알 수 있을 것 같았다. 이 식당부터가 얼마나 넓은가! 최하위에 있는 사람과 최상위에 있는 사람이 한 자리에 앉아 있는 것이다. 그러나 항상 하위에 머물러 있어야 된다는 고정적인 하늘의 법칙이 있는 것은 아니었다. 누구나 언젠가는 점차 상급반으로 올라가게 되어, 눈에 보이는 단계 중의 최고 단계에 이를 가능성을 갖고 있었다. 그렇지만 이 최고 단계도, 여간해서 그것으로 끝나는 지경에는 이르지 못하고, 얼마나 먼지는 모르지만, 이해하기 어려운 영적 세계로 이어져 있을 것이다. 따라서 나는 그날 저녁에 나와 가장 가까운 동료들을 제쳐놓고, 푸른 분수 저쪽에서 여유만만하게 이야기를 하기도 하고, 또는 모든 번민을 잊고 책을 읽고 있는 행복한 사람들 쪽을 몇 번이나 바라보았는데, 그것은 다분히 용서받을 수 있는 일이라고 생각한다. 그러나 나는 십중팔구 8년 후에 나를 기다리고 있을 더없는 행복을 미리 맛보고 있는 동안에도 긴 여로의 충실한 동반자들과 아주 가까이 앉아 있었다.

 식당을 나와서 침실로 가기 전에 우리들은 자신의 냅킨을 돌돌 말아서 링에 넣어, 벽에 붙어 있는 선반의 번호가 새겨진 작은 상자 속에다 넣어 두어야 했다. 그곳의 혼란한 분위기 속에서, 내 팔을 잡아당기는 사람이 있었다. 돌아보니 조그마한 키에 가냘픈 목소리를 가진 한 학생이 말을 걸어왔다.

"부탁인데 내 냅킨을 네 번째 상자에다 넣어 주지 않겠어요? 나는 손이 닿지 않아요."

이렇게 말한 것은 정말로 난쟁이처럼 키가 작은 학생이었다. 모두가 왕왕거리면서 떠들고 있는 분위기에서는, 자칫하면 알아들을 수 없을 만큼 조용한 태도였다. 옷차림은 단정했다. 반바지에 새까만 저고리를 입고, 깨끗한 칼라와 갈색 실크 넥타이를 매고, 특별히 눈에 띌 만큼 반짝이는 에나멜 구두를 신고 있었다. 얼굴은 병적이리만큼 창백하고, 짧게 깎은 머리는 엉성하게 서 있었으며, 눈은 온순하고 약간 피로해 보였다.

"내게 그처럼 정중하게 말할 필요는 없어. 나도 갓 입학한 1학년생이니 말이야." 나는 냅킨을 그의 상자 속에다 집어넣으면서 빠른 말씨로 지껄였다. 그런데 그는 자신은 2학년생이라고 말하고서, 가볍게 하품을 하고 자기는 몸이 아파 만 1년을 쉬었으니 사실은 이미 3학년이며, 그래서 상급생이니 뭐니 하는 것을 중요시하지 않는다고 덧붙였다. "그건 그렇고, 내 이름은 후고 모트야. 앞으로 점심때는 언제나 냅킨을 내 접시 옆에 놓아 두지 않겠어? 그리고 저녁에는 그것을 치워 주면 좋겠고. 약간 귀찮을지도 모르지만, 그 대신 내가 지켜 줄게. 힘센 놈이 건드리면 내게 도움을 청하란 말이야. 그럼 잘 자!"

이런 기묘한 제의를 들은 것은 이것으로 벌써 두 번째였다. 그것은 나를 안심시켜 줌과 동시에 불안을 불러일으키는 제의였다. 아니 이번의 경우는 약간 우스꽝스럽게 들리기까지 했다. 그렇지만 자신의 냅킨도 상자에 넣지 못하는 곱사

등이인 주제에 내가 중대한 협박을 당했을 경우 어떤 원조를 해줄 수 있단 말인가? 나는 옷을 벗고 딱딱한 침대 위에 누우면서, 이제부터 나의 일상적인 일이 될, 그야말로 조그마한 봉사가 그래도 내게 있어서 명예로운 일이 될 것이라고 생각했다. 벌써 나는 이 의의 있는 단체 속에서 전혀 무의미한 존재는 아닌 셈이 되어 있었던 것이다. 그래서 이 날의 갖가지 광경이 잠들려고 하는 내 머리 속으로 살짝 스쳐갔을 때, 나를 위해서 힘차게 초인종 줄을 잡아당겨 준, 그 아름답고 낯선 부인에 대해서 감사하는 감정마저 일어났던 것이다.

고향 생각

 하나의 식물을 다른 땅에다 옮겨 심으려는 사람은 일을 조심스럽게 시작하는 법이다. 뿌리 전체에 붙어 있는 흙덩어리를 남김없이 원래의 땅에서 뽑아 올린다. 적당한 장소인지, 흙이 잘 섞여 있는지 세심한 주의를 기울인다. 이와 반대로 젊은이들은 다소나마 기백을 갖고 있는 한, 어디에다 옮겨 심어도 위험하지 않은 것처럼 보인다. 추억과 공상력은 그들이 지참한 영양이 되는 소금이며, 이것이 새로운 뿌리가 돋아날 때까지 그 생명을 지켜 주기 때문이다. 새로운 땅의 성분도 중요하기는 하지만, 생성되는 자연은 수많은 기관을 갖추고 있어서 메마른 땅이나 산성의 땅을 영양이 되는 음식물로 바꿀 수가 있다. 아니, 많은 영혼은 저 사막의 식물과 아주 흡사하다. 사막의 식물들에게는 너무나 비옥한 토지나 풍요한 토지는 합당하지 않고, 도리어 애를 써서 모래와 자갈 속을 헤쳐 갈 수 있는 긴 모근毛根을 뻗쳐 가야 할 경우에 가장 훌륭하게 꽃이 피고 충실한 열매를 맺게 된다.

내게 대해서 말하면, 이식이 잘못된 것은 아니었다. 아니, 처음에는 이식된 다른 사람들에 비하면 힘차게 싹이 틀 것처럼 보였다. 그러나 역시 나중에는 시들기 시작하여 많은 잎과 많은 가지를 떨어뜨리기 시작했을 뿐 아니라, 몇 개의 잎이 되어야 할 것을 가시로 만들어 키우지 않으면 안 되었다. 내부의 세포 조직을 구하기 위해서!

나는 많은 동급생들이 향수병에 사로잡혀 있는 것을 놀라운 눈으로 바라보고 있었다. 그러나 모두가 차차 원기왕성해지고 환경에 익숙해질 무렵, 뜻밖에도 이번에는 내 마음속에서 고향 생각이 고개를 들기 시작했다. 나에게 향수병이 생기게 된 것은, 내가 고향에서 중요하다고 생각하던 것이 이 학교 기숙사에서 보니 전혀 가치가 없을 뿐만 아니라, 입에 담지 않는 편이 나을 정도로 약간 부끄러운 것임을 갑자기 깨달았을 때였다. 다른 아이들이 고향 얘기를 할 때는, 언제나 매우 안정된 생활 형편에 관한 것이라든지, 친척 중의 유명 인사에 관한 이야기나 혼담이 성공했다는 화제뿐으로, 그 밖의 것은 겨우 우표 수집이나 경마 이야기 정도였다. 장래에 어떤 직업을 가질는지 이미 똑똑히 알고 있는 사람도 적지 않았다. 그러나 나는 그제야 겨우 이제까지 얼마나 건성으로 살아왔는지, 애당초 우리들 카딩의 전체 생활이 얼마나 불안정한 것이었는지를 깨달았다. 아버지에 대해서는 그런대로 의사라는 직업에 대한 모든 소박한 감정에서 우러나는, 별로 유쾌하지 못한 경외심이 도움이 되었다. 그런데 어머니로 말할 것 같으면, 이 새로운 환경에서는 벌써 약간 기괴하게 보이기 시작했다.

이를테면 어머니가 멋대로 꽃을 심어 가꾼 정원을 망쳐 버리는 이야기 같은 것은 여기서는 하지 않는 편이 나았을 것이다. 더군다나 초인적인 힘을 가진 그 마술사(게오르크 숙부를 가리킴)는 어떻게 보였을까? 물론 그 마술사가 살아서 식당에 모습을 나타내어 푸른 분수에서 금붕어를 낚아 보이기도 하고 사감 선생님의 검은 사제복에서 중국 종의 카네이션을 끄집어 내보인다면, 그 누구도 마술사에게 손을 들지 않을 수 없을 것이다. 그렇지만 그 마술사에 관해서 그저 이야기만 하는 것으로는 필경 그 가치를 떨어뜨리기 십상이었다. 혹시 그 마술사가 어딘가에 그럴듯한 집이라도 갖고 있었더라면, 경이로써 받아들여졌을지도 모른다. 그런데 그를 떠돌아 다니는 곡예사의 한 패거리로 취급하려고 우기는 학생이 있었다. 그로 인하여 나 자신도 의심쩍은 생각을 품게 되는 듯했다. 그래서 나는 신성한 것을 모독하는 일이 두려워서, 다른 아이들이 가족의 멸망이라든지 장래의 희망에 대해서 이야기를 할 때면, 언제나 거의 입을 다물고 앉아 있을 뿐이었다.

다른 이야기를 해도 좋을 것 같은 상대라곤 후고 모트뿐이었다. 그쪽에서도 자신의 냅킨을 주의깊게 보관해 주는 사람을 나쁘게는 생각하지 않는 것처럼 보였다. 운동장에서 그는 곧잘 내게 다정스럽게 말을 걸고, 내 생일날과 시時를 묻고, 우리가 같은 사수좌 아래서 태어난 것을 기뻐하고, 자신의 일생은 짧지만 즐거운 운명일 것이라고 예언하곤 했다. 그리고 토성이라든지, 다른 사악한 별의 영향을 모면할 수 있는 방법을 남모르게 가르쳐주었다. 특히 기분이 좋을 때는 갑자기 다급한 목소리로 유도 질문을 해 왔는데, 나는 게오르크 숙부로부터 가르침을 받았기 때문에 곧 그것이 복화술이라는 것을 알아챘다. 유감스럽게도 내가 그와 함께 지낼 수 있는 것은 단 몇 분간에 불과했다. 긴 저녁 시간에 그는 싸늘한 눈초리의 2학년생들 무리에 끼어, 접근할 수 없게 앉아 있어야 했기 때문이다. 그래도 내게 허용된 약간의 접촉은, 바로 깨닫지는 못했지만 내게 많은 이익을 가져다 주었다. 왜냐하면 그는 허약했지만 밝은 성격 때문에 일종의 건드릴 수 없는 존재로 보였기 때문이다. 아무리 난폭한 자도 그를 건드릴 생각은 아예 갖지도 않았다. 더군다나 그는 머리가 좋다는 소문이 나돌았기 때문에 상급생이나 하급생 모두가 그와 친구가 되려고 했다. 그리고 모두들 내가 그의 마음에 들었다고 생각했기 때문에 그의 불가침성이 내게도 다소 옮겨져, 나도 지나치게 난폭한 완력 세례를 받는 것은 면할 수 있었다.

  물론 뒤늦게 찾아온 이 향수만은 그 누구도 내게서 내쫓을 수 없었다. 그것이 내 가슴속에서 얼마나 미쳐 날뛰었는가는 곧 여러 가지 육체적 혹은 정신적인 장애, 그 중에서도 일종의 부자연스러운 안면 경련으로 나타났다. 이 경련은 얼마 동안 급우들을 몹시 기쁘게 했으나 어느 날 나는 굳은 결심으로 여기에 저항했다. 처음에는 아무런 효과도 없었으나, 곧 좋은 결과를 가져왔다. 왜냐하면 이 병은 붙잡히게 된 것을 깨닫자 처음에는 유리창 사이에 있는 벌처럼 몹시 날뛰었으나, 갑자기 밖으로 빠져 나갈 구멍을 발견한 것 같은 상태가 되었기 때문이었다.

유감스럽게도 그 대신이라는 듯이, 새로운 재난이 찾아들었다. 다행히 이것은 숨겨 둘 수 있는 성질의 것이었다. 즉 나는 홀로 있게 되면 이제까지 자신에게 정답고 신성하게 여겨지던 모든 것에 대해서, 옛 바이에른의 말에서 이제까지 귀에 익은 모든 것 중에서 골라낸 욕설과 악담을 퍼붓고 싶은 충동이 이따금 엄습했던 것이다. 그러고는 신이나 인간에게 되풀이해서 모든 것을 사죄했지만 실로 면목이 없어서, 이런 것들은 결코 본심에서 말하고 있는 것이 아니라는 맹세조차 할 수 없었다.

학교 성적은 형편없었다. 왜냐하면 나만의 세계를 완전히 상실했을 뿐만 아니라, 아무것도 느낄 수 없고 생각할 수도 없었기 때문에 선생님의 말씀을 전혀 이해하지 못한 채 귓전으로 흘려 보냈기 때문이었다. 그래서 거의 모든 시험을 눈물로 끝냈다. 그렇지만 눈물 같은 것이 여기서 무슨 소용이 있겠는가. 집에서는 우는 것으로 만사가 해결되었다. 거의 언제나 기가 막힌 효과가 나타났던 것이다. 그러나 여기서는 재 속에서 우는 것처럼 모든 눈물이 아무런 효과도 없었다.

조그마한 벽장 위쪽엔 상투 모양의 과자가 아직 남아 있었다. 어머니는 그것을 내 앞에서 구워 주시고, 건포도와 잘게 썬 편도扁桃를 듬뿍 넣어 주셨던 것이다. 입사入舍 이래로 나는 날마다 그것을 먹었다. 처음에는 고맙다는 생각도 없이 그저 허겁지겁 먹었는데, 그 동안에 향수병이 시작되었다. 그때 이 과자는 이미 말라 빠져 있었으나, 비로소 그것이 내게는 성스러운 빵이 되어 날마다 기쁨을 주었다. 어머니가 손수 벽장 속에서 그것을 내게 꺼내 주시는 것처럼 생각되었다. 이것에 비하면 다른 음식은 맛이 없었다. 줄어듦에 따라 더욱 맛이 있는 이 하늘이 준 성찬이 자신의 식욕에 의해서 없어져 버리는 순간이 가까워지는 것을 가슴 조이며 맞이했다. 그러나 소생하는 기적은 일어나지 않았다. 그래서 마침내는 바짝 마른 껍질 조각 한 개만 남았을 뿐이었다. 그것마저 먹고 싶어 견딜 수가 없었으나, 먹을 용기가 나지 않았다. 3,4일 동안 뼈를 깎는 듯한 번민이 계속되었는데, 어느 날 내가 마침 벽장 문을 열고 서 있자 기숙사의 개 바리가 지나갔다. —그때 나는 갑자기 깨달았다. 즉 내가 이 침울한 기숙사의 훌륭한 영총이라고 처음부터 간파하고 있던 이 고상한 개 이외에, 어떤 어렴풋한 느낌으로 나 자신이 아무래도 먹을 수 없는 그 마지막 남은 한 조각을 줄 만한 상대는 없다는 것을. 자칫하면 거절당할지도 모른다는 불안감은 일었다. 그것도 당연한 일이었다. 그러나 나는 현명하게도 개에게 먹이를 주기 위하여 공복의 시간을 골랐다. 과연 먹일 수가 있을는지 고심하여 잠시 주저했지만 열심히 권하자 그 거대한 개는 불쾌한 표정을 지으면서도 딱딱한 선물을 참고 씹기 시작했다.

　어머니가 새옷만 넣어 둔 가방 속에 나는 낡은 저고리 한 벌을 집어넣었었다. 그리고 이 저고리 속에서, 그리스도 탄생의 인형 모형을 넘겨 줄 때 남겨 두었던, 손으로 만든 조그마한 악마 인형을 발견했던 것이다. 그것은 학교 과제에만 전념해야 했던 엄격한 과제물 준비 시간의 일이었다. 그러나 내 흥분이 너무 컸기 때문에 약간 기분이 나빠질 정도였다. 나는 일부러 잉크로 손가락을 더럽히고 손을 씻으러 가게 해

달라고 간청했다. 세면대에는 소위 백열맨틀이 붙은 개량형 가스등이 밝게 켜져 있었다. 거기서 이 의외의 발견물을 찬찬히 살펴보기도 하고 슬퍼하기도 하고 애무할 수도 있었다. 왜냐하면 이것은 호주머니 속에 있는 동안에 크게 상처가 나 있었기 때문이었다. 혀는 이미 빨간 아름다운 빛을 잃고 병자처럼 회색 혓바늘이 돋아 있었으며 게다가 입에서 금방이라도 빠져 나올 것 같았다. 박쥐 모양으로 생긴 날개 하나는 호주머니 속에 남아 있었다. 마술의 망토도 엉망이었다. 얼굴 살갗은 약간 벗겨져 있었지만 표정은 여전히 풍부했다. 위협이나 조소의 빛은 찾아볼 수 없었다. 오직 다음과 같이 묻고 있는 것처럼 보였다. "나를 알겠나? 내가 옆에 있는 것이 기쁜가? 자네가 나를 그리스도 탄생의 인형 속에서 거칠게 움켜 쥐어 은빛으로 반짝거리는 훌륭한 암산岩山으로부터 끌어내렸을 때는, 나는 벌써 놀랐다고! 그렇지만 나는 그 암산에서 무슨 나쁜 짓을 하진 않았다구. 자네의 산양이나 돼지들은 내 주위에서 태연하게 풀을 먹고 있었고, 어진 세 임금의 별까지도 움직이지 않는 기다란 빛으로 나를 부드럽게 비쳐 주고 있었지. 그런데 자네도 나와 똑같이 좋은 꼴을 당하지는 못한 것 같군그래. 그런 아름다운 것을 만들던 방에서 끌어내어져서는 이렇게 알지도 못하는 무리 속에 내팽겨쳐져 있으니 말이야. 자네는 그 무리들에게 나를 보일 수도 없겠지. 아버지나 어머니도, 게다가 자네가 나를 만들었을 때 자랑스럽게 보여주었던 그 건방진 계집애도 그곳에 남아 있어. 그들은 자네가 없이도 생활을 계속할 수 있다는 것인데, 그들은 꽉 막힌 사람들이야. 그렇지만 나는 자네와 동행이 되어 카딩에서 란츠후트까지 답답한 트렁크 속에 들어앉아 불평도 하지 않고 따라왔지. 비록 몹시 흔들리는 여행은 견딜 수 없을 정도였지만 말이야. 그런데 보게나, 혀는 형편없이 흔들거리고, 의상도 이제는 훌륭하지 못해. 게다가 날개도 한 장 떨어져 버렸고 말이야. 하지만 나를 만든 것은 자네가 아닌가. 자네는 나의 옛날의 아름다움을 알고 있고, 본의 아니게 불구가 되었다고 해서 그것을 조소하지는 않을 테니 말이야……."

　당번 중인 사감 선생은 내가 오랫동안 돌아오지 않은 데 적잖이 화를 내고 있었다. 그리고 앞으로는 엄격하게 감독하겠다고 꾸짖었다. 그렇지만 그것이 무슨 상관인가? 나는 행복감에 사로잡혀 30분간의 쉬는 시간을 고대했고, 그 시간에 나의 친애하는 손님을 서랍 속에 넣은 채 거의 옛날의 제 모습으로 만들 수가 있었다. 그 후 며칠 동안 악마는 여러 차례 우는 소리를 했다. 그러는 사이에 동경심은 희미해졌다. 아마도 영혼은, 이미 스스로 버리지 않는 것은 무엇 하나도 자신에게서 떠나갈 수 없다는 예감을 하고 있었던가 보다. 그러나 마침내 본래의 성질이 심히 흔들리는 시기가 찾아왔다. 졸린 듯이 구름에 싸여서 시간 속을 낙하하여, 집단 생활이 가져다 주는 기쁨이나 은혜에도 무감각하게 되었다. 그런 것들은 이미 입사 첫날 듬뿍 맛보았지만 셔츠나 양말을 갈아 신는 일도 좀처럼 하기 싫었고, 나중에는 얼굴을 씻는 일조차 될 수 있는 대로 피하려고 했다. 수업 중에 주의를 기울이는 일도 여전히 잘되지 않았다. 형편없는 성적 때문에 설교를 듣고, 아버지에게 알리겠다는 위협도 받았다. 그러나 그것도 안 되어 통고通告가 발송되었다. 나보다 성적이 좋은 친구는 이따금 내게, 다른 아이들에 비해 머리가 나쁜 것은 아니니 조금만 공부하면 곧 만회할 수 있다는 친절한 조언도 해주었다. 반신불수인 사람에게 어디에도 이상은 없다고 증명해 보인들 무슨 소용이 있겠는가! 나의 마음은 미신 같은 정신 박약증에 완전히 사로잡혀, 선생들의 생명을 빼앗아가는 전염병이나 온 세계를 뒤집어 버릴 것 같은 대사건이라도 일어나기를 원하면서도 자신은 아무 일도 하지 않고 있었다. 곤색 바탕에 물방울 무늬가 있는 넥타이를 매는 날이면 꼭 라틴어나 수학 실력이 좋지 못하다는 확신에 점점 사로잡히게 되었다. 그래서 더욱 열심히 공부해야겠다는 결심은 조금도 하지 않고 다른 넥타이를 매보기도 하고, 중요한 시험이 있는 날은 침대에서 왼발로 내려오는 일이 없도록 아주 조심하곤 했다. 이런 짓을 해도 전혀 소용이 없었으나 여전히 노력할 마음이 내키지 않고 그릇된 신앙심 속에 갇혀, 어떻게 해서라도 급우들과 같은 점수를 딸 수 있도록 여러 성자에게 빌었다. 그런데 마침내 어느 날, 인자한 담임 선생님도 도저히 참지 못하고 내게 벌을 내렸다. 나는, 마침 비어 있던 김나지움의 방에 한 시간쯤 갇혀, 적절한 격언을 여러 차례 정서해야만 했다. 그러나 이 짧은 독방 감금은 치유의 계기를 만드는 데 충분했다. 몇 년 후에는 이 벌받은 한 시간이 하늘의 목소리와 만난 때처럼 생각되었다. 이 순간 처음으로 나 자신을 자유롭고 무한한 가능성을 지닌 존재라고 느꼈던 것이다.

처벌의 시간

 소년은 벌을 받기 전에 자기 몫의 간식 빵을 가지러 식당으로 가서는 후회하기 시작한다. 그곳 테이블 위에 오래 전부터 걱정하고 있던 편지가 놓여 있기 때문이다. 겉봉만 보아도 불길한 것임을 알 수 있다. 아아, 겉봉은 처음으로 어머니가 아닌 아버지 손으로 씌어져 있음을 나타내 주고 있다. 무슨 말을 할 것인지를 정확히 알고 있는, 그리고 전에 한 말을 결코 철회하지 않는 정확하고 확실한 필적이다. 마침내 소년은 꾸지람과 비난을 듣지 않으면 안 된다. 그래서 손가락이 봉투에 닿을 때부터 풀이 죽어 있다. 소년은 봉투를 뜯지 않고 호주머니 속에다 집어넣어 벌을 받은 후에 읽으려고 한다. '이 시간만 끝내면 죄가 전부 씻기게 되는 것이다. 이 편지의 내용은 모두 사실이 아니게 된다.' 그리고 다소 기운을 차리고 재빨리 그 자리를 떠난다.
 정각 네 시, 소년은 노트와 펜을 들고 수위 할아버지 앞에 선다. 노인은 즉시 계단과 복도를 지나 위층으로 데려다 준다. 이따금 수위는 교실 문앞에 서서 곱슬곱슬한 하얀 털이 있는 쭈그러진 손을 귀에다 대고 살피듯이, "여기는 아직도 수업 중이로군" 하고 중얼거리면서 다시 앞으로 걸어간다. 그리고 간신히 빈 교실로 들어서게 된다.

"상금생의 방이야" 하고 노인은 미소를 짓는다. "보다시피 작은 방이지. 이런 상급반까지 올라가는 학생은 적으니까 말이야. 의자가 너무 높지나 않은지, 시험을 해봐! 됐군. 너는 나이에 비해 꽤 큰 편이니까 말이야." 그리고 노인은 의자에 올라서서 가스등에 불을 켜 준다. 아직 대낮인데도.

칠판에는 지구인이 아닌 자의 손으로 그려진 것처럼 기묘하게 생긴 처음 보는 도형이 여러 개 그려져 있는데, 그것은 목수의 아들이 그리라는 명령을 받고 그린 것과 별로 다르지 않다. 그러나 놀라울 정도로 서로 엉켜 뜻을 알 수 없는 문자가 뒤엉켜 있다. 소년은 문득 카딩의 사제관에 있던 모조품인 그리스의 원주문과 앞뜰을 생각해 낸다. 아마도 거기에 이와 비슷한 설계도가 그려져 있었던 것 같다. 교실 안의 한쪽 벽에는 어처구니없이 큰 지도가 온통 펼쳐져 있고, 그 지도 위의 깊이 안정된 푸른 빛은 군데군데 가스등의 불빛을 받아 빛나고 있다.

수위는 자신의 죄인을 격려하기 위해서 여러 가지 조언을 한다. "너희의 라틴어 선생님은 그렇게 나쁜 사람이 아니야. 질문을 하면 항상 똑똑하게 큰소리로 대답하고, 선생님의 눈을 똑바로 성심성의껏 쳐다보기만 하면 된다구. 선생님은 그것을 좋아한단다. 그렇게 하면 설사 얼빠진 대답을 해도 대개 눈감아 줄 게다. 수학은 어떠냐? 별 것은 아니겠지? 그러나 수학 선생님은 동시에 식물학자이기도 하지. 그분도 훌륭한 분이야. 온 세상에 널리 알려져 있으니 말이다. 그러니 화초를 좋아하도록 힘쓰는 거야! 그것이 선생님 눈에 띄면 네가 아주 엉터리가 아닌 한 수학에서의 실수도 대개 눈감아 줄 게다. 그러나 지금은 네 일에 충실해야 하는 거다! 할 일이 많으냐?"

"아니에요. '소인小人은 한가로이 있으면 마침내 나쁜 짓을 한다'라는 글귀를 스물다섯 번 쓰면 됩니다."

"좋은 격언이다. 스물다섯 번 써야 되나? 그럼 빨리 시작해라!"

노인이 자리를 뜨기 전에 소년은 큰마음 먹고 저 푸른 지도는 무엇을 뜻하느냐고 묻는다.

"저것 말이냐? 저것은 우주란다"라고 말하고서 노인은 가볍게 기침을 하고는 자리를 뜨지만, 이 수수께끼 같은 말이 소년에게 어떤 감동을 불러일으켰는지 깨닫지 못한다. 그러나 아버지의 편지가 호주머니 속에서 바스락거리는 소리를 내면서 경고하기 때문에 명령받은 글귀를 여러 차례 종이에 다 쓴 후, 포로 신세가 된 이 소년은 겨우 용기를 내어 그 푸른 벽의 지도 앞으로 다가가 본다—거기에는 '북쪽 하늘의 성좌와 남쪽 하늘의 성좌'라고는 씌어져 있으나, 정말로 당당한 어둠으로 밝은 심연의 주위를 돌고 있는 그 우주라는 이름은 씌어 있지 않다. 그리고 기묘하게도 소년은 밤낮으로 곧잘 하늘을 쳐다보았고 그럴 적마다 그것은 항상 장엄하게 생각되곤 했었는데, 별의 점과 낯선 기호가 붙은 이 인공적인 평면도 앞에 선 순간만큼이나 끝없는 창공의 느낌이 가슴

깊이 스며든 일은 없었다. 이 푸른 빛깔은 사방팔방에서 소년의 영혼을 움켜 잡아 강제로 광활한 우주로까지 넓혀가는 것이었다. 그때 영혼 속에는 조그마한 균열이 무수히 생기고, 그것이 한데 모여서, 심하기는 하나 행복에 찬 고통을 준다. 과거가 빛을 내면서 떠오른다. 자신은 이전에 정원의 꽃을 기른 어버이로서, 육상 코치로서, 그리스도 탄생 인형의 제작자로서 얼마나 위대하고 강력했었던가. 그런 자기가 이런 불충분한 세계에 깊이 빠져 들어와 있으니, 이게 어찌 된 일인가. 그러면서도 지금 이 순간이 소년에게는 그 어느 때보다도 행복한 것이다. 눈물을 흘리고 나자 안도감이 찾아든다. 소년은 다시 의자로 되돌아와서 소인 운운하는 격언을 정성껏 쓰기 시작한다. 쓰면서 그는 가슴이 약간 두근거림을 느낀다. 마침 호주머니 속에서 그 편지가 움직이고 있는 것 같은 느낌이 든다. 그러나 여전히 그 엄격한 말을 읽을 결심이 서지 않는다. 그보다도 잠깐 창으로 밖을 내다본다. 구름이 낀 추운 날씨다. 안개가 산 위의 성터에까지 내려와 있으며, 잎이 떨어진 숲 속에 있는 조그마한 자작나무의 앙상한 가지가 눈에 띈다. 소년은 그것을 가느다란 잔뼈가 많은 은빛 물고기의 등뼈와 같다고 생각한다. 옆면에는 스케이트장이 있는데, 아직도 몇몇 사람이 스케이트를 타고 있으며 파랑, 노랑, 빨강의 초롱이 나무마다 매달려 있어서 축제일이 가까워지고 있음을 알려 주고 있다. 더욱 멀리 떨어져 있는 연못가에서는 어린이들이 놀고 있다. 겨울은 참으로 어린이들을 즐겁게 해주는구나! 유리창을 깨뜨리는 일은 금지되어 있는데, 스케이트장에서는 더없이 투명한 유리를 물 속에서 끌어 올려 산산조각 내도 벌을 받지 않는다.
 요도크 교회 탑의 종소리에 깜짝 놀란 소년은 다시 쓰기 시작한다. 진지하게 정신을 집중하여 그 우울하고 짜증나는 격언을 단숨에 열 번 썼으나, 예전에 병 회복기의 짜증을 아주 멋있게 없애 준 시각의 환영에 대한 생각이 갑자기 떠오른다. 다시 소년은 손바닥으로 눈을 가리고 내부의 어둠 속에 몸을 맡긴다. 그러나 이번에 그 어둠의 심부에서 흔들거리며 나타난 것은 방금 창 밖으로 내다본 것의 변종變種에 불과하다. 그 밑에서 반대쪽을 향해 천천히 붕괴하기 시작하는 창백한 우주가 움직이고 있다. 자신의 영혼은 위쪽으로 아무것도 보내 주지 않는다. 기다린 보람도 없이, 놋쇠 빛깔로 빛나는 원이나 다섯 노래의 노란빛을 내는 별 같은 것은 소년에게는 찾아오지 않는다.
 소년은 초조감에 사로잡힌다. 그는 이마와 뺨을 거칠게 때리고서, 오랫동안 귀를 기울이고 있다. 교사校舍는 다시 조용해진다. 소년은 교단 위로 살짝 올라가 선생의 지휘봉을 든다. 잠시나마 기분이 가라앉는다. 왜냐하면 거기에서는 몇 권의 책이 있고, 프리드리히 대왕의 그림이 있는 한 페이지가 펼쳐져 있는데, 그 그림은 아버지의 처방실에 들어갔던 때부터 낯익은 것이었기 때문이다. 로이덴 전쟁 후에 대왕은 밤중에 말을 타고 어둠 속을 달렸었다는 매우 재미있는 이야기를 읽은 일이 있었다. 대왕은 전군의 선두에 서서 말을 몰아 몇몇 시종자만을 데리고 적의 성으로 뛰어 들어가 정중하고도 대담하게 적군의 많은 장교를 붙잡았다고 한다. 혼자 있다는 상태에 힘을 얻어, 소년의 공상하기 좋아하는 기질이 다시 고개를 쳐든다. 당장에 소년은 매를 맞고 등을 구부린다.

그리고 그가 반감을 갖고 있는 선생들과 모든 급우들이 의자에 앉아 있는 것처럼 공상하면서, 경멸적이고도 왕처럼 품위 있는 미소를 짓는다.

"안녕하세요, 여러분! 여러분은 제가 이곳에 있으리라고는 생각지도 않으셨겠죠. 제가 이 상급 학년의 새로운 왕이라는 사실을 전혀 모르고 있었겠지요. 정말로, 정말로 여기까지 올라올 수 있는 사람은 극소수에 불과합니다. 그렇게 겁을 먹고 떨 것까지는 없어요―그 누구의 생명도 빼앗으려는 것은 아니니까요. 그러나 지금은 모두들 써야만 합니다. 쓰고 쓰고 또 써야 합니다. 내가 명령하는 대로 말입니다. 이봐요, 거기 있는 단정치 못한 교수님, 당신은 종이에다 무엇을 쓰고 있는 거예요? 소인은 한가로이 있으면 마침내 착한 일을 한다고 쓰는 겁니까? 바로 내 눈을 똑똑히 성심성의껏 쳐다보도록 하세요! 수위를 부를까요? 아니면 총살을 할까요?" 소년은 바람 소리를 내며 매를 획 잡아챈다. 마침내 불길한 영혼이 손을 조종한다. 매가 손에서 떨어지나, 이미 자신 속의 무엇이 위협하고 화내고 있는지를 모른다. 그러자 계단 쪽에서 발소리가 들려 온다. 퍼뜩 정신을 차리고 뛰어 내려와 제자리로 돌아간다. 그러나 발소리는 천천히 지나간다. 소년은 소름이 끼친다. 이제부터 곧 무슨 일이 일어날지도 모른다. 그는 편지를 읽을 참이다. 설사 거기에 아무리 무서운 질책의 말이 적혀 있을지라도, 역시 그것은 아버지의 목소리임에는 틀림없다.

봉투에서 나온, 두 줄의 소인이 찍히지 않은 빨간 우표를, 소년은 나쁜 징조라곤 생각할 수 없다. 이것은 아버지가 이따금 약간의 용돈을 보내 주는 형식이었기 때문이다. 그런데 이게 어찌 된 일인가. 열심히 주의를 기울여서 공부하라는 훈계가 적혀 있는 것이다. 굉장히 큰 감탄 부호가 세 개나 찍혀 있구나! 이것은 화가 나셨다는 표시인가? 그렇지는 않은 것 같다. 더군다나 그것은 추신의 내용으로 적혀 있을 뿐이고, 본문은 짧은 데다가 다른 사연이 적혀 있다. 누이동생이 태어났으며, 어머니도 건강하시다는 말이 씌어 있었다. 이 소식으로 소년에게는 무엇인가 분명치 않은 기분이 든다. 출산이라는 것은 매우 반가운 사건이라는 것을 생각해 낸다. 그리고 자신도 진심으로 함께 기뻐하려고 하나, 지금으로서는 어쩐지 금방 기뻐할 수가 없다. 틀림없이 질책과 비난을 퍼부을 것으로 생각하고 있었기 때문에 처음에는 어쩐지 이 사건에 처벌의 뜻이 포함되어 있는 것으로, 즉 양친은 이 보잘것 없고 쓸모 없는 아들에게 정이 떨어져, 좀더 나은 다른 자식을 원했을 것이라고 생각한다. 그러나 또다시 가장 성실하고 친근한 에봐(《유년시절》의 에봐)가 지난 날로부터 소년에게 말을 걸어 수습해 준다. 에봐는 언젠가, 천사나 신의 심부름으로 온 새들이 아기를 사람의 집으로 운반해 주는 것은 결코 아니고, 아기는 오히려 꽃처럼 고통과 위험을 안고 어머니의 태내에서 태어나는 것이며, 에봐의 어머니는 그 때문에 목숨을 잃었다는 것을 알려주었던 것이다.

당시 소년은 울부짖는 꽃 이야기 같은 것은 동화로 여기고서 믿지 않았다. 그러나 아버지가 해산하는 곳에 불려 갈

때 가지고 가는 그 번쩍번쩍 빛나는 무섭게 생긴 수술 기구를 생각하고서는 곧 납득하게 된다. 영원한 진리의 예감이 소년의 마음속에 불타오른다. 그리고 집안이나 정원에서 중요한 일이 있으면 반드시 소년의 도움을 청하던 어머니가 이번만은 이렇게 매우 중요하고 위험한 일을 마치 소년 따위는 전혀 필요치 않은 존재인 양, 자신의 손을 빌지 않고도 어떻게 끝까지 버틸 수 있었는지를 우울한 기분으로 깊이 생각한다. 그러나 그는 신비 앞에 이내 무릎을 꿇어야 할 것만 같다. 마음이 안정되긴 했지만, 아무일도 하지 않은 채 가만히 앉아 있을 수가 없게 된다. 그래서 심심풀이로 극비로 되어 있는 숙부의 구식 필적을 본떠서 또다시 열두 번쯤, "소인은 한가로이 있으면 마침내 나쁜 짓을 한다"고 쓴다. 그때 석방을 알리는 종소리가 들린다. 소년은 급히 행수行數를 세어 본다. 그런데 웬걸! 스물다섯 번이 아니라, 벌써 마흔 번이나 그 무서운 격언을 썼다. — 그렇다. 이제는 칭찬받을지도 모른다. 이젠 그 누구도 건방지다는 욕을 할 수 없으리라. 멀지 않아 자신은 동면 상태를 극복하여 무엇이든 해내겠다고 결심하고 싶어진다. 나팔 소리가 높다랗게 울려 소년은 창가로 이끌려 간다. 창 밖은 벌써 어두워지기 시작하고 있었는데, 서리가 내린 나뭇가지에는 초롱이 현등懸燈처럼 밝게 빛나고 있다. 악사들은 이미 제자리에 앉아 있다. 놀라운 사람들이 빨강, 노랑, 파랑으로 얼음판 위에서 빙글빙글 돌고 있었다.

마치 에봐의 율동적인 운동이 그의 마음을 사로잡는 듯한 느낌이었다. 소년은 뒤꿈치로 빙그르르 한 바퀴 돌면서 부러

우면서도 장난 섞인 동정심 비슷한 느낌이 들어 꿈꾸는 사람처럼 명령하는 신호를 보낸 뒤, 싸늘한 성좌도의 푸른 색에다 서둘러 열렬한 입맞춤을 하고는 이내 방을 나온다.

사감 선생

　신기하고 멋진 상급반 교실에서 나는 처벌 시간을 아주 유쾌하게 보냈는데, 그 후 여러 날 동안 그 교실 생각이 머리에서 떠나지 않았다. 특히 하늘색의 그 큰 성좌도는 내 마음의 눈에 몇 번이나 떠올랐다가 사라지곤 했다. 누이동생이 태어났다는 소식도 나를 점점 더 즐겁게 만들었다. 그 아이를 직접 보지는 못했으나, 자신의 장래에 대해 좋은 기대를 품는 데 그것이 그다지 문제가 되진 않았다. 물론 이런 일은 모두 점점 퇴색해 갔다. 학창 시절은 단조롭게 지나가고, 보다 높은 세계에 대한 손님으로서의 권리는 다시 박탈당했다. 하여튼 나의 일상 생활은 다른 많은 학생들과 다를 바가 없었다. 혼자서 있을 때는 눈이 부시도록 빛나고, 몇 명의 친구들과 잡담하고 있을 때는 눈이 부시도록 아름다웠으며, 어떤 특정한 선생이나 학생 옆에서는 캄캄했다. 그러나 홀로 있는 일은 드물었다. 새로운 질서는 공동과 경쟁을 주된 목표로 삼았다. 덕분에 거의 꿈속에서만 느낄 수 있는 존재가 되었다.

이러한 억압으로 인해 어떠한 불안이 항상 내 가슴속에 서려 있었다. 그것은 다른 학생들에게 있어서도 마찬가지였는데, 특히 사감 선생에 대해서 그러했다. 어쩌면 그것은 사감 선생의 냉담함에서 비롯된 것인지도 모른다.

 나는 그 사람이 웃거나 몹시 화내는 모습을 한 번도 본 일이 없다. 그는 레이스가 달린 비단 천으로 장식된 길고 검은 사제복을 입고서 창백한 얼굴로, 수업 시간 내내 꼼짝도 않고, 교탁 뒤에서 입술을 달싹거리며 기도서를 외고 있었다. 그 풍채는 과히 내 마음을 끌지 못했으나 웬일인지 나는 이분을 계속 바라보고 싶고, 이분에게 접근해보고 싶다는 아주 이상야릇한 욕구를 느끼고 있었다. 그는 큰 키에 얼굴이 검고 이마는 좁았으나, 용모 전체를 특징짓게 하는 것은 어처구니없이 큰 코였다. 푸른 기가 도는 안경 때문에 눈을 정확히 볼 수 없어서 눈이 전혀 보이지 않는 사람과 마주 보고 있는 것 같았다. 이 거인의, 천성에서 우러나오는 일종의 점잔빼는 태도도 독특했지만, 나와 같은 단순한 시골뜨기에게는 확실히 매력적으로 보였다. 나는 곧잘 우연을 가장하여 그의 곁을 지나치면서 그에게서 풍기는 오랑캐꽃 냄새를 맡곤 했다. 게다가 그가 가톨릭식 십자를 마치 마술을 부리는 것처럼 가슴 위에 그려 보이는 엄숙하고도 꾸밈없는 손짓은 달리 비길 데 없을 만큼 나를 황홀하게 만들었다. 그리고 혀에 약간 결함이 있어 히를 스로 발음했으며, 모두가 함께 기도를 드릴 때도 성부와 성자와 성신의 체體를 "폰 · 에비스카이트 · 쭈 · 에비스카이트"(원래는 에비히카이트인데 에비스카이트로 발음함)라고 하는 것도 매우 고상하게 들렸다.

그러나 이러는 사이에, 나는 이 모든 것에 대하여 만족할 수 없게 되었다. 나는 더욱더 참을성 있게 개인적인 후원의 표시를 찾았다. 온건한 수단은 이미 시도해 본 터였다. 즉 숙제를 모범적으로 깨끗하게 쓰기도 하고, 라틴어의 문법을 모르는 체하면서 아주 겸손하게 질문하곤 했는데, 무슨 짓을 해도 별다른 효과가 없었다. 그는 모든 것을 시원스럽게 묵살해 버렸지만, 조그마한 기도서만은 손에서 떼지 않았다. 어느 토요일, 그 선생이 책상을 하나 하나 돌면서 우리들의 서랍 정돈 상태를 조사했을 때, 밀수품인 그리스도 탄생의 인형 가운데 그 악마가 그의 눈에 띄었다. 나는 그 외눈박이 거인(그리스 신화 〈오디세이아〉 중에 나오는 외눈박이 거인)의 수중으로 그 악마가 사라져 버리는 것을 착잡한 심정으로 바라보고 있었다. 그러나 기분을 전환하여 이 손실을 단념하리라 맹세하고서 옆자리 아이들의 놀림도 참아 냈다. 그리고 결국에는 이 악마의 유래에 대하여 질문을 받고 대답함으로써 선생과의 관계가 맺어지리라고 기대했다. 그러나 선생은 단지 "이젠 어린 아이가 아니지 않느냐"라고 말하고서, 금기로 된 다른 잡동사니와 함께 그것을 난로 속에 던져 버리고 다음 책상을 조사하기 시작했다. 이렇게 하여 그 선생은 차츰 나에게는 수도원의 벽으로 둘러싸인 기숙사 내부에서 우리들을 싣고 가는 슬프고 퇴색한 생활 그 자체를 구현하는 존재가 되어갔다.

도도히 흐르는 삶과의 유대감을 더 이상 느끼지 못하며, 점점 응고되어 가는 단조로운 시대를 누가 모르겠는가? 자기 나름대로 거기에 저항하지 않은 사람은 어디 있겠는가?

그런 상황 속에서 우리들이 행하는 기묘하고도 맹목적이고 어리석은 행위, 그것은 바로 강제적인 운명 탐구가 아니겠는가? 어른이든 어린이든, 영혼이 완전한 침묵을 지키는 생활에 대해 어떠한 표시를 부여하고, 영혼과의 연결을 되찾으라고 강요하려 한다.

 금요일에 고기를 먹는 것이야말로 우리들의 작은 왕국 안에서는 다분히 최대의 죄악으로 간주되고 있었다. 따라서 금요일의 공부시간 중에, 여전히 기도서에서 눈을 떼지 않는 그 사감 선생 앞에서 미리 준비해 두었던 한 조각의 햄을 버릇없이 먹기 시작한 것은 정말로 큰일 날 행위여서, 나 역시 자신의 행위에 대한 놀라움 때문에 등을 스치는 뜨거운 전율을 느꼈다. 옆자리에 앉은 아이가 나를 쿡 찌르면서,

 "오늘은 금요일이야"라고 말했다. 나는 못 들은 체하고 계속해서 먹었다. 마침내 거무스름한 그 선생이 일어섰다.

 "너는 오늘이 무슨 날인지 모르느냐?"

 "금요일입니다"라고 나는 대답하고 마지막 한 조각을 입속에다 집어 넣었다. 그러자 갑자기 가슴속에 치밀어 오르는 것이 있어, 눈물이 쏟아져 내렸다.

 "따라와!" 이렇게 큰소리로 말하고서 선생은 교실을 나가 자기 방으로 들어갔다. 나는 희한하게도 마음이 가벼워진 듯한 기분으로 뒤를 따랐다. 선생은 우선 나를 너무 난방이 되어 달콤한 냄새가 나는 방에다 세워 둔 채 램프를 켰다. 그리고는 벽장에서 두 개의 등나무 매를 꺼내어 구부리면서 시험해 본 후 가는 것을 골랐다. "교회의 계율을 지키는 법을 가르쳐 주마!"

약간 서투르게, 선생은 나를 의자 위에다 엉거주춤하게 엎드린 자세를 취하게 하고서 서너 번 때렸다. 그러나 실제로는 그렇지도 않은데 힘을 들인 것처럼 꾸며서 때렸기 때문인지, 아니면 나를 거의 질식시킬 정도로 감싸고 있던 그 오랑캐꽃의 짙은 향기가 다소나마 마비 작용을 했기 때문인지, 하여튼 견디기 어려울 정도의 고통은 아니었다. 반대로 선생 쪽에서는 그 일이 대단한 노동이었던 것처럼 비틀거리면서 한쪽으로 비켜 서서 어디선가 각설탕을 꺼내더니 갈색의 작은 병 속에 든 액체를 그것에다 부은 후 소리를 내면서 씹었다.

"참으로 성가신 놈이로군. 네 덕택에 약을 먹어야 하다니"라고 선생은 몹시 헐떡이면서 말했다. 그러자 그때 갑자기 스며드는 듯한 친숙한 냄새가 사방에 퍼져서 오랑캐꽃 향기를 빨아들여 버려 고향 생각을 불러일으켰다. 어머니는 가슴이 두근거리거나 불안감에 휩싸일 때면, 이 발드리안 에테르를 아버지의 처방실에서 가져왔었다. 이것은 또한 병들었던 마술사의 기운을 차리게 하는 약이기도 했다. 어머니의 경우에는 그것이 항상 충분한 효과를 냈다고는 할 수 없었다. 한번은 아버지가 "그것보다는 브롬잘츠의 수용액을 시험해 봐요! 그 편이 훨씬 효력이 크고 효과도 오래 갈 거야"라고 말씀하신 적이 있었다. 이렇게 카딩의 추억이 하나하나 선명히 되살아났다. 최초의 청죄사聽罪師였던 그 정답고 밝은 느낌이 드는 사제에 대한 생각도 떠올랐다. 그 사제의 흐림 없이 빛나는 표정과 지금 눈앞에 있는 선생의 막막한 얼굴을 비교하면 나는 무엇인가 떠밀려난, 영원히 버림받은 듯한 느낌을 받았다. 그러나 나는 신성한 사제복에 의하여 매우 강하게 제압당했기 때문에 이때도 정말로 앙심 같은 것은 품지 않았다. 도리어 나는 사제복을 입은 괴물의 손으로 매우 쓰라린 안수례按手禮를 받았으며, 이 안수례 뒤에는 두 사람 사이에 어떤 형태의 화해가 틀림없이 찾아오리라는 희망적인 느낌을 가졌다. 그러나 선생은 나를 조금도 쳐다보려고 하지 않고서, 작은 병에 마개를 막고 램프를 불어서 끄고는 교실로 나를 다시 데리고 갔다. 그리고 마치 아무 일도 일어나지 않았던 것처럼 기도서를 계속 읽기 시작했다.

 이 사실이 고집 센 소년의 마음을 일변시켰다고 쓸 수가 있다면 얼마나 다행스러운 일일까! 그런 일은 엄격한 처벌로 흔히 일어나기 때문이다. 그러나 육체적인 불쾌감이 진짜 병을 예고하는 일도 흔한데, 이 경우에도 며칠이 지나서 그 어리석은 행동은 단순히 진짜 나쁜 행위의 전조에 지나지 않았음이 확실해졌다. 이번 일이 어떻게 일어났는지를 나는 분명히 말할 수 없다. 그 어떤 기분좋은 체험을 통해서 나는 명랑해졌고, 금요일의 행위를 부끄럽게 생각하고서 최소한 개심의 시도만이라도 해보려고 결심했던 것이다. 그러나 후회와 결심의 중간에서 사심邪心이 엄습해 왔다. 후고는 금지된 일을 좀처럼 하지 않는 기질이었는데, 다른 아이들이 그 일을 하면 몹시 재미있어 하는 학생이었다. 그리고 다 쓴 강철제의 펜 끝 한쪽을 떼어 종이를 잘 접어서 날개를 만들면, 잘 나는 화살로 쓸 수 있다는 것을 가르쳐 준 일이 있었다.

 내가 자신의 본심을 정화시키고, 혹시 좋은 결과가 나타날지도 모른다고 생각하고 있었을 때, 이런 나쁜 도구가 마침

바로 옆에 있었다는 것이 불행이었다. 그래서 나는 좋은 행실이 결국 승리를 거둔 것으로 여기고 의기양양해 있었기 때문에, 갑자기 검은 기도서를 향해서 그것을 집어 던졌다. 겨냥은 빗나갔지만 더욱 불행하게도 그것은 꼼짝도 하지 않고 기도를 드리고 있던 사감 선생 뒤에 있는 나무 십자가상에 박혀 버렸다. 사실 나 자신도 섬뜩했는데, 그것이 사감 선생의 눈을 피할 수는 없었다. 잠시 동안 선생은 나를 응시하고 있을 뿐이었다. 아마도 선생은 자기 자신이 이 심판을 떠맡을 것인가, 상관에게 넘길 것인가를 생각하고 있었을 것이다. 혹시 나의 기묘한 심리 상태를 꿰뚫고 있었을지도 모른다. 마침내 우리 두 사람은 지난번과 같은 길을 걸었다. 램프가 다시 켜질 때까지 기다려야 했고, 다시 매를 조사했으나 선생은 벌을 가하기 전에 먼저 물약병을 집어 들었다. 또다시 향수를 불러일으키는 향기가 풍겼다. 나는 죽고 싶을 정도로 후회하고 있었다.

"발드리안은 듣지 않습니다." 나는 울부짖으면서 이렇게 외쳤다. "브롬잘츠의 수용액을 마시는 편이 낫습니다!"

"무슨 말을 하고 있는 거냐?" 마치 살무사가 갑자기 사람의 목소리로 말을 시작한 것처럼 선생은 다소 의아해 했다. 나는 "브롬잘츠의 수용액을 찻숟갈로 반쯤 마셔야 됩니다. 우리 어머니도 신경이 안정되지 않으면 그렇게 하십니다." 라고 주장했다.

"네가 나를 화나지 않게 해주는 편이 훨씬 고맙겠다"라고 선생은 대답하고, 떨리는 손으로 각설탕에다 물약을 부었다. "그렇지만 너는 완전한 바보는 아닌 것 같구나"라고 선생은 약을 다 마신 후에 말을 계속했다. "그러나 그토록 악마의 포로가 되어 있다니 유감이다. 십자가에 무엇을 던져 명중시켰으니 말이다. 그런 짓을 하고도 태연할 정도로 너는 뻔뻔스러운 악인이 되었다는 말이냐?" 그 말을 듣고서도 나는 아무 말 없이 눈물만 흘렸다.

"그건 그렇고, 네가 조금 전에 말한 약 이름은 무엇이었지?" 하며 선생은 내 얼굴을 보지 않고 물었다. 그는 브롬잘츠 수용액을 쪽지에다 적었다.

"자아, 이제는 악마를 쫓아내야겠지?" 하고 선고하고서 등나무 매를 손에 쥐었는데 이번에는 굵은 것이었다. 나는 갑자기 기운이 빠진 것 같은 느낌이었다. 최근 몇 주 동안 나타나지 않았던 예전의 경련이 또 안면에 나타난 것이다. 이 순간의 체벌은 너무나 가혹해서 견딜 수 없게 생각되었다.

"선생님, 피곤해지십니다! 가슴이 두근거리게 됩니다!"라고 나는 정신없이 외쳤다.

"무슨 소리를 하고 있는 거냐"라고 대꾸하며 선생은 매질을 했다.

"기다리셔야 합니다, 선생님. 브롬잘츠 수용액이 올 때까지!"

"그러는 편이 낫겠나?" 선생은 미소를 지었다. 이때 나는 선생의 눈까지도 식별할 수 있을 것 같은 생각이 들었다. 잠시 선생은 잠자코 램프 불을 응시했다. 마침내 그는 매를 옆에 내려 놓았다. "다른 방법을 시험해 보겠다. 사흘 밤을 계속해서 침묵을 지키는 벌을 내리겠다. 너는 감시받게 된다는 것을 잊어선 안 된다! 정각 일곱 시부터는 한 마디도 해선 안 돼! 너의 동급생들에게도 네게 말을 걸지 못하도록 일러 두겠다."

 그날부터 나는 공부 시간에 방해가 되는 일은 더 이상 하지 않았다. 명령받은 무언의 행동도 충실히 지켰는데, 이 일은 한편으로 새롭고 좋은 결과를 가져오는 기쁨의 계기를 만들어 주었다. 왜냐하면 무언의 행동을 하고 있는 동안은 특별히 이렇다 할 일을 지시받은 것이 아니기 때문에 지루함을 달래기 위해서 학교 도서관에서 책을 빌려 왔는데, 이번에는 옛날에 몹시 좋아했던 동화나 인디언 이야기책 대신 여러 가지 시를 모은 소위 《가정시가집家庭詩歌集》이라는 것을 빌렸기 때문이다. 이처럼 많은 시를 모은 책을 나는 한 번도 본 적이 없었다. 첫날 밤, 나는 옛날의 이야기처럼 생긴 시만 읽었는데, 그 후에는 처음에 흥미가 없었던 가곡 식으로 된 것도 읽었다. 그리고 반복해서 읽는 사이에 후자 쪽에서 강한 감명을 받아 처벌이 끝난 후에도 계속 이 시를 가까이 하게 되었다. 이것들은 아무래도 향수병을 다시 불러일으키기는 했으나, 어린 영혼에게 힘을 주어 카딩의 정원에서나 방 안에서의 행복처럼 이미 먼 잃어버린 것들을 신기하게도 순간적이나마 회복시켜 줌과 동시에 영원한 위안을 가져다 주었다. 처음에는 어떠한 시 밑에나 거기에 전혀 어울리지 않는 이름이 적혀 있는 것이 다소 거슬렸다. 최소한 클로프슈토크라든지 류케르트, 뫼리케, 괴테, 코피쉬 등등의 우스꽝스러운 이름이 그 내면적 음률과 어떤 관계가 있는지 짐작이 가지 않았으나 이내 알게 되었다. 그리고 이 시인들은 이 회색의 책자 속에서 기쁜 노래를 부르든 슬픈 노래를 부르든, 단한 가지 공통점이 있었다. 그것은 모두가 헤아릴 수 없는 자유의 나라를 알고 있다는 것으로, 이 나라에서는 선생이나 학생도, 질책이나 처벌도 쓸데없는 것이며 반항 같은 것은 전혀 불필요한 것이었다. 나는 비록 그것을 아주 신속하게 외워 버렸지만 읽은 것 중의 10분의 1도 실제로는 이해하지 못했다는 사실을 특별히 강조할 필요는 없을 것이다. 그러나 청년을 사로잡고 형성시키는 것은 그 시의 울림과 리듬이며, 시의 참뜻은 훨씬 뒤에야 마음속에 들어오는 것으로, 이것을 유감스럽게 여기는 식자識者는 없을 것이다.

그런데 유감스럽게도 사감 선생에게 세 번째로 걱정을 끼칠 입장이 되었는데, 이번만큼은 전적으로 내 잘못이 아니었다. 어느 일요일, 오래 된 도미니칸 교회에서 성찬식을 받았는데, 모두가 성스러운 난간으로 다가갔을 때, 나는 성체(聖體:성찬용의 빵으로서 그리스도의 몸으로 간주됨)를 나누고 있는 사람이 평소와는 달리, 우리의 친절하고 성실한 종교 선생, 종교 고문 발터 씨가 아니라 사감 선생님임을 뜻밖에 알아차린 것이다. 그때 비로소 나는 지난번 참회 시간에 선생에게 행한 불쾌한 행동에 대해선 전혀 언급하지 않았음이 생각났다. 이 태만은 지금 이 순간에라도 후회함으로써 보상될 수 있으리라. 뿐만 아니라 의지의 행위로 후회의 감정을 대신 표현하면 충분했던 것이다. 그러나 이런 일은 알고 있는 것만으로는 소용이 없었다. 불쾌감이 마음속 깊이 괴어 있었다. 그래서 갑자기, 나는 성체받는 것을 그만 두려고 결심했다. 내가 정말로 신의 심판을 먹는 것을 두려워했는지 어땠는지는 기억할 수 없다. 도리어 그 침울한 사감 선생을 보았을 때 나를 엄습해 온 것은, 나야말로 은총으로부터 멀리 떨어져 있다는 막연한 감정이었던 것 같다. 한 사람의 위대한 조언자가 내 뒤에 서 있으면서, 천사들의 위험한 음식물을 다른 사람도 아닌 사감 선생의 손에서 받는 것을 경고하고 있는 것처럼 생각되었다.

  오랫동안 망설이고 있을 수는 없었다. 몇 분 동안에 결단을 내려야 할 문제였다. 왜냐하면 첫 줄의 아이들이 상단에서 성찬식을 받고 있는 동안 둘째 줄의 우리들은 밑에서 무릎을 꿇고 대기하고 있어야 했기 때문이었다. 입술을 꾹 다물고 조심스럽게 머리를 흔들어 거부하는 태도를 보이는 것이 가장 훌륭한 방법이라고 생각했다. 그러나 사감 선생이 내 이유에 대해서 경의를 표하고 깨끗이 간과해 줄지 어떨지는 의문이었다. 그리고 또 생각한 것은 성체를 기도서 속의 금테가 둘려 있는 두 장의 신성한 그림 속에다 남모르게 넣어 보관하여 미사가 끝난 후에 사람이 없는 교회로 급히 돌아와서 성단에다 그것을 놓고, 왜 이번에는 중요한 선물을 받을 수가 없는지를 구세주에게 말씀드릴까 하는 생각이 들었다. 시간은 자꾸만 흘러갔다. "코르푸스 · 도미니 · 노스트리(Corpus Domini nostri)"의 속삭임이 조용해진 교회 안에 끊임없이 울리고 있었다. 갑자기 조용해졌다. 첫째 줄의 성찬식이 끝난 것이다. 모두 일어서서 제자리로 돌아가기 시작했다. 그 순간이 다가온 것이다. 수그린 머리와 빌고 있는 손을 보고 그 뒤에 높이 솟아 있는 제단을 보았다. 제단에는 나팔을 불고 있는 한 천사가 향연을 통하여 햇빛처럼 밝게 빛나고 있었다. 나는 친구와 함께 조용히 일어서서 다른 사람들과 똑같이 눈을 감고 손을 마주 잡고 있었으나, 다른 사람들과 함께 상단으로 올라가지는 않고 꿈결처럼 미끄러지듯 성찬이 끝난 무리에 섞여서, 들어올 때와 마찬가지의 요령으로 제자리로 돌아와 버렸다.

　내가 돌아온 것은 아무도 눈치채지 못한 것 같았다. 그렇게 보낸 그 날은 아주 즐거운 하루였다. 우리가 어려운 환경 속에서 내적인 목소리에 충실했을 때 정신이 우리들에게 보답해 주는 그 자신은, 해질 무렵 사감 선생으로부터 자기 방으로 오라는 말을 들었을 때도 여전히 사라지지 않고 있었다. 이번에는 상쾌한 바람이 방 안에 불고 있었다. 창은 활짝 열려 있었다. 찌르레기의 울음 소리가 들리고, 마르틴 교회 탑이 맑게 갠 높은 하늘을 배경으로 시커멓게 서 있는 것이 보였다. 선생은 이 사건을 상당한 관심을 갖고 다루어 주었다. 탁 터놓은 좌담식으로, 성체받는 것을 피한 이유를 물었다. 미리 준비해 두었던 대답, 즉 자신은 바로 그 순간 아직 참회를 하지 않은 죄가 생각나서 더 이상 성체를 받아서는 안 된다고 생각했기 때문이라고 즉시 말했다. 이렇게 말하면 아주 성실하게 들릴 것으로 생각되었고 또 사실이기도 했다. 그럼에도 불구하고 입 밖으로 그 말을 내니 교활하고 간사하게 들렸다. 선생 쪽에서도 납득한 표정은 아니었다. "어쩐지 너는 기도를 하고 있는 것 같지 않더구나." 그는 잠시 후에 다시 말했다. "그리고 그 사흘 동안 은밀히 무엇을 했지?"

　"시를 암기하고 있었습니다!" 나는 아주 자랑스럽게 말했다.

　"암기? 그럼 한 번 외 봐라!"

발렌슈타인 공公 부하 장성들을 노래한 것이 있었다.
무섭게 펼쳐지는 담시(譚詩:발라데를 말함)가 금방 생각났다. 에게르 성내에서 헝가리 포도주를 마시면서 떠들어 대고 있는 사람들 사이에 앉아 있는 듯한 느낌도 들었다. 그러나 도무지 첫 문구가 떠오르지 않았다. 나는 급히 다른 시를 찾았다. 그러나 목구멍으로 나오는 것은 언제나 단 두세 줄에 불과했다. 그러나 마침내 전혀 생각지도 않았던 시가 생각나서 그 제1절을 빈틈없이 읊을 수가 있었다.

> 말을 하라고 하지 말고, 입을 다물라고 말해 주오.
> 왜냐하면 나의 비밀은 의무이기 때문이오.
> 내 마음 전체를 당신에게 보여주고 싶소.
> 그러나 나의 운명은 그것을 원하고 있지 않다오.

여기서 막혀 버렸다. 벽에 붙은 선반에서 갑자기, 의사 산도우 씨가 조제한 브롬잘츠 수용액과 라틴 문자가 씌어진 커다란 약병이 눈에 띄었다 — 기묘한 생각이 차례로 떠올랐다. 큰소리를 내어 웃고 싶은 강한 유혹을 느꼈으나, 혼신의 힘을 다해서 억눌렀다. 제2절은 끝내 기억나지 않았으나, 제3절은 잠깐 생각하여 기억해 낼 수 있었다.

> 사람은 누구나 친구의 팔에서 휴식을 구한다오.
> 그곳에서는 근심을 모두 털어놓을 수가 있소.
> 그러나 맹세는 나의 입술을 열지 못하게 하오.
> 오직 한 분의 신만이 열게 하는 힘을 갖고 있다오.

듣는 사람은 별로 만족한 듯한 표정을 짓지 않았다. "매우 좋은 가락인데, 별로 깊은 뜻이 있는 시는 아니로구나. 최소한 '신만이'라고 한다면 또 모르지만, '한 분의 신'이라니 돼먹지 않았어! 그럼 우리는 이교도란 말이냐? 그처럼 시에 열중하겠다면, 차라리 베바의 《열 세 그루의 보리수》라도 학교 도서관에서 빌려 오는 편이 나을 것이다."

그러는 사이에 제 2절이 생각났다. 사감 선생은 이젠 됐다고 눈짓했으나, 나는 개의치 않고서 그것을 분명하고 낭랑하게 읊었다.

    때가 오면 태양이 떠올라 어두운 밤을 몰아세우고
    어두운 밤은 이내 밝아지고야 만다오.
    단단한 바위는 그 가슴을 헤치고서
    깊이 파묻혔던 샘을 대지에 베푼다오.

여기에 대해서는 아무런 회답도 받지 못하고, 다만 다음 토요일 아침에 성찬을 받으러 가라는 친절한 충고를 받았을 뿐이다.

교육의 형식

 봄이 되자 몇 가지 변동이 생겼다. 침울한 사감 선생의 모습이 보이지 않게 되고, 그와 더불어 승적僧籍이 없는 아주 나이 많은 교장 선생도 떠나셨다. 다만 짝짝이 눈의 큰 개 바리만이 우리를 버리지 않고 그대로 있었다. 시각이 되면 그 개는 여전히 식당의 푸른 분수 근처에서 뒹굴며 새 주인을 옛 주인과 똑같이 충실하게 지켜 보고 있었다.
 관리를 맡게 된 것은 어느 사제였다. 유감스럽게도 그 사제의 재직 기간은 아주 짧았으나 그 동안 학교 분위기를 근본적으로 바꾸어 버렸다. 첫눈에도 그분은 시골 출신이라는 것이 확실했다. 두 손으로 뒷짐을 지고 허리를 앞으로 구부린 채 묵묵히 복도를 걸어가는 모습 같은 것은 수확을 걱정하면서 밭을 살피고 돌아다니는 초라한 소지주의 모습을 연상시켰던 것이다. 우연히 그런 모습을 본 사람은 그분을 성미가 까다롭고 약간 단순한 사람이라고 생각할 수도 있었다. 그러나 그분이 생기 있게 이야기를 하거나 미소를 짓고 있을 때는 이미 늙은 징조가 나타난 투박한 그 넓은 얼굴 뒤에 또 하나의 마치 여자 같은 고운 얼굴이 나타났다. 그러면 회색의 시선은 맑은 영혼으로 인해서 푸른색이 되었고, 그분의 어머니는 틀림없이 아름다웠으리라고 생각되는 것이었다.

  그 중에서도 우리 신입생에게는 학교 분위기가 인간적으로 부드러워진 것이 고마웠다. 상급생에게 무조건 모든 권한이 주어져 있던 폭력 정치는 자연히 자취를 감추었다. 나는 나라는 존재가 이식되어 있는 조그마한 계급 사회의 축복을 비로소 느끼기 시작했다. 사제인 교장 선생님을 통해 어떤 친근감이 우리의 생활 속으로 들어온 것은 분명했다. 맑게 갠 날씨가 오래 계속되었고, 이제까지보다는 비밀을 요하는 일이 드물게 되었다. 교장 선생님은 항상 우리들이 교묘하게 스스로 끌려가게 하는 방법을 알고 있었다. 그리고 많은 동료 교사들과는 달리 공상을 적대시하는 대신 그것을 기분좋게 자극하려고 지도했다. 대다수의 고학년들에게는 이 새로운 인도주의가 전혀 마음에 들지 않았다. 그들은 거기서 버릇이 나빠지거나 유약해질 위험이 생기게 되는 것을 두려워한 것이다. 사실 학생 국가가 타락하지 않고 너무나도 유연하게 평화로운 상태를 오랫동안 견디어 낼 수 있을지의 여부에는 의심할 여지가 많았다. 분명히 각 개인의 자유는 중요했다. 그러나 학교 경비원들에게 있어서는 전체가 윗사람들로부터 통제된다는 것이 더욱 중요했다. 그러기 위해서는 엄격함과 긴장 상태가 필요했으며, 김나지움의 대대代代의 학생들은 공동체의 절대 존엄성을 나타내는 형식을 만들어 내는 데 노력해 왔다. 친척의 방문으로 외출했던 두 학생이 시내에서 마주치면 마치 2대 강국의 전권 대표처럼 두 사람은 위엄 있는 인사를 나누었다. 모자를 벗어 수평으로 똑바로 내민 채 진지한 시선을 나누며 엇갈려 지나가고 하급생들은 동행인 어머니나 숙부 같은 분을 염두에 두지도 않고, 커다란 호를 그리며 길을 양보해야 했다. 그와 반대로 선생님에게 인사를 해야 할 때, 학칙에 정해져 있는 것보다 조금이라도 더 많이 존경의 뜻을 표하면 불명예, 아니 배신이라고 간주되었을 것이다.

  따라서 전통을 중시하는 다른 선생님들이 신임 교장 선생님의 부당한 관용에 대해서 불신감을 품고 있음은 당연한 일이었다. 반란의 징조가 나타났다. 그래서 하나의 결사, 후고의 말에 의하면 일종의 야만 유지조합野蠻維持組合이라는 결사대가 조직될 것이라는 풍문이 나돌았다. 그러나 키가 작은 노교장 편이 한수 위였다. 그러한 반항은 단 한 가지도 큰 힘이 되지 못했다. 게다가 교장 선생님은 미리 손을 써서 조금도 두려워하지 않았다. 우리들을 깜짝 놀라게 한 일 중의 하나는, 그 무렵 학교를 돌아다니면서 그림에 흥미를 갖고 있던 하급생에게 2주간의 재미있는 예술 강습회를 열고 있던 화초화 전문의 여류 화가를 초청한 일이었다. 이 노부인은 회색의 기다란 여행용 외투를 입고 조그마한 가죽 가방 하나를 들고 나타났다. 마침 점심 시간이었기 때문에 바로 식사 초대를 받았고, 교장 선생님과 마주 보는 자리의 두 사감 선생 사이에 앉도록 예정되었다. 머리는 이미 백발로 말씨나 행동이 조심스러운데다 매우 수줍어하는 사람이었다. 그것이 매우 좋았다. 왜냐하면 고학년의 불만은 이미 위험할 정도로 고조되어 있었기 때문이다. 최연장자인 학생마저 이런 사건이 예전에 있었던 것을 기억하고 있지 못했다. 학교의 전통은 최악의 위협을 당하고 있는 것처럼 보였다. 이런 일을 태연하게 받아들여도 좋을지의 여부를 최소한 왁자지껄 떠들기도 하고, 와 ― 와 ― 외치면서 데모를 벌여야 하지나 않을까 하고 책임있는 학생들은 진지하게 생각하게 되었다. 그러나 교장 선생님이 손님을 정중하게 접대하고, 다갈색 비단옷을 입고 기다란 금목걸이를 건 손님 앞에서도 감사의 뜻을 고상하게 표하기도 하고, 식사를 하기도 하는 사람이라는 것을 알자, 이를 악물면서도 여태까지 없었던 사태 발발을 참을 수밖에 없었다.

  수강료는 부모님이 기꺼이 내 줄 정도로 적었고, 이 수강료를 내고서 강습에 참가하기를 원하는 학생은 손을 들어 보라는 말에 내 손은 저절로 올라갔다. 재빠르게도 다음날 오후 식당에서 강습이 시작되었는데 참가자는 20명 정도였다. 대부분이 날마다 하던 산책을 단념할 마음이 들지 않았던 것이다. 그와 반대로 나는 이제야말로 어머니의 화단 꽃을 내 손으로 만들어 낼 수 있다고 생각하니 참으로 기뻤다. 그것도 여름에 몇 주일 동안 고생하면서 하는 것이 아니라, 한겨울에 기분이 좋은 몇 시간을 이용해서 하는 경우인 것이다. 나에게 환멸을 느끼게 한 것이 있다면, 우리들을 너무나 마음 편하게 내버려 두는 그 여선생의 지나친 방임주의뿐이었다. 평소에는 복사가 금지되어 있었으나 이 시간의 윤곽 복사만이 허용되어 있었다. 다만 색칠을 할 때는 선생은 엄격함을 보였다. 채색이 이 선생에게는 가장 중요한 관심사였다. 무엇보다도 색의 절약을 중요시했다. 다만 가장자리는 약간 짙게 칠해야 되며 중심으로 갈수록 점점 연하게, 가능하면 전혀 칠하지 않아야 된다는 것이었다. 이런 까닭으로 매우 짧은 시간에 놀라울 만큼 아름다운 오랑캐꽃이며 메꽃 그리고 들장미가 수없이 완성되었다. 모두 자신이 훌륭한 재능의 소유자임을 알고서 놀랄 뿐이었다. 유감스럽게도 본보기(그림의 본)의 수는 적었다. 우리는 반복해서 그리는 것으로 만족해야 했다. 그 때문에 대부분의 학생은 곧 수업에 싫증을 냈다. 학교 숙제가 너무나 많다는 구실로 학생들은 차례로 나타나지 않게 되었고, 강습이 끝나기 전까지 출석한 자는 나 혼자였다. 반 시간쯤 지나자, 선생은 강습 계획에 들어 있는 것은 이미 다 가르쳤으니, 달리 무슨 중요한 일이 있거나 놀고 싶으면 그만 돌아가도 좋다고 말했다. 그러나 나는 전혀 그럴 생각이 없었고, 끝까지 남아 있고 싶었기 때문에 카딩의 정원 이야기와 그 어떤 새로운 것, 이를테면 살피그로씨스의 꽃이라도 그릴 가치가 충분히 있다고 말했다. 선생은 나를 날카롭게 쳐다보고는, 갑자기 어린 소녀처럼 얼굴을 붉히고 그런 꽃은 모른다고 털어 놓았다. 그리고 모양을 대강 설명해 주지 않겠느냐고 말했다. 이번에는 내가 당황할 차례였다. 황금빛 파문이 일고 있는 짙은 색깔의 그 꽃이 피어 있는 한여름의 화단 전경이 눈앞에 떠올랐으나 그것을 한마디로 표현할 수 있는 단어를 찾아낼 수가 없었던 것이다. 홀 안과 학교 안은 죽은 듯이 조용했다. 학생들은 아직 외출 중이었다. 멀리 떨어진 어느 구석방으로부터 바이올린을 켜는 소리가 들려왔다. 푸른 분수는 나의 침묵 속으로 소리 높이 울려왔다. 다섯 시를 알리는 시계 소리가 울렸을 때도 내가 여전히 아무 말도 하지 못하고 있자, 선생은 일어서서 내 손 위에 자신의 손을 가만히 올려놓고, "그럼 말이지, 내일까지 네가 그 꽃을 그려다 줘요! 뭐 정확하지 않아도 좋아요. 간단하게 말이야. 그러면 아마 그 꽃을 알아볼 수 있을 테니까. 그런 다음에 둘이서 함께 그려 보도록 하지."

그날 오후에 뒤이어 불안한 밤이 찾아들었다. 숙제는 어느 한 가지도 손댈 수가 없었다. 도취감이 눈과 손발에까지 충만되었다. 노부인에게 정답게 어루만져진 손만이 활기에 넘쳐 요구한 일을 단 몇 초 동안에 해치울 수 있는 자신감과 준비 태세를 갖추었다고 확신했다. 그러나 막상 일을 시작하다 보니, 예전에 그리스도 강림도降臨圖의 납인형 경우와 비슷하게 되어, 살피그로씨스로서 지면에 나타난 것은 어처구니없이 묘한 종 모양에 지나지 않았다. 다른 꽃과 구별할 수 있는 결정적인 특징이 없었다. 유감스럽게도 이 때의 내게는 잘못 만든 인형의 머리를 화를 벌컥 내면서 땅바닥에다 힘껏 내동댕이치던 아홉 살짜리 소년다운 정직성은 전혀 없고, 무엇인가를 보이고 싶다는 허영심만이 양심을 억압해서 울리고 있었다. '선생님은 이 꽃을 모르신다. 게다가 한겨울이 아닌가, 찾아 보려 해도 불가능하지 않겠는가' 하고 자신에게 타이르고, 적당히 그린 이것으로 만족하기로 했다. 더군다나 여러 가지 소용돌이 무늬와 별모양으로 장식하여 당치도 않게 현란한 것으로 만들어, 자연을 능가하는 것이라고까지 생각했다.

다음날 그 선생님은 부드러운 미소를 지으면서 나의 졸작

을 바라보고 있었는데,

"환상의 꽃 — 왜 아니겠어요? 어디 색칠을 해보겠어요?"
하고 말했다. 나는 어떤 별난 일을 기대하고 왔었다. 그러나 이대로 잠자코 있어도 선생님과 함께 있는 것만으로 충분히 행복했었다고 생각된다. 그러나 이미 그 어떤 격렬한 것이 주위에 감돌고 있었다. 뻔뻔스럽게도 나는 모욕당한 것처럼 가장을 하고서, 이것은 절대로 환상의 꽃이 아니며 틀림없는 살피그로씨스이고, 나는 잘 알고 있기 때문에 그렇게 말하는 것이라고 우겨 댔다.

"정말이야? 그렇다면 선생님도 한 번 그려 보고 싶은데요."
선생님은 스케치북을 단정하게 바로잡더니 주저하면서 그리기 시작했다. 그러나 의심하는 그림자가 점점 더 역력해지기 시작했다. 갑자기 선생님은 연필을 탁 놓았다. 그러고는 자기 혼자 있는 것처럼, 멍한 시선을 창 밖으로 던졌다. 홀 안은 다시 조용해졌다. 분수의 물소리가 너무 크게 들렸다. 나는 자기 혐오로 인하여 잦아들 것 같은 기분이 들었으나 그래도 진실을 말할 기분은 나지 않았다. 이해하기 어렵게도 침묵의 벌을 받으면서 나는 선생님으로부터 시선을 떼지 못하고 있었는데, 선생님은 다시 나의 스케치를 바라보며 연필로 열심히 그리기 시작했다. 평소보다도 얼굴은 창백하고 늙게 보였다. 푸른 기가 도는 빨간 혈관의 가느다란 망상 조직이 볼에 나타났다. 그러나 바로 이 붕괴와 고뇌의 표시에 의해서, 지금 저 살피그로씨스의 선명한 물결 모양 꽃잎이 그토록 신비롭게 아로새기고 있는 섬세한 황금빛 그물이 내 기억에 떠올랐다. 이따금 나는 눈을 감았다. 그러자 많은 아름다운 살피그로씨스의 꽃들이 마음의 시야 속으로 확 밀려왔다. 거짓 그림을 더 이상 볼 수가 없었다. 마침내 나는 오직 그림을 그리고 있는 선생님의 손만 지켜 보며 신의 계시가 있기를 빌었다. 그리고 이따금 마음속의 아름다운 꽃에 정신을 빼았겼다. 가엾은 선생님에게는 연필이나 종이가 내키지 않는 듯이 이미 두 장이나 찢어 버리고, 마침 세 장째 그릴 참이었다. 그때 교장 선생님이 돌아오셨다. 교장 선생님은 계속하라고 정중하게 말씀하시고 잠시 동안 거닐고 계셨으나, 이윽고 그림을 그리고 있는 선생님 뒤에 멈춰섰다. '이제는 그만두시겠지, 아니면 거짓을 신의 이름으로 자백할까' 하고 나는 생각했다. — 그러나 기묘하게도 교장 선생님이 곁에 계시는 것이 선생님에게 더없는 자신감을 회복시켜 주었다. 연필은 순조로이 달리기 시작하여 순식간에 스케치가 완성되었다. 선생님은 바로 물감과 붓을 들어 채색을 끝냈다. 내가 그린 견본 같은 것은 처음부터 보지도 않았다. 모든 것은 선생님의 마음속에서 만들어진 것이다. 갑자기 선생님은 완성된 그림을 내 앞에 내밀었다. "조금이라도 닮았나요? 만족해요?" 그런데 그 짙은 감색 살피그로씨스야말로 어김없는 바로 그 꽃으로, 방금 어머니의 화단에서 꺾어 온 것 같은 느낌이었다. 선생님은 그 그림을 교장 선생님에게 드렸다. "색다른 꽃이군요"라고 교장 선생님은 말씀하셨다. "나팔의 혀라든가, 무슨 그런 이름의 꽃이지요. 우리 어머님의 조그마한 뜰에 해마다 피었었지요." 그렇게 말씀하시고 교장 선생님은 그림을 선생님에게 돌려 주셨다. 그러나 선생님은 나를 가리키며, "이 학생만이 저의 수업에 끝까지 열심히 나와 주었습니다. 이것으로 수업은 끝납니다만, 내가 그린 이 살피그로씨스는 학생에게 기념으로 줄 테니 가지도록 해요"라고 말씀하시고서 선생님은 일어나셨다. 나는 그 그림을 손에 들고 물러날 수밖에 없었다. 우울한 날이 며칠 동안 계속되었으나, 시인들의 커다란 시집 속에 다시 도피함으로써 간신히 우울함을 극복했다. 나의 기분에 딱 들어맞는 시는 한 구절도 찾을 수 없었으나, 이번에도 역시 마음을 편안하게 해주는 효과는 없지 않았다.

마침내 여름이 다시 찾아왔다. 이제는 생활이 훨씬 자유스럽고 단순해졌다. 수업 외에는 체조와 뜀뛰기 그리고 수영만이 학교 생활의 중심이 되었다. 근육을 뼈처럼 단단하게 단련시켜야 된다고 이전에 에봐가 권한 일이 있었는데, 이것은 갑자기 학교 전체의 요청이 된 것이다. 게다가 괴로운 일이 있어도 우는 소리를 내는 것은 스파르타식으로 엄금되어, 아무리 괴로운 일이 있어도 겉으로 드러내거나 얼굴을 찌푸리지 않고 참아 내야 했다. 성적이 나쁜 것은 대단한 일이 아니었다. 그와 반대로, 앞으로 높은 철봉에서 대차륜大車輪을 할 수 있는 능력이 자신에게 있을 것인지의 여부가 꿈속에까지도 끈질기게 쫓아오는 일이었다. 선생님들의 추억에 영예 있으라! 몇몇 선생님은 육체 단련의 기쁨을 같이한다. 그래서 학년말이 되면 이 분야에서 두각을 나타낸 육상 선수나 체조 선수는 라틴어나 그리스어 성적이 형편없더라도 학년말에 다소 참작을 받게 된다.

공상에 잠긴 다수의 무경험자들은 그 나이에 당연히 일어나는 육체적인 변화를 깨닫게 되면 유쾌한 오해를 하게 된다. 처음에는 병신이 된 것이라고 생각하지만, 곧 그것을 깨닫게 된다. 그리하여 자기만은 특별히 조숙하고, 다른 사람보다도 체조에 더욱 힘을 기울였기 때문에 자연히 특별히 상을 내린 것이라고 생각하고는 어른이 되기 시작한 징후를 한층 촉진시키려고 정신이 없다. 그러나 동년배로서 체조나 수영을 하지 않아도 똑같은 상이 주어진다는 것을 알게 되면 속이 부글부글 끓어오르는 것이다.

  후고의 병세는 겨울 동안에 더 악화되었다. 그는 오랫동안 학업을 중단하고 요양해야 했으므로 2년째도 휴학을 했다. 그가 다시 학교에 나타났을 때 우리들은 동급생이 되었다. 그래서 이제는 반말을 하는 사이가 되었는데도 아무런 거리낌이 없었다. 후고는 다른 사람을 시기할 줄도 모르고 심장이 약하기 때문에 체조도 할 수 없었는데, 그는 나의 노력을 크게 격려해 주었다. 다음해 여름, 그는 나의 연습을 주의깊게 바라보고 있다가 새 기록이 나오면 그때마다 칭찬하거나 비평을 하곤 했다. 그러는 동안 우리 사이에는 눈에 띄지 않는 새로운 유대가 생기게 되었다. 그것은 내가 그 당시 인정하고 있었던 것보다는 견고하고 미묘한 유대 관계였다. 왜냐하면 그가 자기 집에서 보낸 일년 동안의 일을 들려주는 사이에, 그의 가족들이 내게 점점 친숙하고 뚜렷한 모습으로 부각되었기 때문이었다. 어느 날 그의 누이동생 이르마에 대한 정열이 내 마음을 밑바닥부터 지배하게 되고, 그것이 후고와 나 사이에 이야기할 수 없는 비밀이 되었다. 그 아이를 한 번이라도 본 일이 있었던 것은 아니지만 — 후고는 그녀의 사진도 갖고 있지 않았다 — 영혼은 하나의 모습을 만들어 내는 데 있어서 재료를 필요로 하지 않는다. 영혼에는 어떤 엷은 근원 심상 같은 것이 태어나는 순간이 마련되어 있었다. 후고가 전해 준 기본적인 특징은 쉽사리 감각적인 것으로 변하게 할 수 있었던 것이다. 다소 결여되어 있는 것은 학생들이 함께 산책나갈 때 만나게 되는 아름다운 란츠후트 처녀들 중 누군가가 메워 주었다. 여름 동안에는 모든 것이 아직 농담 정도였다. 그러나 꿈꾸는 듯한 여명의 계절이 다시 찾아오자, 이르마는 내 생활의 유일한 뜻이 되었다. 그래서 나는 교묘하게 대낮부터 여러 가지 생각을 더듬어, 그 천상의 존재를 석양의 화제 속으로 끌어들일 수 있는 계획을 짜냈던 것이다. 왜냐하면 후고가 처음에는 이야기를 피하려고 했기 때문이었다. 그러나 마침내 나의 열의에 끌려 그 친구도 동조했는데 그것은 나에 대한 그의 전폭적인 지지 결과가 되었다. 그래서 그때부터는 자유자재로 나를 행복하거나 불행하게 만들었다. 카딩에서 과일이라도 가져오면, 나는 언제나 특별히 좋은 사과를 하나 골라 이르마를 위한 것이라고 말하고서 취침 전에 후고에게 바쳤다. 그리고 그도 며칠 후에 누이동생으로부터의 답례를 나에게 전하는 일을 잊지 않았다. 때로는 답례품까지 주어 나를 더없이 기쁘게 해주었는데, 그러던 어느 날 슬픈 표정을 짓더니 이르마로부터의 마지막 인사를 전하고 나를 절망의 지옥으로 떨어뜨렸다. 즉 이르마는 뷔르츠부르크에서 유복한 젊은 상인과 알게 되어 곧 결혼할 것이니 부디 너무 비관하지 말기를 바란다고 말했던 것이다. 그렇지만 나도 그토록 간단히 물러서지는 않았다. 지금은 진짜 정열과 연극의 정열이 끝없는 잔소리와 같이 되어 버렸다. 그래서 대단한 사건이 전개되었다. 마침내 후고도 내 뜻을 꺾지 못해 이르마의 약혼을 취소해 버렸다. 그러나 이것으로 유감스럽게도 애정의 정점은 지나가 버렸다. 원래 순수했던 감정은 희박해지고 기지의 도가 더해진 연극처럼 되어 갔다. 그러나 이르마는 여전히 얼마 동안 매력과 아름다움을 더해 갔다. 후고는 연장자로서 나의 학업을 돌볼 의무가 다소 있다고 느끼고, 이르마가 항상 걱정하고 있다는 말을 하여 교묘하게 학업에 대한 나의 열성을 격려해 줄 수가 있어 상당히 도움이 되었다. 좋은 성적이든 나쁜 성적이든 그는 일일이 누이동생에게 알리고, 그와 똑같이 그녀의 칭찬과 상심을 내게 정확히 이야기해 주었다. 이렇게 해서 나는 한 번도 만난 일이 없는 연인에게 인정받고자 학업에 정진했다. 사제인 교장 선생님이 퇴임하실 무렵까지, 이 미묘한 정신적 관계는 계속되었다. 그것은 아마도 이 교장 선생님에 의해서 조성된 분위기에서만 가능했을 것이다.

녹색 책상과 잃어버린 열쇠

갇혀 있다시피한 대다수의 소년들의 마음속에는 항상 반역심이 준비되어 있는 법인데, 다시 한 번 새로운 명령자가 우리들 위에 자리잡게 되었을 때 그것은 갑자기 폭발해 버렸다.

그분은 정말로 인자한 분으로, 나중에는 학교를 수리하고 정화하는 일에 전력했다. 부임한 무렵에는 환경의 변화 때문에 마찰이 생기기도 했지만, 우리들을 적절하게 다루는 법을 터득하는 데 다소 시일이 걸렸다. 그렇다고 해서 그분이 우리들을 특별히 심하게 다루었다는 것은 아니다. 아무래도 몇 가지 개혁을 하기도 했고, 너무나 열심히 우리들을 겨울의 새벽 미사에 끌어내려고도 했다. 그러나 전체적으로는 모든 것을 종래의 습관대로 했고, 처벌하는 것은 좋아하지 않았다. 그러나 우리들은 이미 전임 교장 선생님의 묵묵히 실천하는 현명한 지도에 완전히 익숙해져 있었다. 그분은 눈에 띄게 간섭하지 않고서도 우리들을 단속하는 요령을 알고 있었던 것이다. 그러나 새 교장 선생님은 덥수룩한 구레나룻과 유행하는 옷차림만으로도 거리감을 주었는데, 게다가 인사할 때도 몇 가지 강경한 발언을 했던 것이다. 어색한 북부 독일의 말투는 바이에른 말씨에 익숙한 내 귀에는 몹시 강렬하게 들렸다. 어디선가 우리가 꽤 장난꾸러기의 집단이라는 말을 들은 것이 분명했다. 그래서 유감스럽게도 교장 선생님은 그 말을 입 밖에 내버리고 말았다. 그는 근본적으로 질서를 바로잡으려고 결심하려고 부임했던 것이다. 그것은 흠잡을 일이 아니었으나 그것을 입 밖에 낸 것은 실수였다.

예로부터 전해 오는 방위 수단으로 여러 가지 반항적 소요가 있었는데, 우리들은 이것을 데모라고 불렀다. 성직자였던 전임 교장 선생님에게는 아무리 난폭한 학생이라도 깊이 존경하는 마음을 갖고 있었기 때문에 그런 짓을 하자고 말할 용기는 없었다. 그러나 이번에는 당장에 의견이 일치되어, 물론 처음에는 온건한 방법이기는 하지만 좌우간 '데모'를 해야 된다고 말했다. 데모를 하는 방법에는 여러 가지가 있었다. 예를 들면 분명치 않은 견책에 대한 회답으로 심하게 잡아 끄는 신음 소리가 즐겨 사용되었다. 이것은 목구멍과 연구개를 반반씩 사용해서 나오는 것으로 특별히 얼굴을 찌푸릴 필요는 없었다. 뿐만 아니라 배우 소질이 있는 사람은 신음 소리를 내면서도 아주 애교 있는 미소를 지을 수도 있었다. 72명 전체 학생이 일제히 하면, 언제나 효과는 만점이었다. 이번에도 효과는 컸다. 아니 생각했던 것보다 더 컸다. 왜냐하면 다음날 식당으로 들어가 보니 그 한가운데 다리가 긴 청개구리 빛깔 비슷한 작은 식탁이 놓여 있어 첫눈에 어딘지 섬뜩한 느낌이 들었던 것이다. 우리들은 곧 그 뜻을 깨달았다. 식사가 끝나기 전에 교장 선생님은 방울을 울리고, 말을 잘 듣지 않는 학생은 처벌대로 앞으로 그 책상에서 따로 식사해야 된다고 했다. "이상 끝"이라는 날카로운 말과 함께 그 적의에 찬 선언은 끝났다. 순간 우리는 굳어진 채 서 있었다. 그러나 최상급생의 식탁, 즉 보통 올림포스라고 불리는 곳으로부터 당장 씩씩하고 믿음직스러운 저음의 웃음 소리가 울려 왔다. 그것은 중급생 식탁에서 일어난 소리와 합쳐져서 높아지고, 계속해서 일학년생의 높은 소리 속으로 수줍은 듯이 사라져 갔다.

즉 올림포스에는 반란의 거두들이 앉아 있었기 때문이며 반란은 멎을 줄 모르고 드디어 실행으로 옮겨졌다. 장래의 사태를 탐지해 내고 있는 이 젊은이들은, 위대한 세기의 고귀한 민족은 불성실한 생활보다도 자유를 높이 평가했다는 것을 우리에게 상기시키고, 게쓸러(《빌헬름 텔》로 널리 알려진 이야기로서, 스위스의 총독 게쓸러는 모자를 걸어놓고서 강요했다)의 모자를 예로 들고는 이것이야말로 저 작은 녹색 책상의 선례로 보고 싶다고 말했다. 그들은 행동 통일을 요구하고 개인적인 반역 행위는 일체 유해하다고 선언했다.

이 선언은 우리들을 감격시켰다. 낡은 기숙사는 벌집을 쑤신 듯이 소란스러워지고, 매우 공허했던 시간의 그릇은 알맹이를 얻어 여러 차례 빛이 나면서 끓어올랐다. 전체적으로 관용의 정신이 솟아오르고 그을었던 적대심은 사라졌으며, 낡은 차용증은 찢겨지고 도난당한 물건들은 자진해서 반환되었으며, 계급적인 차별의 강조는 관대하게 회피되었다. 하여튼 우선 몽매한 교장 선생님이 한층 깊숙이 들어가 움직이지 못하게 될 때까지는 큰 타격을 주지 않고 적당히 기다리자는 결정이 내려졌다. 테이블을 가지고 들어옴으로써 우리들의 입장은 명확하고 확고한 것이 되었기 때문에 이제는 되어 가는 대로 방관하면 되었다. 근본적으로 우리가 그 새 식탁을 싫어했던 것이 아니라 도리어 전의를 침체시키지 않는 아름다운 녹색의 진군 나팔로 보고 매일 즐겼던 것이다.

청년에게는 몽상적인 점이 반드시 따라다닌다는 것이 일반적인 생각인데, 그 의미는 청년에게는 행복에 대한 예측이 없다는 것이리라. 그것은 또한 대립된 현상이나 사상이 청년들의 가슴속에서는 방해를 받지 않고 돌아다니고 구름처럼 서로 융합하는 것을 가능케 하는 그 경쾌함, 즉 비물질성을 뜻할 것이다. 아무런 반항도 필요로 하지 않는 시인들의 세계가 그 무렵 나의 정신적인 고향이 되기 시작하고 있었는데, 그것은 학교 전체의 소요 속에서 함께 회전하는 것을 방해하지는 않았으며, 일체의 내면적 요구를 두둔하는 것처럼 보이기까지 했다. 이미 나는 자연自然이 우리들과 결탁하고 있는 것을 보았다. 오랫동안 잊고 있던 포렐레(어린 시절의 여자 친구)의 고시告示가 마음에 떠올랐다. 잿빛 하늘에서 진눈깨비가 내리기 시작했을 때, 요도크 탑으로부터 지붕의 기와가 트럼프 카드처럼 흩날렸을 때 혹은 교외에서 나무를 넘어뜨리고 집을 부쉈다는 홍수에 대한 불길한 뉴스가 들려 왔을 때, 나는 몸을 떨며, 심히 노하면서도 우리들을 깊이 이해해 주는 자연 세계를 기쁘게 환영했다.

겨우 2월이 되었을 뿐인데, 어느 날 오후 식당을 지나칠

때 번개가 쳤다. 그 작은 책상이 녹색의 불꽃을 내면서 바로 내 눈앞에서 타올랐다. 식탁에서 섬광이 쏟아져 나왔다. 애정이라고 표현해도 좋을 감동이 나를 끌어당겼다. 수형자처럼 그 식탁 앞에 앉고 싶다는 욕망을 억제할 수 없었다. 그래서 나는 곧 의자를 찾기 시작했다. 그러나 그때 학생들이 식당으로 들어왔기 때문에, 배신의 발작은 사라지고 도망쳐 나올 수밖에 없었다.

후고도 나와 별로 다른 점은 없었다. 그도 이중 생활을 하고 있으면서, 아무리 어린 아이 같은 바보짓이라도 할 의향은 충분히 있었으나, 한편으로는 위대한 시인들의 밀려오는 물결에 대해서 동경의 가슴을 펼치고 있었다. 우리는 밤새 사이 좋게 책을 읽으며 지내는 일이 많았다. 서로 상대방의 감동을 존중했다. 산문은 숭고한 가락을 갖고 있지 않는 한 경멸되었다. 우리들을 매혹시킨 것은 오직 비상飛翔뿐이었고, 고귀하고 장중한 걸음걸이는 아니었다. 물론 꿈속처럼 차별없이 그리고 깊은 생각도 없이 우리는 클로프슈토크, 실러, 클라이스트, 횔덜린, 괴테 등 무엇이든지 수용했다. 그것들은 우리들에게 있어서 아직 엄격하게 갈라져 있는 세계가 아니라 케트헨 폰 하일브론과 이피게니는 우리들 영혼의 희미한 빛 속에서 오누이처럼 방황하고 있었다. 그리고 또 어느 시인이 다른 시인보다 뛰어났다든지, 한 시인을 다른 시인에 의해서 극복할 수 있다는 생각은 우리들에게 떠오르지 않았다. 모든 시인은 우리들에게 눈에는 보이지 않는 영혼이라는 나무의 크거나 작은 가지에 불과했다. 그 나무는 북부 독일 어딘가에 자라고 있으면서, 모든 영혼 위에서 바람에 흔들리고 있었다. 그러기 때문에 시인들은 서로 부러워할 필요가 없었다. 각자 자신의 길을 걸었고, 다른 어떤 시인도 넘볼 수 없는 최고의 빛이 빛나는 지점에 이미 도달했다. 마음의 어둠이 오직 자신의 내부에서만 밝아지는 시점이 각 시인들에게 찾아왔던 것이다. 우리들은 개인적인 일에 별 흥미가 없어서, 괴테가 클라이스트나 횔덜린을 위해서 아무 일도 하지 않았다는 말을 들었다 해도, 한쪽 귀로 흘렸을 것이다. 괴테는 그들을 위해서도 바라보고 노래하지 않았던가? 그러나 그들의 악마적 운명은 그들 자신의 것으로, 그것을 떨쳐 버릴 수는 없었다. 전에 만든 그리스도 강림 인형도에서 악마를 제거하고 싶지 않았던 것처럼, 나는 그들에게서 그들의 악마적 운명을 떼놓고 싶은 생각이 없었다.

한편 젊은 반항 정신은 그들 천재들의 한가운데를 뚫고 지나가서는 이윽고 어두운 빛이 밝은 무색의 것과 교착하도록 기이한 빛을 내면서 불탔다. 모든 것은 이미 결단의 시기로 접어들고 있었다. 바짝 여윈, 다소 뻔뻔스러운 2학년 학생이 녹색의 작은 책상 옆에서 죄를 참회하는 첫번째 사람으로 선정되었다. 이 가엾게 생긴 학생은 머뭇거리면서 잿빛으로 창백해진 얼굴로 책상 쪽으로 다가갔는데, 마치 우리들 전부에게 용서를 빌기라도 하는 것처럼 잦아들 것 같은 시선으로 주위를 두리번거렸다. 그러나 채 2분도 되기 전에 그는 갑자기 두 손을 명치에다 대고는 성자를 부르기라도 하는 것처럼 비통한 소리를 내면서 일어나, 목구멍 안에서 억지로 내는 듯이 묘하게 외치며 밖으로 달려나가 자신의 침대 위로 쓰러졌다. 그리고 사흘 동안 그는 침대를 떠나지 않았다.

교장 선생님은 이 수수께끼 같은 사건으로 불길함을 깨달았어야 했는데, 유감스럽게도 그것을 가볍게 넘겨 버렸다. 그리고 다음 일요일에도 또 한 명의 학생을 작은 책상 옆으로 불러냈다. 이 학생은 교회 산책 때 순무를 훔친 데다가, 그것을 나무란 밭주인에게 난폭한 짓을 했던 것이다. 그 처벌을 당하게 된 학생이 디켈후버라는 것을 보았을 때 나는 교장 선생님에 대해서 일종의 동정심을 억누를 수가 없었다. 왜냐하면 이 농부처럼 생긴 거만하고, 더군다나 완고하고 교활한 소년을 알고 있는 사람이면 어린 아이용의 식탁으로 붙들려 가는 것은 소년 쪽이 아니라 오히려 교장 선생님 쪽이라고 생각해도 좋았기 때문이었다. 우리 일동의 흥분은 갑자기 고조되어, 이미 누구 한 사람 자기 자리에 앉아 있을 수가 없었다. 모두가 약속이라도 한 듯이 일어서 있었다. 모두 일의 중대성을 느꼈던 것이다.

　"책상 쪽으로 가라" 하고, 교장 선생님은 애처롭고도 진지한 어조로 말하고서 책상 쪽을 손가락으로 가리켰으나 거기에는 무엇인가 강제적인 것이 있는 것처럼 나에게는 생각되었다.

　디켈후버는 그것을 느끼지 못했고, 겸손하게 아니 거의 공손한 어조로 그곳으로 가기 싫다고 분명하게 말했다. 이제 이 학생은 단순하게 다룰 수 없는 사람이라는 것이 누구의 눈에나 분명했다. 교장 선생님은 부드럽게 설득시키려고 했다. 디켈후버를 향해서, "오래 앉혀 두고 싶은 생각은 전혀 없다. 벌은 오직 상징적인 것에 불과하지만, 규칙은 무엇보다도 중요한 것이다. 너는 현명한 아이니까 승복하리라고 생각하는데, 유감스럽게도 그 규칙을 지금 네가 범한 거야"라고 타일렀다. 그리고 또 책상 쪽으로 가라는 손짓을 해보였다. 그때 나는 속으로 떨기 시작하고 — 그것은 이미 명령이 아니라 오히려 권유였으며 거의 애원이었는데 — 이 불행한 디켈후버가 여전히 버틸 수가 있을는지 의심하기 시작했다. 적어도 나였더라면, 나는 나 자신에 대해서 책임을 질 수 없었을 것이다. 그래서 이 마음속 깊숙한 곳에 있는 두려움으로 인하여 전혀 아무런 생각도 없이, 디켈후버보다는 오히려 나 자신을 생각하면서 큰소리로 "가지 마!"하고 외쳤다. 무서운 고요가 이 경솔한 말에 이어 계속되었다. 새로운 사태가 일어난 것이다. 누구나가 그렇게 느꼈다. 눈을 무섭게 뜨고서 교장 선생님은 나를 돌아다보았다. 이미 나는 나 자신이 이번에는 녹색 책상의 벌을 받는 것이 아닌가 하고 생각했다. 그러나 그때 갑자기 연습해 둔 듯이 72명의 학생이 일제히 소리쳤다. "가지 마!"

몹시 흥분하게 되면 일상의 언어를 버리고 리드미컬한 말투가 되는 아라비안 종족이 있다는 것은 다 아는 얘기다. 지금의 우리가 그러했다. 합창단 전원이 가락에 맞추어 마치 노래를 부르듯이 외쳤다. "디켈후버, 가지 마라, 가지 마! 책상 옆으로 가지 마!"

그러자 디켈후버는 손을 들어 신호를 보내고서, 하고 싶은 말이 있다고 했다. 모두 조용해졌다. 그는 갈피를 잡지 못하고 더듬거렸으나, 말뜻은 알 수 있었다. "전임 교장 선생님은 이런 녹색의 책상 같은 것 없이도 잘 다루셨으며, 다름 아닌 저지低地 바이에른 사람이었습니다. 저지 바이에른에서 지금 이러한 일이 있을 수 있다는 것은 슬픈 일입니다. 나의 고향 가이젤회링에서 내가 이런 형틀에 앉혀졌다는 사실을 아버지가 들으시면 침을 뱉으실 것입니다. 싫은 일입니다. 차라리 나는 학칙에 따라 처벌을 받고 싶습니다." 그리고 나서 그는 교장 선생님의 흉내를 내어 "이상 끝!"하고 덧붙였다. 이런 연설을 하면 무슨 큰일이 일어나는 것인가 아닌가 하고 모두들 생각했다. 그러나 아무 일도 일어나지 않았다. 교장 선생님은 디켈후버에게, "너무 흥분했구나. 완전히 틀린 생각에 사로잡혀 있는 거야"라고 말하고서, 가까운 시일 안에 단둘이서 잠깐 이야기해 보자고 제안했다. 그리고 우리들에게도 착석하라고 말하고 자신도 앉았다. 모든 것이 종전과 똑같이 진행되었다. 작은 책상 옆은 공석인 채 그날 밤은 아무 일 없이 평온하게 지나갔다.

후고나 나처럼 어린 아이 같은, 금방 화해를 해 버리는 마음의 소유자는 이제 거의 결말이 지어졌고, 차츰 모두들 양보해서 예전의 복종 형식으로 돌아갈 수 있으리라고 생각하고 있었다. 그러나 그렇게 생각한 것은 우리들의 미숙을 증명한 것에 지나지 않았다. 반란의 지도자들은 사태를 좀더 명백하게 간파하고 있었다. 그들은 인생과 역사의 대단한 정통자로서, 철저하지 못한 행위의 위험성을 알고 있었다. 물론 그들도 역시 비상 사태가 언제까지나 계속되는 것은 아니라는 것을 알고 있었다. 그러면서도 그들은 무기력한 결말이 아니라 단호한, 의기양양한 결말을 짓고 싶어했다. "그렇지만 나는 이렇게 생각한다. 녹색의 책상은 파괴되지 않을 수 없다"라고. 올림포스 쪽으로부터 카토(로마 시대의 집정관. 카르타고는 파괴되지 않을 수 없다고 연설했다)식의 말이 울려 왔다. 누가 먼저 그 말을 하기 시작했는지 아무도 몰랐다. 어찌되었든, 그런 말이 튀어나와 책상에서 책상으로 바람처럼 전해져 모두를 납득시켰다. 경멸당하고 있는 작은 책상을 위해서 변호하려는 사람은 한 사람도 없었다. 그래서 즉결 재판 때처럼 판결의 집행은 24시간 이내에 행해졌다.

다음날 수업과 전원 산책 시간 사이에 반란군들은 외투 속에다 목공소에서 가져온 톱, 도끼, 끌을 숨겨 가지고 식당으로 들어왔다. 나는 보초역을 명령받고 계단, 복도, 교정 쪽의 동정을 살피게 되었다.

오레스테스(그리스 신화의 인물. 아버지의 복수를 위해서 어머니와 그녀의 애인을 죽인다. 엘렉트라는 그의 누나)가 집안에서 살인을 하는 동안 밖에서 기다리고 있는 엘렉트라와 같은 흥분을 느끼면서 나는 멀리서 들려 오는 파괴의 무딘 소리를 듣고 있었다. 그리고 내가 직접 개입하지 않아도 된 일을 남모르게 기뻐하고 있었다.

만행은 불과 몇 분 내에 끝났다. 해질 무렵 우리가 모였을 때, 교장 선생님은 식당에 들어서면서 이미 가엾은 한 덩어리의 나뭇 조각과 대패밥이 되어 버린 책상을 보았다. 그 위에는 작은 책상 다리가 해골 다리처럼 조립되어 올려져 있었다. 교장 선생님은 새파랗게 질려 소리를 지르려는 듯했으나 마음을 가다듬고 남성적인 자제의 모범을 보였다. 급사를 불러 "이것을 치워라"하고 명령했을 뿐, 마치 아무 일도 일어나지 않았던 것처럼, 날마다 하는 기도를 하려고 두 손을 올렸다. 이 기도가 이때만큼 72명 전원에 의해서 카랑카랑한 목소리로 열심히 행해진 일은 한 번도 없었다.

　눈도 깜박이지 않고 모두들 십자가 쪽을 지켜 보고 있었다. 그러나 각자의 마음의 눈에 보이는 것은 아마도 파괴당한 처형 도구였을 것이다. 식사가 시작된 후에도 제사를 지낼 때 음식을 먹는 것과 같은 조용한 분위기가 감돌고 있었다. 앞으로 어떤 사태가 일어나든 괴로웠던 시기가 지났다는 것을 누구나가 느끼고 새로운 생활이 시작되기를 바라고 있었다. 녹색의 작은 책상이 엄연한 현실로 홀에 있었던 동안 끝내 아무런 힘도 발휘하지 못하고 파괴되어 버린 것이다. 그러나 지금은 정신적인 현상으로 우리들 사이에 감돌면서 반성을 재촉하고 있었다.

　우리들의 생명의 깊숙한 곳에 조용히 자리잡고 있는 것으로부터 모든 생성이 시작되는 법인데, 그것은 한 사람 한 사람의 영혼에 있어서 건설과 파괴의 독자적인 형식을 갖고 있다. 그것은 이따금 나를 완전히 잊어버리는 것 같았으며 마침내는 경솔함과 자만심 때문에 자칫 자신을 상실하는 일이 있었다. 그럴 때, 그것은 갑자기 위협의 표시를 내 손 안에 재빨리 쥐어 주었는데, 반성의 여유를 주는 일은 드물고 계속 재앙을 가져다 주어, 마침내 나는 다시 몸을 움츠리고 자신의 몫을 지키게 되는 것이었다.

　반항의 하루하루는 지나갔다. 모두들 반은 자랑으로 여기고, 반은 부끄러워하면서 다시 생각했으나 그런 나날이 되돌아오기를 원하는 학생은 하나도 없었다. 도취하고 있을 때는 지진이나 홍수에 대하여 도와 주기를 바랐으나, 다행히도 그런 일은 일어나지 않았다. 낡은 건물은 여전했으며, 간부 선생님들은 그 속을 무사히 왔다갔다했다. 그러나 반란이 헛일은 아니었다. 엄격한 훈시는 없어졌고, 그 작은 책상의 보충에 대한 이야기도 나오지 않았다. 그것을 부숴 버린 일에 대한 처벌도 내려지지 않았다. 그래서 우리들은 당연히 승리감을 만끽하게 되었고, 매우 대범한 마음가짐을 갖게 되었다. 게다가 사흘 밤을 계속하게 될 사육제謝肉祭도 다가왔고, 가장행렬을 하는 전통적인 권리를 포기하려는 학생은 한 명도 없었다. 그 이유만으로도 우리들은 교장 선생님에게 자신들은 명예를 지키고 싶었을 뿐이었으며, 특별히 그 이상 부정하려는 생각은 없었다는 것을 보이는 것이 중요하다고 생각했다. 그런데 불쾌한 어떤 사건 때문에 아직 뭉쳐지지 않았던 이 평화적인 관계가 위협을 받게 되었는데, 동시에 그것은 우리들에게 새롭고 성실한 기분을 표명할 기회를 주었다.

어느 날 아침, 학생용 도서실의 커다란 책장이 닫힌 채 열쇠가 없어진 사건이 발생했다. 곧 우리들은 악의를 품은 학생의 소행이라는 점을 의심하지 않을 수 없었다. 모두가 이 어리석은 행동을 비난하고, 범인에게 열쇠를 돌려달라는 호소문까지 붙여 놓았다. 그러나 열쇠는 여전히 나타나지 않았다. 그때 누군가의 제안에 의해서, 교장 선생님에게 대표단을 보내서 자신들은 이 못된 행위를 유감스럽게 생각하고 진지하게 비난하고 있다는 것을 표명하기로 했다. 이 착상에 나는 우쭐해졌다. 그래서 누군가 대표가 될 사람은 없느냐고 물었는데도 그 즉시 아무도 신청하지 않자 약간 성급하게 나섰을 정도였다. 교장 선생님은 우리들을 진지하게 맞이하고,

내가 발언의 허락을 받았을 때 이마에 걱정스러운 주름살이 잡혔으나 나의 짧은 연설 동안 이내 퍼졌다. 그리고 이야기를 하는 동안에 마침내 흥분이 고조되어 우리들의 손으로 비겁한 범인을 반드시 찾아내어 최소한 4주일 동안 동맹 절교를 하겠다고 단언했을 때, 교장 선생님께서는 미소를 짓고 자발적으로 의논하러 온 우리들의 결의를 칭찬해 주었다. 그리고 정답게 전송하면서 새 열쇠를 만들도록 이미 조치했다고 말했다.

이렇게 해서 이 뜻밖의 사건도 커지지 않은 채 끝나고 우리들도 즐겁게 사육제 준비를 하면서, 양친에게 편지를 써서 갖고 싶은 것을 사달라고 조르고 소규모의 연극 연습도 했다. 나의 부탁 편지는 가장 빨리 승낙의 회답을 받은 편지 중 하나였다. 기다린 상자가 카딩으로부터 도착했다. 그 속에는 얇은 포장지에 싸인 좋은 대마지大麻地의 셔츠 한 장이 맨 위에 들어 있었다. 그것은 온통 세로 주름이 잡혀 있고 깃에는 짙은 빨강 연사練糸 끈이 꿰어져 있었다. 셔츠 밑에는 소매가 짧은 빌로드 저고리가 들어 있었는데, 이것은 고향집 뜰의 개량종 아마亞麻가 한낮의 햇빛을 받은 것 같은 아름다운 빨강이었다. 금빛의 끈을 이중으로 돌려 밴드로 삼고, 그 앞쪽에는 비단에 금실로 수를 놓아 만든 조그마한 주머니가 달려 있었다. 손을 넣어 보니 탈러(약 3마르크에 해당됨) 하나가 들어 있었다. 연한 회색 바지는 몹시 좁았는데, 양말에 연결되어 있었다. 끝이 뾰족한 빨간 구두에는 금빛을 띤 쥐색의 조그마한 장미 장식이 빛나고 있었다. 모자는 저고리 빛깔과 같았고, 상자 안쪽에 꼭 꿰매인 채 들어 있었는데, 번쩍

거리는 조그마한 보석 고리로 장식되어 있었으며 흰 깃 하나
가 꽂혀 있었다.
  후고는 이 의상 전체를 고대 농부의 의상이라고 설명했는
데, 샤벨〔劍〕이 들어 있지 않은 것을 이상하게 여겼다. 그래
서 나도 무엇인가 무기가 있는 편이 좋다고 생각했다. 그때
나는 옛날에 어머니의 손을 다치게 한, 그 화가 치미는 프랑
스식 샤벨에 대한 생각이 떠올라서, 샤벨을 보내주지 않은
이유를 겨우 알아차릴 것 같은 기분이 되었다. 그러나 그것
은 나의 기쁨을 덜하게 하지는 않았다. 그렇지만 그 날의 행
복감은 기묘한 침전을 체험하게 했다.
  수업이 시작되기 전에 나는 잠깐 교정으로 뛰어나가, 원래
금지되어 있는 일이었지만 얼음 위를 이리저리 미끄러져 달
렸다. 이미 어두워지기 시작하고 있었으며, 멀리 성마루 근
처에는 어린 아이들이 큰 나무를 심은 화분 서너 개를 손수
레에 싣고 지나가고 있었다. 그것을 넋을 잃고 바라보고 있
자, 수업 시간을 알리는 종소리가 들려 왔다. 그러나 나는 바
로 그것에 따르지 않고, 다시 한 번 얼음 위를 미끄러져 달리
려고 결심했다. 그때 나는 빙판 위에 넘어져서 왼쪽 갈비뼈
밑에 숨이 막힐 것 같은 심한 통증을 느꼈다. 간신히 일어나
빙판에 뾰족한 돌이나 그루터기라도 있어 다친 것이 아닌가
하고 찾아보았다. 그러나 그럴 듯한 것은 발견되지 않았다.
그런데 조끼 호주머니 속에서 무엇인가 딱딱한 것이 손에 잡
혀 꺼내 보니, 그것은 중간 크기의 놋쇠로 만든 열쇠였다. 곧
그것이 없어졌던 기숙사 책장의 열쇠라는 것을 알았다. 문제
의 날 늦게 도서실로 책을 반납하러 갔던 일이 어렴풋이 떠

올랐다. 그때 아무 생각 없이 열쇠를 돌려 빼서는 양복장 열쇠의 경우처럼 호주머니 속에 집어넣은 것이 분명했다.
 이른바 방심 상태에서 야기된 혼란이나 재앙은 서로 용서하는 것이 통례인데, 의식적으로 범한 부정 행위의 결과 때문에 한층 더 괴로워하는 일도 때로는 있다. 자신의 본성이 이처럼 분명치 못하다는 것을 알았을 때, 우리는 본성에 대해 불신하지 않을 수 없게 된다. 나의 경우에는, 지금 특별히 난처한 사건이 일어난 것은 아니라고 스스로 위로할 수가 없었다. 죄책감과 결백감, 고독감과 공동의식, 경험한 것과 경험하지 못한 것과의 예감이 서로 작용하여 나를 몹시 의기소침한 상태로 몰아넣었다. 어렸을 때, 잡동사니 상자 속에서 발견한 미이라의 손가락은 이 열쇠에 비하면 얼마나 반가운 발견물이었는지! 그리고 그때보다도 지금의 비밀이 훨씬 더 괴롭게 생각되었다. 실제로 평소의 양심이 내게 말했다. 때를 놓치지 말고 열쇠를 돌려 주고 먼저 동급생에게, 다음에 교장 선생님에게 고백해야 된다고. 이 기도企圖에는 다소 허영심까지 섞여 있었다. 그것은 틀림없는 일이었다. 심한 질책을 각오하지 않으면 안 되지만, 결국 자백했다고 해서 대단한 칭찬을 받게 될지도 의문이었다. 그러나 이런 경우에는 다른 소리, 즉 지하로부터 부르는 소리는, 입을 열지 말고 잠자코 견뎌 그 체험을 하나의 배아胚芽처럼 가슴속에 파묻어 두라고 충고한다. 그때 갑자기 내 손 안에 있는 열쇠가 그 어떤 생물처럼 느껴졌다. 나는 도망자처럼 달리기 시작했다. 그리고 눈이 쌓인 경사지로 열쇠를 힘껏 던졌다.
 저녁에 나는 후고에게만은 비밀을 털어놓으려는 기분이

여러 차례 들었다. 그런데 후고의 머릿속은 이미 카니발 생각으로 가득 차 있었다. 진지한 이야기를 나누는 것은 불가능했다. 그러나 후고에게는 어딘가가 이상하게 느껴졌던 모양이었다. "내일은 첫날 밤이야" 하고 그는 내 태도에 화가 치민 듯이 외쳤다. 나는, "모르겠니, 이 속물아! 그때까지 명랑한 기분을 저축해 두겠어"라고 대꾸했다. "오늘 중으로 너를 웃기겠어. 내기할래?" 나는 그 제의에 즉시 응했다. 처음에는 별로 문제가 없었으나 역시 나는 그 내기에 졌다.

여느 때처럼 학년별로 늘어서서 침실에 가려 하고 있을 때, 이미 어두워진 식당 한구석에서 가냘픈 계집아이의 목소리로 "안녕히 주무세요. 시보試補 선생님. 안녕히 주무세요" 하는 소리가 들려 왔다. 인사를 받은 것은 신임 사감 부후카츠 시보 선생으로서, 번쩍거리는 금발의 숱이 많은 곱슬에 젊고 대단한 미남이었다. 선생은 그때 마침 완전히 명상에 잠겨 있는 것처럼 보였는데, 매우 즐거워하면서 아름다운 구레나룻에 손을 대고 가볍게 허리를 굽혀 어둠 속의 인사에 답례했다. 우리들은 모두, 후고가 카니발에서 허용되는 무례한 행동을 약간 앞당겨서 복화술을 구사했음을 알았다. 그래서 우리들이 계속 킬킬거리고 웃는 사이에 바로 옆에서 "정말로, 정말로 푹 쉬도록 하세요, 시보 선생님!" 하는 소리가 들렸다. 그것이 정말로 견딜 수 없을 만큼 신기하고도 우스웠기 때문에 교장 선생님이나 시보 선생 자신도 갑자기 웃음을 터뜨렸다. 나는 정말로 웃음을 참지 못해 2층 침대에 드러누운 후에도 웃음이 멎지 않았는데, 그때 문득 그 잃어버린 열쇠의 기억이 되살아났다. 나는 자신에게 타일러 그 열쇠의 대용물은 이미 마련되었으니 걱정할 것 없다고 위로할 수 있었으나, 역시 사건 자체는 나를 안정시키지 못했다. 혹 성惑星에 대한 후고의 공포가 나의 침대 주위를 에워쌌다. 나는 자신이 혹시 불운 속에 발을 들여 놓은 것이나 아닌가 하고 의심했다. 그러나 이때 가장 행렬 때 입을 멋진 의상이 머리 속에 떠올랐다. 공상 속의 내가 셔츠와 저고리를 입고 신바람이 나서 기뻐하고 있자, 갑자기 또 노란 열쇠가 나타났다. 그것은 번쩍번쩍 빛을 내면서 녹색의 책상 위에 놓여 있었다. 내가 그것을 감추려고 결심하고 그쪽으로 손을 내밀자, 열쇠의 자취는 이미 없어지고 거기에 있는 것은 낡은 화첩畵帖 속의 아름다운, 육필肉筆의 앵초(櫻草:여기서는 열쇠에 새겨진 꽃 그림을 말함) 그림뿐이었다. 나는 꿈 속에서 그 화첩을 뒤적거리기 시작했다.

카니발

　신임 교장 선생님은 우리들과의 관계가 평화롭기를 원하고 있음을 더욱더 분명히 나타내셨다. 선생님은 전통적인 카니발의 관습을 존속시켜 주시고, 우리가 색색의 기다란 테이프를 식당 벽에다 팽팽히 잡아 매고, 귀엽게 웃고 있는 황금빛 달님 여러 개를 그 테이프에다 매달기도 하고, 가장을 하고 뛰어다니기도 하는 것을 호의적인 경이의 눈길로 바라보셨다. 우리가 시내에 거주하는 학생들의 손을 빌어 포도주를 비밀리에 들여온 일은 교장 선생님의 눈을 피할 수가 없었고 몹시 걱정을 끼쳤다. 그러나 사흘 밤의 카니발 기간 동안 포도주를 마시는 일은 상급생과 중급생에게 있어서는 예로부터 하나의 특권이어서 교장 선생님께서는 과음하지 말라고 경고하실 뿐 그 이상 아무 말씀도 하시지 않았다. 교장 선생님은 내 의상을 칭찬해 주셨다. 다만 출신 성분이 매우 좋아 보이는 모습을 보니 약간 기분이 좋지 않다고 덧붙이셨다. 의상이 나의 모습을 바꾸어 놓은 것은 이번이 처음은 아니었다. 의상이 인간에게 하나의 태도를 강요하는 것은 틀림없이 의상의 뜻 가운데 하나였다.

그러나 술이 돌자, 숨겨졌던 본성이 드러나기 시작했다. 평소에 떠들던 사람이 생각에 잠긴 듯 입을 다물어 버리기도 하고, 그런가 하면 평소 융통성 없이 진실하고 내성적으로 보이던 사람이 갑자기 괴상한 목소리로 떠들어 대고, 야만적인 반란 시대로 되돌아간 듯한 분위기를 연출해 내는 사람도 있었다. 과장된 깊은 신앙심을 나타내어 종종 우리들의 반감을 불러일으켰던 어느 연약한 학생은 노랗게 얼룩진 하얀 광대복을 입은 채 울고불고 떠들어 대더니, 어디가 아프냐는 동정조의 물음에 지리멸렬한 어조로 위황병萎黃病에 걸려 있는 빨간 곱슬머리인 종자매의 이야기를 끄집어냈다. 이 가련한 종자매는 얼마 떨어져 있지 않은 우르줄라 수녀단의 수녀원에 격리되어 있는데 그곳에 있는 불쌍한 소녀들은 모두이 카니발 밤에도 기도하거나 우류를 마시고 있음이 분명하니, 비겁자나 겁쟁이가 아니라면 술을 갖고 수녀원으로 달려가서 심술궂은 수녀들을 내쫓고, 아름다운 소녀들과 함께 멋진 카니발을 즐기자는 것이었다. 이런 괘씸한 제안에는 당연히 곧 벌이 내렸다. 신을 모독한 그는 먹은 것을 토하고 뻗어 버리고 말았다. 그는 모든 사람들의 웃음거리가 되어 당황해하면서 도망쳐 버렸다. 뒤늦게야 겨우 그는 완전히 의기소침하여 후회하는 듯한 표정으로 다시 나타났다.

밤이 깊어 가는 사이에 새로 부임한 시보 부후카츠 선생 일로 사소한 논쟁이 벌어졌다. 소식통인 어느 학생이 알고 있다고 주장한 바에 의하면, 부후카츠 선생에게는 특별한 사정이 있으며 시재詩材가 있어서, 한가할 때는 방 안에 틀어박혀 성자와 성녀를 찬양하는 시를 쓴다는 것이었다. 그것은 이미 잡지에 발표되어 널리 알려진 훌륭한 시라고도 말했다. 나는 그 말을 듣고서 마치 자신의 일인 양 가슴이 마구 뛰었으나 이 소문은 몇몇 사람들로부터 믿을 수 없다는 반박을 받았다. 이윽고 심한 찬반양론이 벌어져 떠들썩했으나 터키인으로 가장한 후고가 기지와 농담으로 언쟁을 말려 화제를 명랑한 방향으로 전환시켰고, 그는 팔짱을 끼고 허리를 깊이 숙인 채 수수께끼에 싸여 있는 그 시보 선생에게 다가가서는, 한 마디 여쭈어 보고 싶다고 정중하게 말했다. 그러자 모두들 호기심에 가득 차서 차례차례로 모여들었다. 그러나 이미 만취된 후고는 우리 모두에게 환멸감만을 안겨 주고 말았다. 왜냐하면 선생이 좋다고 고개를 끄덕였을 때 후고는, 오늘은 무슨 짓을 해도 좋으냐, 정말로 무슨 일이나 허용되는 것이냐고 어린 아이 같은 목소리로 물었을 뿐이었기 때문이다. 부후카츠 선생님이 다소 불안한 표정으로 그것을 부정하자, 후고는 뒷걸음질을 치면서 겸손한 태도로 천천히 물러갔다.

학생들의 관심은 부후카츠 선생이 시인이냐 아니냐는 문제에서 재빨리 다른 일로 바뀌어 버렸다. 어쩌면, 진짜 시인을 바로 눈앞에 보고 있는지도 모른다는 가능성을 그처럼 쉽게 단념할 수가 없어서 그 비밀을 밝혀 보려고 결심한 것은 나 혼자뿐이었는지도 모른다. 그러나 어느새 전혀 해명할 수 없는 기묘한 운명이 이미 나에게 다가와 있었다. 우리 식탁의 포도주가 떨어졌기 때문에 나는 마침 교실로 가려고 했다. 왜냐하면 교실 안의 전혀 짐작할 수 없는 장소, 즉 교탁 안쪽에 아직 두 병이 더 숨겨져 있었기 때문이었다. 그때 계단에서 신기한 아름다움을 지닌 소년을 만나게 되었다. 최근에 기숙사에 들어온 아이임에 틀림없었다. 전에 본 기억이 전혀 없었던 것이다. 후고는 나중에 내가 매혹당한 것은 다분히 의상 때문일 것이라고 말했는데, 그 의견도 전혀 터무니없는 것이라고는 할 수 없을 것이다. 그 의상은 내것과 비슷했으나 거의 새까만 우단으로 만들어져 있었다. 밝은 금발의 곱슬머리에는 작은 모자를 쓰고 있었는데 그것 역시 검정색으로, 가장자리에 빛나고 있던 여러 개의 은銀 몰이 검은 빛의 고상한 멋을 더욱 돋보이게 해주었다. 나의 너무나도 솔직한 감탄에 대해서 상대방도 눈치를 챘는지 계집아이 같은 회색 눈빛으로 의아스럽다는 듯이 내게 미소를 짓고, 그 복장에 전혀 어울리지도 않는 흰 칼(나뭇 조각으로 만든 광대의 칼로 딸각 소리가 남)을 쳐들어 내 어깨를 때렸다. 그리고 웃으면서 계단을 뛰어 내려갔다. 그는 카니발 날에 맘껏 누릴 수 있는 가장의 자유를 이용한 것으로 그 이상의 뜻은 없는 듯했다. 왜냐하면 카니발에서는 학년 사이의 차별이 무시되기 때문에 상급생들을 때린다는 신기한 권리야말로 하급생이 누릴 수 있는 가장 큰 즐거움으로, 그것을 행사한다는 것은 당연한 일이었기 때문이다. 나는 날카로운 칼질을 당한 듯이 무의식 중에 방어 태세를 취하고, 벨트에 달고 있던, 칼을 매달아 금사로 꼬아서 만든 끈으로 손이 갔다. 그와 동시에 나는 도례(刀禮:기사 서임식에서 칼로 어깨를 가볍게 두드리는 의식)를 받는 것처럼 엄청난 애고愛顧와 우대를 받은 느낌이었다.

 식당에서 나는 3학년 학생들 사이에서 다시 그 아름다운 소년을 보았다. 모두들 푸른 분수 주위에 의자를 갖다 놓고 이야기를 하고 있었다. 치이터(그리스악기)를 잘 켜는 조그마한 소년이 라이자하 협곡 지방의 복장을 하고 쉴 새 없이 왈츠와 랜들러(느린 왈츠)를 연주하고, 다른 사람들은 발을 움직이거나 손뼉을 치기도 하고 휘파람을 불면서 박자를 맞추고 있었다. 미소년은 포도주를 갖고 있지 않았다. 내가 잔을 내밀자, 고맙다고 말하고는 조금 마신 후 돌려 주려고 했다. 그러나 나는 그의 동료들에게 그 잔을 한 바퀴 돌려 다시 한 번 따라 주었다. 이 큰 홀의 밝은 곳에서 보면 소년의 용모는 조금 전 어둠 속에서 보았을 때만큼 준수하지 못하지나 않을까 하고 걱정하고 있었는데 이제는 완전히 마음을 놓았다. 왜냐하면 달이 하루하루 차 가듯이 소년의 매력과 고귀함은 시시각각으로 더해 갔기 때문이었다.

 눈 밑에 깃들인 일말의 교활한 느낌마저도 나를 기분좋게 만들 뿐이었다. 나는 똑같은 감동의 빛이 나타나 있지 않나 하고 그의 친구들의 얼굴을 자세히 살폈으나 그런 것은 아무 데서도 찾아볼 수 없었다. 누구에게 대해서나 그 소년은 일반 학생과 다른 점이 없었다. 그래서 내게는 모두가 눈뜬 장님처럼 여겨졌다. 오직 나 한 사람만이 행복의 마술 사다리 위로 자꾸만 올라가고 있음을 머리 속에서 그리고 있었다. 정신적으로 해석하면 이 꿈을 입증한 것은 미래였다. 왜냐하면 부산하게 차례차례로 결말이 다가오고 있었는데, 중요한 것은 더 이상 상실되는 일이 없었기 때문이었다. 무지개가 나타나기 위해서는 순간이면 충분하다. 정신적인 모든 결단도 언제나 단 몇 초 만에 행해진다. 새로운 모습은 영원히 예감되는 것으로, 공포나 비속卑俗의 모양을 취하기보다는 오히려 소멸해 버린다. 그리하여 다음에 오는 것은 오해와 환멸, 죄의 전가와 조용한 문책인데, 이러한 모든 것들도 그 본래의 모습을 바꾸는 일은 없었다.

반란의 지도자로서 높이 존경받고 있던 상급생 카인들이 기사 차림으로 투구 둘레에 검은 리본을 두르고 술로 상기된 음침한 얼굴로 나타나서 그 미소년의 팔을 가볍게 두들겼다.

"어디에 있었지? 이 게을러 빠진 시동侍童 같으니!"

소년은 얼굴이 빨개져서 애매한 태도로 나를 쳐다보았으나, 일어서더니 그 권세가의 뒤를 따랐다. 그 권세가는 걸으면서 한 쪽 눈을 가늘게 뜨고 나를 힐끔힐끔 쳐다보았다. 그러나 적의같은 것은 없었다. 오히려 그것은 순수한 기사의 시선으로, 아무래도 성질이 비뚤어져 있고 도전적이며 녹색의 책상에 대해서 카토(고대 로마의 감찰관 이름)와 같은 준엄한 금언金言을 만들어 낸 인간으로서 소식통이라고 존경받고 있는 청년에게 어울리는 것이라고 생각했다. 그러나 이 청년 때문에 내가 버림받았다고 생각하니 가슴이 아프기 시작했다. 그 뒤 두 사람이 정답게 이야기하면서 출구 쪽으로 걸어갔을 때, 남아 있는 내게 비웃는 듯한 웃음을 던지고 간 것처럼 여겨졌다. 이것은 착각이었는지도 모른다. 그런데 갑자기 고뇌는 부풀어 올라 절망이 되었고 나는 아직 남아 있는 포도주를 모조리 꿀꺽꿀꺽 마셔 버렸다. 그리고 이러한 행동은 이미 자신의 고귀한 의상에는 전혀 어울리지 않는다는 것을 깨닫고 심술궂은 만족감을 느꼈다. 그런데 그때 뜻밖에도 후고를 만났다. 그의 터반(인도인이나 이슬람 교도가 머리에 둘둘 감는 데 쓰는 머리 수건)도 이미 머리 위에서 몹시 흐트러져 있었다. 나에게는 뜻깊었던 방금 그 소년과의 상봉을 후고에게 비밀로 해두는 것은 불가능했는데, 후고는 전혀 진지하게 들어 주지를 않았다. 트리밍은 잘생긴 데다 수학도 잘한다고 말했다. 또 그것은 아무도 부정하지 않지만, 말괄량이 소녀 같은 점이 약간 있고 소문에 의하면 애숭이 음모가이고 상급생들 사이에서 귀여움을 받고 있기는 하지만, 가까이 할 상대는 아니라고 생각한다는 것이다. 그리고 나서 좀더 중요한 일이라면, 정말로 이야기를 나누어도 좋다고 말했다.

이런 공격을 당하자 나는 모든 자제심을 잃었다. 우쭐대는 심정으로 나는 후고에게 자존심을 상하게 하는 말을 내뱉었으며, 마침내 인간의 본질 중 가장 훌륭한 것을 평가할 수 있는 능력이 완전히 결여되어 있다고 나무랐다.

그 말을 들었을 때 변하는 후고의 표정을 보았더라면, 나는 정신이 퍼뜩 들지 않을 수 없었을 것이다. 숨결은 평소보다 훨씬 거칠어지고, 볼의 붉은 기가 가시어 창백해졌다. 후고는 오랫동안 잠자코 나를 지켜 보고 있었다.

"이르마가 뭐라고 하겠니?" 이 말이 마침내 그의 입에서 흘러나온 전부였다. 그러나 이미 퇴색했고, 거의 공상의 산물인 우상을 끌어낸 것은 이 경우 내 기분을 진정시키는 데 가장 부적당한 것이었다. 그것을 진지하게 받아들인 것은 아니었지만 나의 아픈 상처를 찔렀다. 아니 이럴 때 그런 말만

하지 않았더라면 나는 즐거웠을 것이다. 처음으로, 나는 부실하다는 비난을 받았던 것이다. 이 비난은 순간적으로 인생으로부터 일체의 가치를 빼앗아 버리는 것으로 지금 생긴 공허감을 얼버무리기 위해서 나는 화까지 내며 큰소리로 외쳤다. 이르마 따위는 한 번도 본 적이 없다. 이르마가 이 세상에 정말로 존재하고 있는지, 혹은 나를 자신의 노예로 만들기 위한 가공 인물에 지나지 않는지 아무도 모르지 않느냐, 그러면서도 항상 이르마만을 우러러보고 있어야 하다니 너무나 지나친 요구가 아닌가, 아무래도 좋다, 정직하게 말하면 얄미울 뿐이다라고. 이 비열한 배신에 깜짝 놀라 후고는 갑자기 울음을 터뜨렸다. 이런 사태가 일어나리라고는 생각지도 않았던 일로 이번에는 내가 어찌할 바를 몰랐다. 결국 둘 다 이성을 잃은 채 서로 부둥켜안고 엉엉 울음을 터뜨렸기 때문에, 상급생이나 하급생이나 술에 취한 주정으로 생각하고서 매우 재미있게 여겼다. 그러나 우리 두 사람은 포도주에 취하면서도 무엇인가 꿈과 같은 어떤 것이 돌이킬 수 없이 사라져 가는 것을 어찌할 수 없는 기분으로 느끼고 있었다.

　마침내 나는 비참하게 울부짖고 있는 것이 언짢아져 식당을 나와 이 시간에는 통행이 금지된 교정으로 내려갔다. 교정에는 달빛을 받은 잿빛 안개가 자욱했다. 안개 속에 커다란 체조 기구가 우뚝 솟아 있었다. 카스타니엔의 나무에는 날개를 접고서 매달려 잠자고 있는 박쥐처럼 군데군데 가을 잎이 드리워져 있었다. 내 머리 속과 눈꺼풀 속에서는 포도주가 미친 듯이 날뛰고 있었다. 발자국 소리가 들리기도 하고 말소리가 들리기도 하고, 혹은 트리밍이 카인들과 함께 나무 사이를 헤매고 돌아다니는 것이 보이는 것처럼 생각되곤 했다. 내 옷은 여름철에 알맞는 가벼운 가장이었기 때문에 추워서 달리기 시작했다. 그리고 교정을 빙글빙글 돌았다. 그곳 눈 속에는 누런 열쇠가 파묻혀 있을 것이다. 봄이 되면 누군가가 그것을 발견할 것이라고 나는 생각했다. 갑자기 나는 안개 위에서 별들을 발견하고 다소 원기를 회복하여 식당으로 돌아왔다. 모두 이미 잠자리에 들 준비를 하고 있었다.

다음날 수업을 받고 기숙사의 규칙에 따르는 사이에 홍분은 가라앉았다. 후고와의 사이도 곧 원상으로 돌아갔다. 그는 좋지 않은 말을 언제까지나 원망하면서 잊지 않는 사람은 아니었다. 비록 그는 투덜거리면서, 남의 머리에다 구멍을 뚫고 거기에다 심한 충격을 준 후에, 동정심을 불러일으키며 녹아서 물이 되어 흐르는 얼음 조각 같은 인간이라고 내게 퍼붓기도 했으나, 이것은 오직 비유에 능한 친구라고 감탄할 기회를 주었을 뿐이다. 내게서도 모든 노여움은 사라졌으나 유감스럽게도 사랑은 그것과 함께 사라지지 않았다. 아름다움이란 멈추지 않고 본질의 핵심을 향해서 돌진하는 것이기 때문이다. 아름다움은 우리가 완전히 그것에 의해서 적셔질 때까지 쉬지 않는다.

기묘한 것은 트리밍의 태도였다. 그가 나를 피하고 있다는 것은 별로 오래지 않아서 알 수 있었다. 식사 때 쥐색 저고리를 입고 앉아 있는 그를 멀리서 바라볼 수 있었다. 그러나 평소에 입는 옷이 반드시 고상한 가장이라고는 생각되지 않았다. 그리고 또 항상 반쯤 다른 쪽으로 돌리고 있는 그의 얼굴은 내게는 다른 사람처럼 보여, 그의 모습으로 생각되지 않았다. 해질 무렵이 되어서야 겨우 본래의 모습이 나타나게 되었는데, 그와 동시에 나의 불행도 시작되었다. 트리밍은 한 차례 나에게 살짝 미소를 던졌으며, 때로는 그 흰 광대용 칼을 내게 휘두르기도 했다. 그러나 그때마다 생각을 고쳐먹고 때리는 것을 중지하곤 했다. 그는 아무나 힘껏 때리고 다녔기 때문에 이것은 한층 통렬한 느낌이었다. 그렇지만 나는 그에게 감사를 했어야 마땅했을지도 모른다. 저 최후의 일격은 성스러운 놀라움이었으며, 영혼의 하나의 새로운 기관은 그 놀라움 때문에 심하게 찢겨 열려 있었다. 어떻게 그런 일이 반복되기를 바랄 수 있겠는가? 점차 일종의 평형 상태가 이루어졌다. 특히 그것은 비축해 두었던 포도주가 떨어진 탓이기도 했다. 나는 이미 트리밍에게 접근하려고 노력하지 않게 되고, 차라리 후고 가까이에 있으면서 카니발의 소란 속에서도 그 좋아하던 《가정시가집》을 읽고 있었다. 이 책은 거의 언제나 빌릴 수 있었는데, 그것은 다른 학생들이 흥미를 갖는 일은 드물었기 때문이다. 그때 나의 시선은 죽은 시인들의 시구를 읽으면서도 언제나 선생님의 식탁 쪽으로 갔다. 거기에는 깊은 침묵을 지키는 살아 있는 시인이, 내가 만난 최초의 시인이 앉아 있었다. 남모르게 시보 선생의 얼굴 속에서 천재의 면모를 찾고 있었다. 그리고 선생님이 내 쪽으로 시선을 돌릴 때마다 나는 무의식 중에 자세를 가다듬었다. 그렇지만 선생님은 완전히 평범한 젊은이의 태도를 곧잘 흉내내어, 자신의 비밀을 지키는 요령을 터득하고 있었다.

그러나 그런 것에 속을 내가 아니었다. 예전에 마술의 지팡이가 바로 그 평범한 외관에 의해서 내게 신뢰감을 불러일으킨 것처럼, 이번에도 그 화해하지 않는 모습이 무엇보다도 나의 신념을 강하게 했던 것이다. 마침내 나는 자진해서 한 장의 쪽지에 〈트리밍에게〉라는 시를 적어, 기회를 보아서 선생님에게 드리려고 생각했다. 그런데 이 시는 어떤 시인의 작품을 유치하게 흉내낸 것이었다. 그러나 나 자신은 매우 대단한 역작이라고 믿는 "가면, 사랑, 포도주! 잊을 수 없는 모임! 힘은 다하지 않고, 가슴의 울림은 그치지 않도다. 네가 원하든 원하지 않든, 우리들의 제휴는 깨뜨려지지 않으리라"는 마지막 몇 구절을 혼자서 소리내어 읽을 때마다, 나는 감격하고 감동한 나머지 울음을 터뜨렸다. 그러나 이미 모든 사람에게 그의 희생의 날을 마련하는 운명이 완전히 갖추어져 있었다.

한밤중에 눈을 떴을 때, 나는 시에 대한 생각이 나서 쪽지를 찾아보았다. 그러나 그것은 내 호주머니 속에 없었다. 잠은 완전히 어디론가 달아나 버렸다. 나는 찾아보려고 마음먹고 침대에서 일어났다. 평상복과 가장 의상은 의자 위에 있었다. 나는 가장 의상을 뒤져 보았다. 마음에 집히는 데가 있었다. 그리고 밤에 기숙사 안을 돌아다니면 엄한 처벌을 받게 되는 것을 생각했다. 그러나 채찍질당한 피는 내적인 금령禁令이나 외적인 금령에 따르지 않았다. 그래서 나는 우연의 손에 맡겨진 영역으로 완전히 미끄러져 들어갔다. 침대줄을 따라 발소리를 죽이고 걸으면서, 이따금 멈추어 많은 숨소리에 귀를 기울였다. 잠을 깬 사람은 아무도 없었다. 그러나 기이한 것이 내 마음을 사로잡았다. 창의 커튼을 내리는 것을 잊은 사람이 있었기 때문에 달빛이 비치는 유리창에 더없이 근사한 성에가 번쩍거리고 있었다. 그리고 창마다 독자적인 꽃 모양을 연출해 내고 있었다. 이 너무나도 아름다운 모양에 반하여 나는 목적을 거의 잊어버렸다. 창에서 창으로 넋을 잃고 걸어가는 사이에 출구에 가까워지고 있었다. 후고의 침대 앞에서 그에게서 말이 걸려 오든가 신호가 있을 것 같은 생각이 들어 그 자리에 섰다. 그러나 후고는 턱 밑으로 팔짱을 끼고서, 평소처럼 가느다랗고 깊은 숨소리를 내면서 평화롭게 자고 있었다.

쪽지는 식당 문지방에서 곧 찾아냈다. 거기서 곧 돌아가려고 했으나 달빛이 줄무늬를 이루고 있는 긴 복도가 조금도 춥지 않다는 것을 깨닫고서 단 하나 켜져 있는 가스등 근처의 창틀 위에 걸터앉았다. 바리가 꼬리를 흔들어 대면서 킹킹거리며 다가왔다. 짖어대면서 나를 배신하려고는 하지 않고, 오히려 코를 아마亞麻 빛이 도는 나의 빌로드 잠옷 속에다 틀어박고 기분좋게 드러누웠다. 그래서 그 등짝이 내게는 양탄자 대신이 되었다. 내가 쪽지를 손에 들고 이렇게 고요한 감정의 세계에 완전히 몸을 내맡기고 있는 사이에, 망막 밑바닥에 성에가 피어 있는 침실의 유리창이 번쩍거리면서 떠올랐다. 성에의 환상적인 은빛꽃은 영혼 속에 심어지자 곧 사방팔방으로 가지를 펼쳤다. 그래서 나는 또, 왜 하나하나의 유리창이 다른 모양의 꽃을 키웠는가를 생각했다. 디켈후버의 창에는 번쩍번쩍 빛나는 이끼와 산호가 뒤섞여 있는데, 후고의 창에서는 비스듬히 놓인 엉겅퀴가 조가비 모양의 은

빛 소용돌이 무늬를 사이사이에 뿌리면서 빛나고 있었다. 잠을 자고 있는 그 사람 자신이 이 아기자기한 걸작을 그의 호흡으로 만들었다는 사실이, 조용한 순간 내게 이해되었다.

하급생 침실에는 어떤 모양으로 되어 있는지, 트리밍의 창에는 어떤 모양이 만들어져 있는지 알고 싶어 견딜 수가 없었다. 그러나 그때 바리가 낮은 신음소리를 내면서 일어섰다. 그리고 나 자신의 내부에서 나온 듯이 가스등 밑에 부후카츠 시보 선생의 모습이 나타났다. 거의 꾸지람에 가까운 소리에 깜짝 놀랐으나 그것은 나의 내적인 귀에까지는 미치지 않았다. 정말로 나는 웃사람에 대한 최소한의 의무까지도 잊어버리고 주의를 받은 후에야 겨우 일어나는 형편이었다. 물론 그러고 나서 그것을 만회하려고 마음먹고 열심히 최대의 경의를 표하려고 노력했다. 아니 뿐만 아니라, 미리 앞질러서 중요한 것을 잊어버리고 그걸 찾아보았는데 다행히도 찾았노라고 털어놓았다.

"뭘 찾고 있었지?" 시보 선생은 창백했고, 다소 흥분한 듯했다. 나는 선생의 비밀의 시신詩神을 머리 속에 역력히 떠올리고, '저도 시인입니다. 그리고 선생님을 숭배하고 있습니다' 라고 아주 침착하게, 빈틈없이 말하려고 했다. 그러나 목구멍에서는 한 마디도 나오지 않았다. 그 대신 끝없는 자신自信이 눈을 떴다. 방금 그리기 시작한 그림인데, 선생에 의해서 완성되어 금테 액자가 끼워지기를 원하기 때문에 성에와 달빛, 사랑과 예술, 이 모든 것을 선생의 손에 넘겨 주기라도 하는 것처럼, 나는 잠자코 될 수 있는대로 의미심장한 태도를 보이면서 그 쪽지를 선생 손에 넘겨 주었다.

선생은 가스등의 심지를 돌려 밝게 하고 그것을 읽었다. "생각했던 그대로다"라고 선생은 어두운 표정으로 중얼거리더니 마지막으로 "침실로 올라가서 기도를 드려라! 너에게는 그것이 필요해. 그리고 내일, 조사할 테니 오너라!"하고 큰소리로 말했기 때문에 영리한 바리는 이 신임 선생을 정규 기숙사 거주자로 보지 않았는지 성을 내고서 짖어댔다. 이 기특한 개의 태도와 이 개에 대해서 새삼 두려운 태도를 보인 선생의 모습에, 나는 갑자기 참을 수 없는 웃음의 발작이 일어났다. 이 선생이 모든 것을 숭고화하는, 그처럼 두려움을 모르는 시인일까 하는 의심조차 일어나기 시작했으나 이것은 비열한 변덕에 불과하고, 나의 보다 좋은 성질은 곧 그것에서 해방되었다. "물지는 않습니다"라고 나는 뒤쪽에서 일부러 말을 걸었다. 그리고 '단식'이나 '무언의 행동'의 벌이 내려지는 것은 당연하다는 각오를 하면서도, 동시에 사제인 노교장 선생이 관대하게 카니발의 대사령大赦令을 발표했던 작년의 일을 생각하고 천천히 싸늘한 침실로 돌아왔다.

비밀 재판

 시보인 부후카츠 선생이 행한 나에 대한 조사를 매우 오랜 세월이 흐른 후에 다시 회상하려고 하니, 어린 아이를 심문할 때 항상 따라다니는 비극적인 것이 내 마음을 아프게 한다. 젊은 시절에는 이미 굳어진 내실을 나타내고 있는 것처럼 보이는 여러 가지가 사실은 아직 액체 상태이거나 가스 상태여서, 그것을 힘주어 붙잡으려고 하는 사람은 종종 무의식의 세계를 추구하게 된다. 전임 사제인 교장 선생님이 유임되었더라면 나에 대한 재판은 틀림없이 다른 방향으로 전환되었거나 처음부터 행해지지도 않았을 것이다. 이 빈틈없는 선생님은 단순히 가까이 다가간 것만으로도 그 늙은 화초 화가 선생님에게 강한 원조를 베풀고, 그 때문에 마침내 저 감색 살피그로씨스가 지면에 나타나게 되었던 것이다. 이 선생님이 계셨더라면 내게서 침묵을 제거해 주셨을 것이다. 이 침묵이야말로 나를 몹시 불리한 상황에 빠지게 했다. 그리고 그 트리밍 소년도 훨씬 뒤, 즉 죽음에 직면했을 때야 취소한,

내게 죄를 씌운 증언은 하지 않았을 것이다. 그 선생님이었더라면 다른 사람에게 조사를 맡기는 일은 절대로 하지 않았을 것이다. 그러나 새 교장 선생님은 커다란 변혁을 계획하고 있었기 때문에 여가가 거의 없어 내 문제를 시보 선생에게 맡겼던 것이다. 그래서 시보 선생 쪽에서는 처음부터 나를 몹시 불쾌하게 생각하고 있었음에 틀림없고, 거기다 신출내기로 크게 수완을 발휘하려고 생각했던 것 같다. 그는 아주 거창하게 일을 착수했다. 그만큼 사태가 그에게는 굉장한 것으로 보였던 모양으로, 후고가 나중에 말한 것처럼 재판에는 언제나 정장을 하고 나타났던 것이다. 나는 눈이 어두워져 있었기 때문에 이 사람에게 한층 가까워질 수 있는 희망이 생긴 것처럼 생각하고 있었다. 나는 이 사람을 고매한 인물이라고, 인자한 아버지 같은 시인적인 정신의 소유자라고, 입김으로 무에서 피조물을 만들어 내기는 할지언정 그 중 하나라도 다치게 하는 일은 없을 것이라고 상상하고 있었다. 분명히 나의 존경에 찬 기대는 끝이 없었다. 그가 어떤 자격으로 나를 대하고 있는가에 대해서는 항상 완전히 잊고서, 이제 곧 재판관의 가면은 갑자기 벗겨져 시인적인 감각으로 내게서 친근한 것을 냄새 맡고, 커다란 빛과 더불어 신기한 것이 별안간 나타날 것이라는 나의 희망을 더욱 키워 갔다.

   신문訊問의 진짜 동기는 당시의 나로서는 전혀 알 수 없었다. 왜냐하면 내가 발각당한 그 시각에 근처의 옆 복도에서 트리밍도 귀족 차림을 한 채로 배회하던 중 발각당했기 때문이다. 시보 선생은 우리가 밀회한 것이나 아닌가 하고 캐내려고도 했었다. 그런 밀회라면 나로서는 분명히 마음 속으로 원하고 있었던 일이기도 했다. 수개월이 지난 후에도 그런 줄은 모르고 그 매력적인 소년의 바로 옆에 있었다고 생각하면 마냥 들뜨는 기분이 되었다. 물론 그 이상으로 예상치 못했던 일은, 나보다도 훨씬 수상한 상황에 놓여 있던 불운한 트리밍이 몇 번인가 밀회 사실을 부정을 하다가 마침내 인정하고, 추궁당하자 더욱더 묘한 각색을 가한 사실로, 아무래도 이것은 설명할 방법이 없었다. 이제 부후카츠 선생에게 필요한 것은 나의 자백뿐이었다. 그러나 선생은 간단명료한 질문으로 나의 자백을 얻으려고는 하지 않았다. 오히려 마치 일을 어렵게 만들려고 하는 것 같았으며, 두 피고를 대질시킨다는 전통적인 좋은 관습마저도 포기했었다. 멀리서 일종의 포위 작전을 펴서 우선 간단히 트리밍에 대한 말을 꺼냈으나 갑자기 화제를 돌려 내가 잃어버렸던 쪽지를 찾아낸 후에 아래층에서 또 찾을 것이 있었는지의 여부를 캐내려고 했다. 이 질문은 나를 깊은 생각에 잠기게 한 원인이 되었다. 잠자고 있는 학생, 번쩍거리는 성에, 따뜻한 복도에 있었던 충실하고 친절한 개 — 이런 모든 것들이 그리움에 가득 차서 가슴속에서 더없이 부드러운 대답을 해주었다. 그러나 어떻게 이것을 입으로 전할 수 있겠는가. 열심히던 선생의 얼굴은 내 침묵으로 인해서 어두워졌다. 계속 입을 다물고 있으면 이 사건으로 정말 큰 혐의를 받게 된다. 나에 대해서 사정을 잘 알고 있으니 괘씸한 유혹자로 간주해도 좋을 이유는 충분히 있다고 말했다. 이런 말투에 대해서 나로서는 극단적으로 반항적인 반박을 꾀하는 도리밖에 없었을 것이다. 그러나 나는 그런 일은 생각할 수도 없었다. 오히려 나는 기묘한 생각에 몸을 내맡기고 있었는데, '유혹자'라는 표현이 내 가슴속에 그 생각을 불러일으켜 놓았다. 즉 몇 년 전에는 '죄인'이라는 말이 항상 어린 마음속에 아주 엄숙한 것으로 울렸던 것인데, 이번에는 유혹자라는 말이 시인의 입에서 나오자, 마치 처음으로 들은 것처럼 극히 악마적인 장엄성을 갖고 울려, 나 자신의 어휘에 진짜 보석이 한 개 더해진 것처럼 생각되었기 때문이었다. 그래서 나는 자신에게 명백하게, 매우 신기한 소질이 있는 듯한 말을 들은 것을 약간 만족해 하면서 받아들였다. 그러나 부후카츠 선생은 더욱더 어둡고 신기한 소질이 있는 듯한 말을 들은 것을 약간 만족해 하면서 받아들였다. 그러나 부후카츠 선생은 더욱더 어둡고 긴장에 찬 눈으로 나를 지켜 보았다. 선생 앞의 책상 위에는 흰 종이 한 장이 펼쳐져 있었다. 그 위에다 선생은 이따금 손에 펜을 들어 초조하게 소용돌이 무늬를 그렸다. 그것을 보고 나는 선생이 내 의견을 적으려는 것으로 추측했다. 그것은 멋진 일이라고 생각되었으나, 역시 나에게 입을 열게 할 힘은 없었다.

"저 백작의 아드님과는 언제부터 만났지?"라는 제 2의 온화한 질문이 나왔다. 그러자 갑자기 아름다운 소년의 높은 신분이 의식 속에 뚜렷하게 되살아났다. 예전에 역사나 전설에서 읽은 귀족들의 모든 기사도와 품위 그리고 높은 기품이 저 귀엽게 생긴 머리 위에 모여 있음이 떠올랐다. 무훈으로 장식된 수많은 조상의 계보는 십자군 시대까지 거슬러 올라가 빛났으며, 약간의 은사銀絲를 꿰맸을 뿐인 그 검고 검소한 시동侍童 의상이 갖는 무서운 진실미를 알 것 같았다. 그래서 내가 입을 권리가 없는 자신의 존귀한 의상이 부끄러울 정도였다.

그래서 평소에는 수다스러운 내 입이 마술에 걸린 것처럼 닫혀 버렸다. 내 말을 듣고 싶어하는 선생을 응시하고 선생이 곧 이 신문을 멋진 문구나 시 한 수, 아니면 예기하고 있었던 단식 선고로 끝맺기를 기대하고 있었다. 창 밖에는 태양이 성 요도크 사원 위에 걸려 있었다. 조그마한 자작나무 한 그루가 눈에 띄었다. 그것은 습기찬 탑의 담벽 속에서 높이 뿌리를 박고 바람에 날리고 있었는데, 나는 이제까지 그 나무가 있다는 것을 전혀 깨닫지 못하고 있었다. 자칫 그것을 부후카츠 선생에게 가르쳐 줄 의무가 나 자신에게 있는 것으로 여길 뻔했다. 그러나 선생은 미소를 지으며 흰 종이 위에 무엇인가 쓰고 있었다. 그 순간 나는 살았다고 생각했으나 동시에 이것이 내게 유리한 결과를 안겨 줄 관대한 미소가 아님을 깨닫고서 이해하기 힘든 선생의 깊은 적의를 겨우 깨달았다. 선생이 거기다 기록하고 있는 것은 다름 아닌 나의 침묵에 관한 것이고, 그것을 선생은 매우 중대시하고 있었다. 내게서 빼앗은 금액처럼 그것은 아름다운 종이 위에 기입되고 있었다. 그리고 아아! 그것은 그칠 줄 모르고 불어 가기만 했다. 마침내 멀리 있는 친구가 나를 위해서 비상 신호를 울려 준 듯이, 종소리가 식당으로 가는 시간을 알렸다. 그래서 유감스럽게도 나는 즐거움을 매우 뚜렷하게 얼굴에 나타내 보이고, 이제 가도 좋으냐고 정중하게 물었다. 그러자 갑자기 일체의 호의가 그의 얼굴에서 사라져 버렸다. "밤 휴식 시간에 악에 물들어 빈둥거리고 다니는 것도 괘씸한데,

더욱 괘씸한 것은 너에게 후회하는 빛이 조금도 보이지 않는 일이다"라고 선생은 말하고 나를 풀어 주면서, 밤에 다시 계속 조사하겠다고 덧붙이며 시간까지 정했다. "악덕에 물들었다"라는 말은 다른 사람에게 적용되었다 할지라도, 나에게 대해서는 반드시 모든 언어상의 매력을 잃게 하지는 않았을지도 모른다. 그러나 지금은 이 말이 나에게 던져진 데다가, 시인의 입에서 나왔기 때문에 골수까지 사무쳐 나를 당치도 않은 공상에 잠기게 했다. 지근거리는 머리를 안고 식당으로 내려가면서 악덕의 행동을 역력하게 그린 실러의 희곡 《군도》의 서너 구절을 떠올리며 방으로 돌아가자마자 책상으로 달려가 그 무서운 페이지를 펼쳐 보았다. 게다가 조그마한 거울까지 꺼내서, 누런 빛이 도는 납빛 눈의 홍채며, 무섭게 튀어나온 광대뼈, 비틀거리는 해골 같은 것이 없을까 하고 구석구석 찾아보았으나 뚜렷한 결론을 얻지 못했기 때문에 후고에게 물어 보려고 결심했다. 그리고 다른 멋진 부분에 끌려 계속 앞 부분을 읽게 되고 더욱더 여러 장면을 눈앞에 그리다가 늦게야 식당으로 들어가게 되어 '무언의 행동'의 벌을 받았다. 경험이 풍부한 기숙사 거주자로서, 이것은 특별히 신경 쓸 일은 아니었다. 왜냐하면 우리들은 표정을 바꾸지 않고도 중얼거릴 수 있었기 때문이며, 입술을 거의 다문 채로도 적당히 서로 말할 수도 있었다. 그리고 후고가 다시 진실한 친구임을 증명하고 나의 악덕 건에 대해 위로해 주고, 신들은 부후카츠의 이마 둘레에다 청동 테를 끼웠다고 단언했다. 그리고 식탁 밑에서 한 권의 책을 펼쳐서 표제의 그림이 보이도록 해주었다. 그것은 젊은 괴테의 그림으로, 손을 힘차게 내밀어 실루에트(윤곽 안이 검은 화상)를 들고 커다란 눈으로 그것을 바라보고 있는 그림이었다.

"이것 좀 봐! 그래도 부후카츠를 시인이라고 생각하고 있다면, 너는 이미 절망적이구나!"

"그렇지만 그 선생님의 시는 잡지에 실렸다고 하던데."

"이미 만인에게 인정받고 있는 성인을 찬양하는 시 말이냐?" 하고 후고는 복화술로 비웃었다. "겨우 각운을 맞추었을 뿐이야. 단순한 야심에서 나온 것 뿐이라구. 그 이상은 아니야!"

우리들의 화제가 전반적인 문제에 미치자 후고의 표정은 흐려졌다. "너무 태연하게 생각하지 않는 편이 좋을 거다! 무슨 일이 일어날 것 같아. 나는 네가 그 녹색 책상 사건까지 책임을 지게 되는 것이 아닌가 하고 걱정하고 있어." 나는 트리밍 쪽을 살펴보았다. 자리가 비어 있었다.

"트리밍은 어디 갔지? 아픈가?"

"그렇대. 그러나 그 친구가 어떤 목적을 위해서 이용당하는지, 알 바 아니야. 올가미에 걸려서는 안 돼! 자아, 이제 그만 지껄여라. 부후카츠 선생이 우리에게서 눈을 떼지 않고 있으니 말이야."

후고가 가까이 있는 것으로 느끼고 있던 안도가 오래 가지 않았다. 이미 나는 두 번째 조사에서 모든 사정이 악화되고 있다는 것을 깨달았다. 중죄를 진 범인으로 취급당하고 있다는 것은 의심할 여지가 없었다. 갑자기 더 이상 결백하다고 생각하지 않게 되었다. 하나의 커다란 슬픔이 존재한다는 것, 인간을 종종 이 세상에서 추방하는 무대상無代償의 슬픔이 존재하고 있다는 것을 우리들은 잘 알고 있다 ─ 그렇다면 어찌하여 내재적인 죄악감이 존재해서는 안 된다는 말인가? 다분히 그런 죄악감으로부터 자유로운 사람은 없을 것이다. 왜냐하면 우리는 모두 자신 속에 모든 죄에 대한 싹을 갖고 있어서, 어떤 사람들의 경우에는 이 잠재적인 감각의 급성화에 많은 것을 필요로 하진 않기 때문이다.

 나의 재판관은 암시를 준 뒤 즐거워하고 있었다. 내가 범한 명백한 죄에 대해서는 아무 말도 하지 않으면서도, 자신이 하는 말을 차츰 일정한 방향으로 몰고 갔던 것이다. 그 방향을 나는 잘 알고 있었다. 내게 있는 어떤 특정한 힘이 조금만 더 크고 그것을 집중시킬 수만 있다면, 그의 기분을 내게 유리하게 바꿀 수 있을 것 같은 생각이 머릿속을 스쳤다. 그러나 그런 힘이 내게는 없었다. 나는 방심하고 지쳐서 이 사람 쪽이 나 자신보다도 나를 잘 알고 있다고 정말로 믿게 되었다. 그가 처벌해야 된다고 생각하고 있는 내 행동이 대체 무엇인지 상상해 보려고 했다. 그래서 억울하기는 하지만 죄를 범할 가능성은 있었다고 생각하게 되었다. 게다가 나는 거의 언제나 자신에게 그 어떤 빛이 있다고 느끼는 인간이었기 때문에, 내버린 열쇠에 대한 일이 여전히 마음에 걸려 선생의 한 마디 한 마디가 마음에 찔렸다.

 그 밖의 점에서는 선생님에 대한 나의 태도가 변하게 되었다. 선생님의 시인적인 소질에 대한 나의 신뢰는 사라져 버렸다. 나는 옛날에 박쥐가 그의 신비스러운 날개를 잘리고서 아주 평범한 쥐가 되어 버린 것을 보았을 때처럼 냉정하게 선생님을 바라보고 있었다. 그러나 그는 지난 날의 보다 높은 명성을 되찾기 위해서 유감스럽게도 아무 일도 하지 않았다. 어떤 의미에서 그는 경험이 부족했고, 인생을 거의 몰랐다. 그리하여 청년기에는 — 아니 청년기뿐만 아니라 — 극히 영적인 상태가 출현하는 일이 있으며, 그때는 사랑받고 있는 인간은, 그것이 단순히 존재하고 있는 것만으로 우리들을 매혹시키고, 그 인간이 그 성스러운 창의성을 갑자기 상실하는 것을 결코 원하지 않는다는 것을 알고 있지 못했다. 자신의 본질에서 새로운 정화를 체험한 사람은 즉시 손으로 만지거나 입을 맞추는 일은 생각하지 않는다. 소년은 지상의 모든 욕망에 충만되어 있지만 정신이고 불꽃이다. 이제까지는 그림자로 가리우고, 눈을 뜬 지령에 의해서 시기 상조의 싼 공물을 바치도록 강요당하는 일이 있었으나, 이제 그것은 힘찬 봄바람 속으로 상실되어 가는 두세 송이의 가벼운 꽃 이상을 의미하지는 않는다. 미美에 의해서 감시당한 이래로 소년은 자유롭다. 평소 생성의 불꽃을 당장에라도 비벼 끄려던 일체의 둔중한 물질은 불타는 양분이 된다. 물론 이런 행복에 정말로 사로잡힌 사람은 그것을 단념하는 일에 저항한다. 그리고 다름 아닌 가장 정열적인, 사랑하는 힘을 가장 많이 지닌 인간은 친밀한 교제라는 눈부신 영역으로 들어가는 일에 분명히 강한 수치감을 갖는다. 그 영역에서는 일체의 결합과 더불어 이미 영원한 분열이 시작되기 때문이다.

  인간적인 것의 이 밝은 쪽의 극極이 그 당시 나의 취조관에게는 보이지 않았다. 그는 어두운 쪽의 극만 쳐다보았고 나도 그 어두운 쪽으로만 끌려갔다. 인생 전체가 점점 흥미 없어지기 시작했던 것이다. 트리밍의 모습도 본래의 모습이 아니었다. 눈(雪)의 결정 구조는 한결같이 대기의 온도, 정적, 전압에 의존하고 있어, 그 조건이 조금이라도 변하면 귀엽게 생긴 별 모양은 곧 다른 모양으로 되든지 파괴되어 버린다는 것은 이미 증명된 사실이다. 그래서 그것과 똑같이 가장자假裝者의 사랑이라는 매우 섬세하고 다치기 쉬운 것이 차가운 독기가 충만한 취조실의 공기 속에서 어찌 그 본래의 빛을 언제까지나 보존하고 있을 수가 있겠는가? 여기서는 의지 같은 것이 아무런 소용도 없었다. 어린 사람의 고뇌는 계속되고, 남는 것은 오직 순간의 황막한 답답증뿐이었다. 부후카츠 선생은 자기 조서의 하얀 공백에 절망하여 마침내 자신이 괴로움을 당하고 있는 것처럼 소리를 질렀다. 이 대답 없는 신문은 정말이지 참을 수 없다, 시간이 없다, 생명에 관계되는 일도 아닐 것이고, 자세한 것은 단념할 테니 그날 밤 트리밍과 만났는지의 여부를 자백하라고 추궁했던 것이다. 이 말투, 그날 밤 처음으로 들은 인간적인 어조가 내 마음에 심하게 울렸다.

비록 이때도 진심으로 분명하게 단호하게 부인할 기회가 다시 한 번 주어졌겠지만, 이미 내 기분은 무너지기 시작하고 있었다. 그래서 뜻밖에 찾아온 어린 아이 같은 기분의 무서운 재발에 저항할 수 없었다. 단정한 복장을 하고 나를 자백시키려고 초조해 하는 사람에게 몇 번씩이나 부인해서 난처하게 만드는 일이 갑자기 매우 부당하고 비인간적인 일로 생각되기 시작했던 것이다. 이 사람에게 뜻밖의 기쁨을 주고 싶다는 충동을 억제할 수 없었다. 또한 그것으로 인해서 만일 더 이상의 형벌에서 벗어날 수 있다면 2,3일 동안 단식을 하거나 침묵을 지키는 일도 받아들일 각오가 되어 있었다. 단식의 처벌을 받은 사람이 정말로 굶은 일은 아직 한 번도 없었다. 반대로 적과 자기 편이 그런 죄인에게 제일 훌륭한 것을 차입하여 도리어 배탈이 나는 일이 많았다. 까마귀 한 마리가 요도크 교회의 탑에 앉아 있었다. 까마귀를 가만히 지켜 보면서, 그것이 날아갈 때 고백하리라고 결심했다. 그러나 그 무렵에는 무슨 일이든 되는 일이 없었다. 나의 자백도 마음대로 되지 않았다. 나는 격렬하고 비극적인 어조로 고백하리라고 마음먹고 있었다. 그렇게 하면 부후카츠 선생에게 거짓말로 들릴 것이기 때문이다. 그러나 유감스럽게도 결정적인 순간에 거의 침이 말라 버린 성대가 말을 듣지 않아서 사형수가 내는 것처럼 찍찍거리는 쉰 목소리로 말을 했다. 이것이 좋은 결과를 가져올 리 만무했다. 시보 선생은 펜을 든 채 나를 엄숙한 눈초리로 바라보고 있었다. 새로운 질문에 대한 것을 생각하고 있는 것처럼 보였으나, 생각을 돌려 허공에 동그라미를 서너 개 그린 후 종이에다 무엇인가를 쓰고서, 아무 말없이 재빠른 시선으로 신호를 하여 나를 석방해 주었다.

꽤 저물었다. 많은 검은 사면斜面 책상이 표면을 드러내고 있는 교실은 이미 더없이 깊은 황혼 속에 잠겨 있었다. 다른 학생들이 곧 산책에서 돌아올 것이 분명했다. 나는 그것을 고대했다. 청부廳夫가 슬리퍼를 딸각거리면서 오더니 내 자리 위의 가스등에 불을 켰다. 걱정스런 눈초리로 나를 쳐다 보는 것 같았으나 잠자코 고개를 끄덕이며 다시 물러갔다. 그 후 두 사람의 잡역부가 매우 큰 키 안에 장작을 가득 넣어

난로 옆으로 가져왔다. 그러나 장작과 대팻밥 속에 부수어진 그 작은 처벌 책상의 기다란 녹색 판자 서너 개가 얼굴을 내밀고 있는 것을 보았을 때 아주 묘한 느낌이 들었다. 그러자 내가 이 책상 사건에 대해서도 책임을 지게 될 것이 분명하다고 말하던 후고의 기묘한 걱정이 떠올랐다. 이런 모든 것들을 반은 슬프고 반은 재미있는 것으로 생각했다. 새로운 계획에 대한 여러 가지 생각이 내 머리 속을 스쳐 갔고, 큰소리로 웃음보를 터뜨리지 않을 수 없었다. 그러자 불을 피우고 있던 아주머니가 깜짝 놀라 돌아보더니 투덜거렸다. 나는 후고와 이야기를 나누고 싶었는데 후고는 몸이 불편해서 병실에 누워 있었다. 그런데 그곳에는 건강한 사람은 들어 갈 수가 없었던 것이다.

갑자기 나는 지금 당장 고백을 취소해야 된다고 자신에게 타이르고, 취조실로 달려가 문을 두드렸으나 아무 대답이 없어서 손잡이를 돌리려는 순간 자물쇠가 채워져 있음을 알았다.

다시 교실로 돌아오니, 소리를 내면서 타고 있는 난로 옆에 바리가 기다랗게 네 다리를 뻗고 누워 있었다. 나로서는 그런 모습에 참을 수가 없었다. 왜냐하면 내가 정말로 곤경에 처했는데도, 이 쓸모없는 개는 누워서 코를 골고 있으니 말이다. 게으름을 피우며 무관심하게, 작은 책상이 온통 타고 있는 온기에 자신의 털가죽을 녹이고 있었다. 사면 책상 위에는 《가정시가집》이 놓여 있었다. 돼지 가죽의 장정으로, 두 손으로 간신히 들 수 있을 만큼 무거웠다. 그것을 움켜쥐고 이 건방진 도둑 지키는 개 귀를 이쪽 저쪽에서 때리고, 발로 힘껏 걷어찼다. 그러자 '이 개가 내 목으로 달려들어 위험한 상처를 입히지나 않을까, 그렇게 되면 내 생활에 중대한 변화가 생길 텐데' 하고 멍청하게 희망 비슷한 것을 품어 보기도 했다. 그러나 일찍이 그처럼 존경하던 이 개는 겁쟁이 같은 비명을 지르고, 자신이 잘못했다는 듯한 모습으로 도망가려고 했기 때문에 나는 한층 더 화를 내며 더욱 못살게 굴고 싶었다.

그러는 사이에 밤이 가까워졌다. 이 낡은 기숙사가 내게 자비를 베풀어 준 최후의 밤이었다. 왜냐하면 내가 불쾌하게 밤을 맞이하는 사이에, 이미 내 이름은 학적부에서 지워지고 속달이 카딩을 향해서 급히 달리고 있었기 때문이다. 그러나 이 일을 나는 몇 주일 후에야 알게 되었다. 그때는 트리밍도 이미 죽고 없었다. 그래서, 너무나 서둘러서 내려진 그 판결은 기묘하게도 아무도 내게 정면으로 말을 하고 싶어하지 않았던 것인데 다시 철회되어 버렸다.

그러나 완전히 절망적인 상태가 우리들을 찾아오고, 인생을 풍부한 애정으로 해석하는 것이 우리가 깨어 있을 때는 이미 들어올 수 없게 되면, 그것은 최소한 꿈속에서라도 우리들에게 접근하려고 꾀한다.

분명히 동틀 무렵의 일이었다. 나는 몇몇 아이들과 기계 체조를 하고 있는 것 같은 기분이 들었다. 힘들지 않고서 헤아릴 수 없을 만큼 여러 번 대차륜을 하고 있는 사이에 이미 여러 해 동안 신문을 받으러 가지 않은 일이 생각났다. 게을리한 일을 만회하기 위해서 나는 곧 떠나갔다. 슬프거나 즐겁다고도 생각하지 않고, 멍청하게 밝은 복도를 여러 개 지나갔다. 그 구석구석에는 카니발의 추억이 깃들인 은박 쪽지며 빨간 테이프가 흩어져 있었다. 뒤에서 누군가가 달려왔다. 그것이 트리밍이라는 것을 알고 있었으나 나는 뒤돌아보지 않았다. 트리밍은 나를 앞지르며 그 광대의 칼을 내게 보이지 않으려고 숨겼으나 갖고 있다는 것만은 알리려고 했다. 나는 그 어떤 기분 나쁜 일이 일어날 것 같은 불안감을 느꼈으나 그것을 조금도 깨닫지 못하게 하고, 반 장난조로 손가락으로 위협하며 그의 귓볼을 가볍게 잡아당기려고 했는데 그만 귀 전체가 내 손에 남았다. 그는 울면서 달려가 버렸다. 그가 이 일을 선생님에게 일러바칠 것이라고 생각하니 유쾌하지는 않았으나 몹시 난처할 정도는 아니었다. 이러다가 신문에 지각하는 것이나 아닐까 걱정이 되어 될 수 있는 대로 빨리 갔다. 물론 급히 서두르면서도, 도망친 트리밍을 찾아내서 다시 귀를 붙여 주고 싶다고도 생각했다. 될 수 있는 대로 빨리 문제에서 해방되고 싶었던 것이다. 그 취급이 매우 신중하지 않으면 안 되었고, 모든 책임을 내가 지지 않으려면 두 손가락으로 귓볼을 쥐고 있는 도리밖에 없었기 때문이다. 그러나 그때 나는 열려 있는 문을 지나 곧바로 법정으로 달려가고 있었다. 거기서는 나의 어머니가 작업용 책상 옆에 앉아서 검은 옷을 입은 어린 아이 위에 몸을 구부리고 행복한 미소를 띄우고 있는 소년의 양쪽 눈을 쥐색 비단실로 꿰매고 계셨다.

내게는 그것이 대수로운 일이 아닌 것으로 보였기 때문에 시보 선생을 찾았다. 그러나 선생님은 한창 인신 공격 중이었다. 이미 그는 전임 교장 선생님을 꼭 닮아 있었다. 그리고 갑자기 두 사람 중 그 어느 쪽도 아니게 되었고, 방 안에는 후고가 책을 보여주면서 가르쳐 준 그 괴테가 서 있었다. "이것은 죄없는 귀입니다"라고 말하려고 했으나 한 마디도 나오지 않았다. "너의 시냐?"하고 괴테는 묻고서 손으로 사면 책상을 두들겼다. 그러자 땅이 울렸다. 급행 열차가 정거장에 들어오기라도 하는 것처럼 요도크 교회 한가운데로 들어왔다. 괴테는 지체할 시간이 없어서 곧 차를 타고 여행을 계속해야 된다는 것을 알았다. 그러나 괴테는 귀 대신에 가로 세로로 갈겨 쓴 종이 한 장을 손에 들고 있었다. "안경으로 이것을 봐야겠다"하고 말한 뒤 일종의 프리즘을 들고서 주의깊게 고르지 못한 글자를 한 줄씩 조사해 나갔다. 그러자 회색 갱지 군데군데에서 무엇인가가 싹트는 것이 보였다. 그것은 섬세한, 연한 녹색 잎이기도 하고 작은 가지 전체이기도 했다. 그리고 작은 가지에는 녹색의 조그마한 떡갈나무 열매와 빨간 마가목 열매가 아주 자연스럽게 붙어 있었다. '마가목 열매다'라고 생각하자마자 금방 은백색의 뾰족한 날개 끝이 종이 속에서 튀어나왔다. 그리고 그 뒤에서 활발하게 주둥이를 움직이면서 참새 한 마리가 얼굴을 쑥 내밀었다. "좋아"하고 괴테는 말하고 종이 가장자리에다 예쁘고 큰 '두 점'을 그리고, 다시 꿀벌 크기보다도 작은 귀엽게 생긴 참새를 쳐다보았는데, 참새는 마침 창 밖으로 날아가는 중이었다.

   이것이 바로 현실성 없는 꿈 속에서 감각으로 붙잡을 수 있었던 일부이다. 그러나 꿈의 본질은 약간 다른 곳에 있었다. 즉 경과는 극히 구상적으로 진행되기는 했으나, 나는 그것 역시 사건으로 느끼지 않고 오히려 짧은 절로 이루어진 가볍게 울려 퍼지는 근사한 한 편의 시로 받아들였기 때문이다. 그리고 이 꿈의 음조와 멜로디는 마음의 아주 깊은 곳으로부터 나오고 있었기 때문에 이미 반쯤 잠이 깨었고, 그것을 계속 느끼고 있는 사이에 후고에게 모두 전하고 싶다는 소망 때문에 나는 완전히 잠에서 깨어났다. 잠이 깨었을 때는 꿈의 음조가 사라져 버렸고, 이미 하나의 울림도 찾아낼 수가 없었다. 그러나 전체의 정신적인 숨결은 남아 있었다. 그래서 아침 식사 후 교장 선생님에게 불려 갔을 때는, 선생님의 말씀 한 마디 한 마디를 될 수 있는 대로 선의로 해석하려는 기분이 되어 있었다. "부활제 휴가는 2주일 후에나 시작되는데" 하고 교장 선생님은 말씀하셨다. "너는 육체적으로나 정신적으로나 여러 군데가 편치 않다는 확신을 얻었다. 현재로서는 학교보다도 의사인 너의 아버지가 너에게는 더 필요하다고 생각된다. 즉시 짐을 꾸려서 아침 기차로 카딩에 돌아가거라, 양친께서도 기다리고 계실 것이다"라고 말씀하셨던 것이다.

교장 선생님이 얼굴을 반쯤 옆으로 돌리고, 엄숙한 표정을 지어 나를 위해서 이처럼 유쾌한 장래의 희망을 전개해 주시면서도 후고와의 작별 인사조차 허용해 주시지 않은 것을 나는 다소 의아해 했어야 했다. 그러나 소위 환자로서 시골로 보내진다는 것은 사실에 입각한 말이었다. 나는 진심으로 감사한다는 인사를 하고서, 큰 복도로 나왔을 때 에봐가 하던 식으로 공중 회전을 시도해 보았다. 그런데 여태까지 한 번도 잘된 일이 없었는데 이번에는 완벽하게 성공한 것이다.

나만큼 큰 행운을 얻지 못한 동급생들에게 이 근사한 뉴스를 말하지 않는다는 것은 부당하다고 생각하고, 열다섯 번째의 벽장 속에 든 짐을 챙기기 전에 다시 한 번 교실로 뛰어 올라갔다. 그러나 그곳은 아주 조용하고, 아침 햇살이 인적 없는 책상 위를 빨갛게 비치고 있었다. 그리고 마침 시내의 모든 종탑이 커다란 종소리를 여덟 번 울림으로써 수업 시작을 알렸다.

완쾌

    카딩에서의 환영은 예전과 거의 다름없었으나, 아버지나 어머니는 나의 이른 휴가를 기뻐해 주시지는 않았다. 어린 누이동생은 달려나와 커다란 눈으로 몹시 신기한 듯이 나를 쳐다보았다. 그리고 어쩐지 약간 불안한 모습이었는데, 말은 한 마디도 하지 않고 다시 달려가 버렸다. 거실의 희미한 불빛 아래서 본 어머니의 얼굴에는 일말의 초연한 그늘이 떠올라 있는 듯했다. 그리고 곧 그 그늘이 나에게 옮아오는 것 같은 느낌이 들었다. 아니 분명히, 벽이며 가구의 표면에 나타난 영속 불변의 희미한 빛이 갑자기 고통스럽게 생각되었다. 이 방들에는 아직 유년 시절의 진실이 숨을 쉬고 있었다. 이곳은 영혼의 영원한 집이며, 이곳에서 바라보게 되면 밖에서 보낸 모든 시간은 태만한 심심풀이가 되었다.
    결국 내가 멈추어 선 곳은 낡은 풍경화 앞이었다. 좋은 그림이란 결코 벽을 가리는 것이 아니라 오히려 창과 같은 것으로, 그것을 통하여 보다 자유스러운 생활을 바라볼 수 있다는 것을 어렴풋이 깨닫게 되었다. 이 조그마한 발견이 나를 다시 상쾌하게 만들었다.

　객지에서 죄를 문책당하는 일은 전혀 의외의 일도 아니었는데, 고향에 돌아와 보니 그것은 의미를 완전히 상실하고 있는 것 같았다. 그리고 트리밍에 대한 나의 기분은 완전히 정상을 회복했으나, 유감스럽게도 감정은 차츰 소멸되어 가고 있었다. 무엇이든 하고 싶은 의욕과 쾌활한 성격이 되살아났다. 그러나 언제나 마음에 걸리는 것은 오직 어머니의 슬픔뿐이었다. 어머니는 최근 기도를 하거나 음식도 드시지 않으면서 말할 수 없이 괴로워하고 계셨던 것이다. 이런 상태에 종지부를 찍는 것이 내 사명이라고 느낀 나는 이처럼 깊이 고민하고 계시는 어머니에게 내 마음속에 자리잡은 시인들의 즐거운 교설敎說을 전하려고 했다. 그래서 어머니가 괴로워하고 있는 모든 것은 참된 인생과는 전혀 무관하며, 참된 인생은 어디까지나 위대한 대축제와 같은 것임을 입증하려고 했다. 처음에는 어머니도 호의적으로 수긍을 하고 이야기를 들어 주었으나 갑자기 신경을 곤두세워 화를 내면서, "가슴속으로부터 그칠 줄 모르게 솟아나는 기쁨만큼 신성한 것은 없다. 그 반면에 교설로서의 기쁨이란 어리석은 것이고 죄악이야. 더군다나 지금 이 자리에서 너에게 그런 설교를 들을 이유는 전혀 없다"라고 단호하게 말씀하셨다. 그러나 어머니는 그렇게 말씀하신 것을 곧 후회하시는 듯했다. 그 무렵 나는 심한 말을 들은 일은 거의 없었고, 대개 좋은 말뿐이었다. 그리고 또 책상 앞에만 너무 앉아 있지 말고 자주 산책할 것을 권유받았다. 다만 마음에 걸린 일은 내가 방 안으로 들어가려고 하면 그 방에서 이루어지고 있었던 대화가 즉시 중단되거나, 몇 가지 이상스러운 일이 일어난 것이었다.

 어느 땐가는 혼자서 창가에 앉아 있자, 내 등 뒤에서 아주 조용히 문이 열렸다. 손가락을 윗 입술에다 대고, 누이동생이 발소리를 죽이며 조심스럽게 들어왔다. 무슨 일인가를 가르쳐 주고 싶은 듯이 파란 눈을 빛내면서 누이동생은 내게 머리를 숙이고 귓가에 속삭였다.

 "좋은 일을 알고 있어."
 "무슨 좋은 일?"
 "하지만 다른 사람에게 말하려고?"
 "말하지 않을게."
 "아니야, 말할 것 같아."
 "말하지 않겠다니까."
 "가슴에 손가락을 세 개 대고, 맹세해!"

 나는 일러 주는 대로 의식을 치렀다. 그러자 누이동생은 가슴속에 품고 있던 비밀을 털어놓게 되어 매우 기뻐하는 표정이었다.

 "오빠는 틀림없이 무죄일 거야. 하지만 다른 사람에게 말하면 용서하지 않을 테야!"

 "왜 내가 무죄란 말이지?" 하고 물어 보려고 했으나 이야기의 경위를 즉시 알아차렸다. 누이동생은 바람처럼 곧 도망쳐 버렸다. 나는 또 질문을 당할 것이라고 생각했으나 그런 일은 없었다. 그래서 그 후 오래지 않아 그 사건을 잊어 버렸다.

 아버지의 태도는 전혀 변하지 않았다. 다만 이제까지보다

완쾌 117

는 나를 곁에다 두고 싶어했다. 이것은 아무런 사정도 몰랐던 나를 꽤 기분좋게 만들었다. 나는 어렸을 때부터 아버지를 피하고 있었기 때문이다. 아버지가 풍기는 약과 에키호스의 심한 냄새만으로도 아버지가 좋아지지를 않았던 것이다. 그러나 지금은 이 모든 순화된 힘의 냄새를 맡으며 돌아다녔다. 왜냐하면 그 냄새는 치료에 계속 전념하고 있는 아버지의 매우 진하게 농축된 색다른 본질로부터 넘쳐 나오는 것처럼 생각되었기 때문이다. 즉 아버지에게 있어서의 의사로서의 일은 일반적으로 예술가나 시인이나 자연의 영靈에게만 속해 있다고 생각하는 최고 의미의 순수한 행위의 총체였던 것이다. 아버지는 인간을 약하게 만들거나 불순하게 만드는 일은 일체 피하고 말을 함부로 하지 않았으며, 그 힘은 행동을 위해 저장해 두셨다. 몸은 매우 약하고 신경이 매우 예민했기 때문에 맥주나 포도주도 마시지 않고, 애연가가 한가롭게 방심하고 있는 듯한 모습은 한 번도 찾아볼 수가 없었다. 언젠가, 만일 호머가 재떨이와 성냥을 계속 벗삼고 있는 니코틴 흡입자로 〈일리아드〉를 썼다면, 〈일리아드〉는 어떤 작품이 되었을지 모를 것이라고 말한 일이 있다. 아버지는 정신적인 강장제로서 차의 독이나 커피의 독을 찬양하고, 냄새를 맡는 코담배는 좋은 생각을 불러일으키기 위한 무해한 약이라고 여기고 있었다. 아버지가 즐겨 읽는 책은 몇 권에 불과했다. 반복해서 읽는 것은 《걸리버 여행기》, 《로빈슨 크루소》, 《뮌히하우젠 남작의 모험》, 《프리드리히 대왕의 서간》 그리고 《비스마르크의 연설집》 등이었다. 특히 파란 클로드 장봊의 소형판인 연설집은 좀처럼 손에서 놓지 않았다. 왕진용 마차 안의 옆벽에 걸어 놓은, 연한 회색 플러시(벨벳과 비슷한 천) 제의 주머니 속에까지 그 책을 넣어 두고 있었다. 그래서 어떤 페이지 사이에 들어 있는 코담배 가루는 이미 돌아가신 이 애독자가 가장 좋아하던 강력한 부분이 어디였는지를 가르쳐 주고 있다.

내가 나이를 먹은 후에 깨달은 일인데, 아버지가 원래 처음부터 낫지 않는다고 단정한 병은 정말로 하나도 없었다. 분명히 아버지는 가끔 눈뜬 장님이 되어, 어떤 미숙한 사람일지라도 비관적인 예측을 하게 되는 병들을 나을 것이라는 확신을 갖고 진찰했다. 이렇게 동정심 많은 고집은 책을 따르느니보다 자기 자신의 본질에 의해서 치료하려는 의사들 사이에서 흔히 볼 수 있는 현상이다. 그래서 사실 때로는 어떠한 특정한 약은 그런 의사의 손에 의해서 다루어질 때 비로소 참된 효과를 나타내게 될 것 같은 생각이 들곤 한다.

이 휴가 중에, 아버지는 자신이 수년 동안 결핵에 대해서 성공적인 효과를 거두고 되풀이해서 검증하고 개량하여 유효한 것으로 만들려고 노력한 요법을 점차 내게 가르쳐 주셨다. 이때까지 아버지는 폐나 늑막의 염증에는 필로카르핀을 처방하고 있었다. 필로카르핀은 남미산인 헨루우다종의 식물 잎에 포함되어 있는 꽤 독한 약으로 화학적으로 산과 화합시켜 흰 결정체로 만든 것은 약국에도 있다. 의사들은 오래 전부터 이 약을 알고 있어 대부분의 경우 그 발한력을 이용하고 있었던 것이다. 아버지도 처음에는 단지 이 효과만을 목적으로 삼고 있었다.

그것을 위해 사용하는 복용량은 대량으로, 아니 너무나 대량이었기 때문에 종종 귀찮은 부작용이 나타날 정도였다. 그래서 감정이 예민한 아버지는 이 격렬한 작용을 언짢게 여겨서, 대개는 정량보다 약간 적게 사용했다. 그런데 그 때 한 가지 새로운 사실을 발견한 것이다. 즉 이처럼 조심스럽게 취급한 경우, 발한 작용은 중간 정도이거나 전혀 나타나지 않았는데, 병에는 똑같이 좋은 효과를 나타냈던 것이다. 그래서 아버지가 또 양을 줄이거나 극히 소량으로 나누자, 여태 본 일이 없었던 순조로운 회복 상태를 관찰할 수 있었다. 손가락으로 타진했을 경우, 침윤되어 있는 폐의 병소病巢 부분은 탁한 소리를 냈으나, 이틀째는 거의 언제나 맑은 소리가 나서 수면과 호흡이 편해지고 식욕도 왕성해지기 시작했다. 여기에 주목하고 있던 아버지는, 치료력은 발한력과 일치하지 않는다는 것을 추정해 냈다. 아버지는 어떤 미지의 힘이 작용해서 심장과 폐 사이의 혈액 순환을 직접적으로 경감시키는 것이라고 생각하게 되었다.

평소 과묵한 아버지도 이런 결과에 이르기까지 체내에 어떤 일이 일어나지 않으면 안 되는가에 대해 내가 알 수 있도록 반복해서 새로운 표현 방법을 쓰고 비유를 해서 꽤 힘들여 설명해 주었다. 유감스럽게도 처음에는 이해할 수 없었다. 겨우 어떤 관념이 떠올라, 그 필로카르핀이 에텔상으로 녹아서 기관 속으로 스며들어 그것을 필요로 하는 부분을 발견하는 모양을 예감할 수 있는 것처럼 생각됐다. 도무지 이해할 수 없을 만큼 섬세한 폐의 기포 모세관 조직은 지금까지 염증을 일으켜 부어 올라 공기도 전혀 통하지 않는 상태였는데, 귀중한 약이 닿기만 해도 금방 약의 부드러운 조정

력을 느끼고, 다시 침투성을 획득하여 경쾌해진다. 음울하고 피를 검게 만드는 탄산가스는 다시 퇴산退散하고, 생기를 주고 피를 붉게 만드는 산소가 들어갈 수 있게 된다. 이렇게 해서 약을 한 모금 마실 때마다 폐 날개에 엉켜서 굳어진 것은 풀리고 건조되어 바람이 잘 통하게 된다. 그래서 다시 자유롭게 생명을 향해서 부풀었다 줄어들면서 호흡을 개시한다. 심장도 순조롭게 뛰어 그 감동을 전신에다 전하게 되는 것이다.

  어느 날 아버지는 나로 하여금 현미경을 들여다보게 해 주셨다. 아버지는 결핵균에다 초점을 맞추어 놓고, 내게 확인시켜주려고 했던 것이다. 오랫동안 찾아보았으나 그 균이 없었다. 겨우 밝은 표면에 시퍼런 좁쌀이 많이 있는 것을 발견하고 기뻐서 그 말을 하자 아버지는 좀더 자세히 관찰하라고 주의를 주셨다. 마침내 이 파란 세포 사이에 털처럼 가늘고 붉은 조그마한 선을 분간해 낼 수 있었다. 이것은 수년 전, 우리 집 장미 줄기에 붙어 있던 녹색의 모충毛虫을 찾아내는 것보다도 훨씬 어려웠다. 그러나 찾아낸 후의 기쁨은 그만큼 컸다. 이렇게 해서 나는 외경과 공포심을 갖고 엷은 갈색으로 착색된 인류의 적에게 첫 인사를 했다. 아버지의 말씀으로는 이제까지 인류의 7분의 1이 이 적에게 희생되었다는 것이다. 그러나 지금은 이 적의 힘도 상실되어 가고 있다고 들었으나, 그때의 느낌은 호랑이나 코브라의 전멸을 마치 자기 자신의 한 조각이 상실되어 가는 것처럼 남모르게 애석한 생각을 갖고서 들었을 경우와 비슷했다. 왜냐하면 자기 사상의 둥근 영역 안에서 조용히 살고 있던 아버지에게 있어서 그것은 의심의 여지가 없는 일이었기 때문이다. 그리고 이런 일로 가슴이 너무나 가득차 있었기 때문에 그 이유를 내게 말하지 않고는 견디지 못하셨다. 그때 아버지는 유감스럽게도 내게 있을 리도 없고 미치지도 못하는 이해력을 전제로 말씀하셨다. 폐 속의 가늘고 작은 선이 작은 결절結節을 만들고 그 결절이 주위의 조직을 앞에서 말한 그 염증과 비슷한 병적 상태에 빠지게 했다는 것을 참으로 상세히 설명해 주셨기 때문에 나는 쉽게 이해할 수 있었다. 이번에는 나 자신이 거기서 결론을 끌어내어, 이 병에도 필로카르핀이 오직 하나의 올바른 치료약이라는 것을 추정해 보였더라면 아버지는 틀림없이 기뻐하셨을 것이다.

"무엇이 효험이 있으리라고 생각하느냐?" 하고 아버지는 언젠가 물으셨다. "많은 사람들은 혈액 속에 해독제를 넣어서 바칠루스〔간균桿菌〕와 그 독을 약화시키려고 한다. 이것은 매우 훌륭한 방법이지?"

나는 열심히 찬성하여 아버지의 기분을 상하게 했다. 아버지는 반박을 기대하고 계셨던 것이다.

"그렇단다. 옛날에는 말이다, 나도 이런 해결 방법을 믿고 있었지. 그러나 이제는 단호하게 인연을 끊어 버렸어. 알겠니? 너는 늪이 어떤 것인지 알고 있겠지. 쾨니히스도르프에 있었으니까 말이다. 즉 그곳에는 독사가 우글거리고 있단 말이다. 그런 독사를 어떻게 퇴치할 수 있겠니? 이를테면 커다란 늪 전체에다 독을 풀어도 좋다는 말이지! 고개를 끄덕이는 것을 보니 좋은 방법이라고 믿는 모양이구나? 바보 같으니! 물론 독사는 죽겠지. 그러나 그와 더불어 토지나 거기에 자라고 있는 식물, 항상 너를 기쁘게 해주던 붉고 푸른 꽃도 모조리 죽어 버린단 말이다. 그리고 늪은 여전히 늪이야. 아니 독이 분해되어 버리면 곧 뱀이 다시 나타나게 된다구. 다른 방법이 있을 텐데. 정말로 근사한 방법이 — 전혀 생각나지 않니?"

어쩔 줄 몰라 나는 아버지의 얼굴과 땅바닥을 번갈아 쳐다보다가 결국 현미경을 들여다 보았다. 마치 그 속에 해답이라도 숨겨져 있는 것처럼.

"늪을 말려 버릴 수 있잖니 — 안 그래? 그러면 늪은 없어지고 점차 아름다운 녹색의 초원이 되겠지. 그리고 자연히 독사도 없어져 버릴 테고."

이 이야기는 마음에 들어 나는 확신을 갖고 찬성의 뜻을 표했다.

"그리고 농축되어 공기의 유통이 나쁜, 말하자면 수렁이라고 말할 수 있는 폐도 역시 말릴 수가 있다면, 그것은 다시 살아 있는 해면처럼 공기를 빨아들일 수 있을 거야. 신선하고 피를 맑게 만드는 공기를 말이다 — 그렇게 해도 그 위험한 침입자들이 편안히 지낼 수 있다고 생각하니?" — "아뇨, 독사와 똑같이 될 거예요!" — "그렇지?" 아버지의 표정은 나의 약간의 이해에 만족하여 빛났다. "틀림없이 사라져 버린다. 결절結節도 이미 살아갈 수 없으므로 위축되어 흉터가 되어 버려. 나는 오래 전부터 그렇게 생각하고, 폐가 나빠진 사람들에게 나의 필로카르핀을 자신있게 처방해 왔단다. 그 효과는 결코 작은 것이 아니야. 그것은 너도 언젠가 알게 되리라고 생각한다." 아버지는 유리관을 열어 보여주셨다. 거기에는 백동전처럼 희고 얇은 정제가 가득 차 있었다.
"여기에, 이 정제 속에 그것이 포함되어 있는데 하나하나마다 1그램의 천분의 1밖에 포함되어 있지 않다. 환자는 하루에 네 알이나 여섯 알을 복용하지. 그것으로 충분해. 반드시 바로 좋아진다는 것은 아니고 시간이 걸리는 경우도 많지. 그것으로 좋다. 너무나 눈에 띄게 듣는 것은 좋지 않아. 완쾌는 자신도 모르는 사이에 돼야 한다. 병이 자신도 모르는 사이에 오는 것처럼 말이다."

아버지는 내 손바닥에다 희고 조그마한 정제를 서너 알 올려 놓았다. 그것은 내가 알고 있는 다른 몇 가지 정제와 비슷했으나 다른 점도 약간 있었다. 그 순간 아버지가 내뿜는 힘이 빛나는 형체를 만든 것처럼 생각되었다. 그래서 그것을 자신의 것으로 만들고 싶다는 기분이 들었다. 최소한 내 손에 놓인 서너 알만이라도 갖고 싶다고 생각했다. 특별히 무엇에 쓰겠다는 생각은 없었다. 그러나 일부러 부탁할 용기도 없이, 그 정제를 다시 유리관 속에다 집어넣어 버렸다.

아버지는 카딩 시절에 얻은 지식을 메모해 두었다가 일부를 전문 잡지에 발표한 일도 있었는데 최근에 인쇄된 것과 아직 인쇄되지 않은 것을 하나의 논문으로 묶어서 곧 발간되기를 기다리고 있었다. 아버지가 그 원고를 책상에서 꺼내 펼치려고 했을 때, 내객을 알리는 벨이 울려 바로 나가셨다. "네가 알 수 있는 데까지 읽어 보도록 해라" 하고 아버지는 문앞에서 말씀하셨다.

원고는 철이 되지 않은 채 푸른 서류 표지 속에 들어 있었다. 양면에 모두 적혀 있고, 그 중 몇몇은 속기로 썼고 많은 문장이 선을 그어 지워져 있었다. 그러나 전체적으로는 보기보다 어렵지 않고, 몇 개의 외국어를 제외하면 모두 그럭저럭 이해할 수 있으리라 생각했다. 그러나 당장은 그렇게 열심히 읽을 기분이 나지 않았다. 아버지의 이야기는 몹시 흥미로웠으나, 결국 나 자신이 걸리지도 않은 병에 대해서 여러 페이지를 한 자 한 자 읽어야 된다는 생각으로 몹시 언짢아져 시인들의 리드미컬하게 약동하는 시가 그리워졌다. 그래서 펜으로 쓴 부분을 읽을 수 없다는 핑계를 대고 경원해 버리려고 결심했다. 그러나 어느 한 부분에 부딪쳤을 때 뜻밖에도 거기서 빠져 나올 수 없게 되었다. 거기서 필자는 다음과 같이 선언했기 때문이다. 자신은 결코 병자뿐만 아니라 전 인류에게 호소하려고 생각하고 있다. 분명히 폐의 순환 기능이 완전히 고장을 일으키지 않고 있는 사람은 인류 가운데 불과 소수에 지나지 않기 때문이다. 여기에 많은 사람들이 주어진 천명을 다하지 못하고 자신의 천분에 알맞는 업적을 올리지 못하고 끝나지 않으면 안 될 이유가 있다. 우리 모든 사람들의 존재를 다른 어떤 해로운 병균보다도 심하게 침식하는 이 무수한 울혈鬱血을 제거할 수 있다면, 무한한 힘과 삶의 기쁨이 해방될 것이다. 이런 생각이 높고 확신에 찬 설득력 있는 어조로 기술되어 있어서 나는 그것을 잊을 수가 없었다. 그리고 그 뒤에 실러의 이름까지 나왔고, 만일 조기에 치료했더라면, 이 천재의 지상 연령을 십 년이나 15년 정도 연장시키는 일도 가능했을 것이라는 부분으로 내 가슴은 더욱 설레었다. 나는 끝까지 읽으려고 결심했다.

"이미 다섯 페이지를 읽었습니다"라고 말하며 나는 돌아오신 아버지를 의기양양하게 맞았다. 그러나 아버지는 책상과 방문 사이를 잠자코 거닐고 있었다.

"어째서 너는 란츠후트에서 나쁜 짓을 했다고 자백했지?" 아버지가 말씀하신 것은 겨우 이 말뿐이었다. 내게 있어서 이토록 의외의 질문은 없었다. 그러나 마음속으로는 거기에 대답할 준비가 되어 있었음이 분명했다. 왜냐하면 대답이 술술 나왔기 때문이다.

"저는 바보였습니다. 신문이 거듭되어 끝이 없었기 때문에 완전히 지쳐 버렸던 거예요. 오직 부후카츠 선생으로부터 학대당하는 것을 견딜 수 없었다구요."

"지쳤다고?" 아버지는 다가와서 내 얼굴을 보고, 손가락으로 아래 눈꺼풀을 끌어내렸다. "약간 핏기가 없구나. 그렇군. 필로카르핀이라도 먹을래? 시보 선생 외에 누가 너를 조사했지?"

"아무도 없습니다."

"담임 선생은?"

"아닙니다."

"밤에 트리밍과 함께 있었니?"

"아녜요."

"그렇지만, 트리밍은 그렇게 말했다던데."

"그렇다면 꿈이라도 꾼 것이겠죠."

"그렇다면 말해 봐. 너는 무슨 나쁜 짓을 했다고 생각하고 있니?"

이렇게 질문 받았을 때, 고향에서 안정을 되찾은 양심은 비로소 그 본래의 기질을 발휘했다. 나는 확신을 갖고 부정하고 그때 학생들 사이에 절대적 가치를 갖고 있던 무서운 선서 형식을 사용했다. 즉 그것은 신의 심판에 호소하여 지존의 존재에 대해서 진실을 말하지 않았을 경우에는 죽음을 당해도 좋다고 일체를 위임하는 선서였다.

"나는 이 일을 교장 선생에게 보고하겠다"라고 아버지는 분명하게 말씀하시고, 창 밖으로 저물어 가는 경치를 바라보고 있었다. 나는 더욱 꾸지람을 듣는 것이 아닌가 하고 각오하고 있었으나 아무 일도 없었다.

"혈액과 뇌에 좀더 철분이 있어야 되겠구나. 정말로 부후카츠 선생에게 조사받았을 때 그것이 필요했었는데." 이것이 아버지가 이 사건에 대해서 덧붙인 전부였다. 그리고 나서 아버지는 다시 책상 위에서 원고를 집어들고 잠시 들여다보고 계셨는데, 이윽고 앞으로 2,3주 동안 이 지저분한 원고를 읽기 쉽게 깨끗이 정서하는 일을 부탁해도 좋겠느냐고 물으셨다. 나는 처음에 미리 읽어보았기 때문에 자신있게 할 수 있다고 말할 수 있었다. 그래서 그날 밤 당장 아버지는 질이 좋은 관청 용지를 내게 주셨다. 그리고 다음날 아침 이미 나는 일에 착수하고 있었다.

행복한 시절이 시작되었다. 새 목적은 내 생활에 있어서 충분히 만족스러운 것이었다. 과거가 나를 괴롭히는 일도 없고, 시인들의 일까지도 잊었다. 왜냐하면 시인들은 미래의 불 같은 전조로 청년들에게 방향을 제시해 주고 모든 위대한 재건은 시인들의 보호 아래 행해지는 것이며, 만일 우리가 그 발 밑에 보도를 마련하겠다는 단순하고 세속적인 일을 맡았을 경우, 생성하는 존재인 청년에게는 일종의 신기한 일이 일어난다. 청년은 젊은 별과 비슷하여, 처음의 안개처럼 거대한 모습에서 점차 더욱 작은 그러나 좀더 견고한 영속적 형태로 옮아가는데, 그때 최후의 냉각이 일어나기 전에 그 온도를 최고도까지 높이는 것이다. 그러나 불타오르는 인간은 진지할 수밖에 없기 때문에, 나는 계속해서 쓰는 동안에 옛날에 임금님이나 마술사로 변신했던 것처럼 점점 작자作者로 동화되어 갔던 것이다. 물론 그 동안에 어린 아이 같은 몇 가지 발작이 일어났다. 같은 시대의 의학적인 편견을 경멸하고 남몰래 스스로가 환자에게 최대의 기적을 행할 힘을 가진 인간이라고 생각하기도 했으며, 이 필사筆寫가 끝나면 그 대가로 귀중한 정제가 든 유리관 서너 개를 아버지에게서 얻으려고 결심하곤 했다. 뿐만 아니라 꿈꾸는 것처럼 손을 쉬고 있는 동안, 나는 란츠후트로도 생각을 돌려 선생들과 학생들을 병자로 간주하고, 모두가 효험이 뚜렷한 나의 도움을 간절히 고대하고 있는 것으로 상상해 보기도 했다. 그리고 특별히 시보 부후카츠 선생에게는 모든 의사들로부터 단념당한 진짜 폐병이 들게 해서, 잠시 망설이다가 즉석에서 고쳐 주어 이 이해심이 없는 선생을 부끄럽게 만들어 주고 싶곤 했다. 그러나 이런 공상의 유희는 열심히 일하고 있는 나의 마음 위를 구름처럼 지나갔을 뿐이다. 원문은 너무나도 엄숙한 것이었고, 해독이 때로는 극히 미묘한 것이었기 때문에 그렇게 탈선만 하고 있을 수가 없었다. 집안이나 세상에서 무슨 일이 일어나든 내게는 아무런 상관도 없었다. 부활제 전의 수 주일 동안 눈과 비가 쏟아졌으나 나는 아무렇지도 않았다. 영혼은 자기 자신의 계절로 성장하며 어떤 날씨도 영혼에 있어 나쁠 것은 없었다. 이따금 어머니는 나를 억지로 책상에서 떠나게 하여 최소한 뜰이라도 거닐라고 말씀하시곤 했다. 뜰에는 장미 덮개가 치워지고 어린 누이동생 슈테파니가 옛날에 내 소임이었던 몇 가지 가벼운 일을 맡아 보고 있었다. 뜰 전체의 손질, 구획을 짓는 방법에 많은 변화가 있었다고 생각되었다. 이름을 알 수 없는 상록의 식물이 크게 자라고 있었으며, 예전에 해바라기가 있었던 구석에는 갈탄투스와 앵초 사이에 해총海葱이, 이제까지 본 적이 없는 짙은 감색의 별 모양 꽃이, 혹은 똑바른 선단先端이나 굽은 선단을 드러낸 채 빛나고 있었다. 나는 이 사랑하는 성역이 내가 없어도 번영하고 있는 것을 보고 처음에는 깜짝 놀랐다. '꽤 게으른 놈이로구나' 하는 감정이 되살아나려고 했으나 고된 일에 몰두하는 길 외에는 빠져 나갈 길이 없었던 것이다.

마침내 부활절 전의 토요일이 되었다. 아버지는 그 날의 마지막 환자를 진찰실에서 돌려보냈다. 벌써 누이동생은 저쪽 부엌에서 물을 들여 처음 몇 개는 벽돌처럼 붉은, 그리고 나머지는 오이처럼 파란 달걀을 내게 보이려고 왔었다. 내 앞에는 약 90매의 정서된 원고가 놓여 있었다. 오자가 없는지 점검하기 시작한 바로 그때 현관에서 벨이 울리고, 바로 그 뒤에 우편 배달부의 목소리가 들렸다. "등기속달입니다." 그리고 "부활절을 축하합니다" 하는 말소리가 들리고 다시 조용해졌다. 나는 완성된 정서를 넘겨 줄 수 있는 순간을 고대하면서 원고를 계속 읽었다.

그때 문이 열렸다. 어머니가 몹시 창백한 얼굴로 들어섰다. 그리고 웃고 울고 하면서 여태까지 본 적이 없는 격렬한 태도로 나를 끌어안았다.

"아아, 이제 모든 것을 잘 알게 되었다. 예전처럼 너를 복교시켜야겠어. 그렇게 하는 수밖에 도리가 없잖니? 잠자코 있었지만 이제는 가르쳐주마. 너는 전염병 환자처럼 보기 흉하게 내쫓겨졌단다. 트리밍이란 아이, 정말 어처구니 없는 아이였구나. 너에게 불리한 증언을 하다니!"

"부후카츠 선생이라는 친구가 그 불쌍한 아이를 조사하여 무슨 말을 선동했는지 알게 뭐냐?"하며, 그때 들어오신 아버지가 부드럽게 말씀하셨다. 아버지 손에는 봉함을 뗀 편지가 들려 있었다. "그 아이가 성홍열猩紅熱에 걸리지 않았거나 죽음을 이미 느끼지 않았더라면 모르고 지나 버렸을지도 몰라" 하고 어머니는 훌쩍이면서 말씀하셨다. "그 아이는 죽게 된다는 것을 깨달은 후에야 비로소 자진해서 고문 신부인 발터 선생을 불러 참회했다는 거야. 그 아이는 너에게 죄를 뒤집어씌우고, 다른 아이를 두둔했다는구나. 용서해 주도록 해라. 그 뒤에 곧 성체를 받고서 편안하게 죽었대."

"젊은 아이들은 변덕을 부리는 법이다" 하고 아버지가 말씀을 거들었다. 그러나 어렸을 때 미혹당하기 쉬운 아이는 자라면 현명해지는 법이다. 그 어린 트리밍도 — 그러나 왜 나를 병상으로 부르지 않았을까? 필로카르핀이 얼마나 잘듣는지 너무나도 모르는군. 성홍열의 경우에도 심장과 폐 사이의 혈액 순환이 잘된다는 것은 중요한 일인데……."

어머니의 격렬한 태도 탓으로 나는 마음의 동요를 거의 깨닫지 못했다. 그러나 가장 흥분되어 있던 어머니가 또 우리들 모두를 곧 진정시켜 주셨다. 어머니는 다른 사람의 의견에 몹시 신경을 쓰는 성질로 다른 사람의 사소한 적의에 대해서도 괴로워했다. 그러나 대개 살아 있는 사람의 호의보다도 죽은 사람의 호의를 높게 평가했다. 죽은 사람과 사이 좋게 지내기 위해서는 예전부터 그 어떤 희생을 해도 좋다고 생각하고 있는 것 같았다. 그러기 때문에 아름다운 트리밍이 무엇인가 기분을 상한 채 천국으로 간다고 생각하는 것도 어머니의 온화한 마음에는 견딜 수 없었던 것이다. 여전히 승리로 몸을 떨고 있었으나 이내 그것을 후회하고 죽은 소년을 애도하며 가능하다면 그를 우리들 가족의 조그마한 수호신으로 삼으려고 했다. 그때 어머니가 먼저 생각한 것은 뜰이었다. 그 불타오르는 듯한 여름 꽃들 밑에다 어머니는 틀림없이 그 소년의 유해를 묻어 주고 싶었을 것이다. 그러나 아직 4월이었다. 그래서 부득이 빨리 잎이 나고 꽃이 피는 것, 즉 갈탄투스, 앵초, 푸른 무릇꽃을 회양목과 댕댕이 덩굴과 함께 모아 화환을 만들어, 그것을 백작 대대의 묘소에 보내기로 했다. 그래서 그 영혼을 우리들이 날마다 하는 기도에 영원히 맞아들이자고 말씀하셨던 것이다.

그러고 있는 동안, 나는 양친 사이에 선 채 머리는 아직 의학 문장으로 가득 차 있었으나 제정신을 찾으려고 무척 애썼다. 학생들 사이에서 추방당한 판결은 내게 숨겨져 있었다. 그래서 취소되었다고 해도 별로 실감나지 않았다. 그렇지만 트리밍에 대해서는 어떻게 생각해야 좋을까? 나와 똑같이 그도 머리가 흐리멍텅해져서 온순해지고 설복당해 지쳐 버렸던가, 아니면 남모르게 다른 아이와 깊이 손잡고 있어, 자신의 행동을 극히 대담하게 의식하고 있었던가, 그 어느 한 쪽이었다. 나는 그 밝은 귀족적 모습, 지금 죽음에 의해서 완성된 모습을 떠올렸다. 그리고 동시에 그것을 영원히 부수어 버리고 싶은 위험이 촉박해 있음을 느꼈다. 그러나 내 영혼의 모든 힘은 갑자기 집결되어 이 영원의 상을 구출해 냈다. 트리밍의 수학적 재능도 지금은 뜻깊게 회상되었다. 그것은 내 눈 속의 일체의 애매한 것을 배제해 주었기 때문에 일거에 모든 것을 확실히 알게 된 것 같은 느낌이었다. 트리밍의 강력한 벗, 반란의 천재, 녹색 처벌대의 파괴자인 카인들은 학생의 나라에 있어서 가장 중요한 시민이었다. 카인들을 도우려는 목적은 모든 수단을 신성하게 만드는 것이다. 그 때문에 나는 희생당한 것이다 — 술술 풀리는 방정식처럼 나는 이 일을 깨닫고, 고대의 그런 예를 생각하면서 뒤늦게나마 용서해 주기로 했다. 물론 지금 다른 모든 일이 뒤죽박죽되어 있었다. 즉 위대한 카인들에게는 내게 잘못 가해졌던 운명이 주어졌고, 트리밍은 이미 죽고 없었다. 후고 같으면 "자신의 별들에 의해서 패배했다"라고 말했을지도 모른다. 나는 어찌해야 좋을지 갈피를 잡을 수 없었다. 테이블 위에는 오직 가라앉는 것들 가운데에 코르크가 떠 있는 것처럼 완성된 원고가 여전히 놓여 있었다. 순간적으로 결심하여, 나는 아버지한테로 가서 그것을 넘겨 드렸다. 아버지는 신기한 듯이 고개를 들고 미소를 지으면서, 그것을 후다닥 뒤적거리고는 내 어깨를 가볍게 두들겼다. 그것이야말로 아버지가 나타낼 수 있는 애정의 최대 표현이었다. 그러나 나는 아버지가 나의 그 어떤 부탁을 도저히 거절할 수 없는 순간, 아마도 두 번 다시 오지 않을 순간이 찾아왔다고 생각했다. 그래서 곧 그 귀중한 정제가 들어 있는 유리관을 여섯 갠가 일곱 개 부탁해 보았다. 실제로 아버지는 잠깐 주저했을 뿐이다.

"네가 원하는 양은 주지 — 그런데 어디다 쓸 거냐?"

나는 병을 앓고 있는 동급생에 대한 이야기를 이것 저것 들려드리고서, 친구들에게 힘이 되고 싶다고 말했다. 아버지는 다소 이해하시는 것 같았다.

"필로카르핀은 신중하게 다루어야 해. 평범한 게 아니니까 말이다. 적은 양을 쓰면 낫지만, 많은 양이면 심장을 약하게 만든다. 특히 어린 아이의 경우에는 말이다."

이렇게 말하고서 아버지는 약을 가져오기 위해 방에서 나가셨다. 조심성이 많은 아버지가 그 정제를 유독한 것처럼 말한 것은 다소 과장된 것이다. 이 일을 나는 몇 년이 지난 후에 비로소, 즉 약학을 공부하게 된 후에 알게 되었던 것이다. 그 당시는 그 기분 나쁜 경고를 정말로 믿었고, 그것으로 나의 갈망과 신뢰는 한층 고조되었던 것이다. 영원히 위험 없는 것이 무슨 소용이 있겠는가. 일곱 개의 유리관을 몽땅 받았을 때, 나는 참으로 기뻤으나 그 기분은 누이동생 때문에 다소 흐려졌다. 이번에는 누이동생도 필로카르핀을 달라고 졸라 대고 울음을 터뜨려 의절義絶당한 사람처럼 손댈 수도 없게 날뛰기 시작했다. 그래서 급히 박하가 든 사탕을 가져와서 서너 개의 유리관에다 집어 넣어 간신히 달랬던 것이다.

이 소중한 물건을 사용할 방법에 대해서 나는 별로 걱정하지 않았다. 당장 누구에게 나누어 주고 싶지는 않았다. 무수한 생명을 두 손에 쥐고 있는 것 같은 느낌은 정말 근사했고 영원히 간직하고 싶은 느낌이었다. 사실 이따금 나는 이 약이 특정의 기관을 목표로 한 특수한 것이라는 점을 잊고 아버지 이상으로 어처구니없이 일반적 효력이 있는 것으로 믿었다. 그래서 내게 있어서는 지상의 원자 중에서 가장 효과적이고 모든 사람들이 갈망하고 모든 병에 효력이 있는 것으로 여겨져 버렸다. 자신에 찬 생활이 시작되었다. 사실 이제는 회복의 기분이 감돌고 있었다.

그때 적지않은 이익을 얻은 것은 어머니였다. 수개월 전부터 어머니는 장신구를 달지 않았는데 이제 다시 사용하기 시작했다. 그리고 인생은 즐겁고 멋있는 것이라는 말을 내가 다시 조심스럽게 꺼내도 거부감을 나타내기는커녕 슬픈 듯한 미소를 띠우고 찬성했다. 부활제는 성대하게 시작되었다. 이제까지의 관습이 모조리 행해졌다. 이른 아침 서리가 내린 뜰에서 죽은 사람을 위한 화환을 만들 꽃을 모은 후에 나는 식사式辭를 교회로 가지고 가서 축복을 빌었다. 그리고 식탁에 앉기 전에 모두 함께 마굿간을 찾아갔다. 그곳에는 매일 아버지를 환자에게로 싣고 가는 밤색의 말 두 마리가 있었다. 누이동생이 그들에게 정화를 시킨 빵을 내밀자, 말은 그 큰 덩어리를 조심스럽게 받았다.

비밀 준수

후고는 편지로, 이제는 기숙사로 돌아오지 않는 편이 좋겠다고 충고해 왔는데, 나의 양친도 그 편이 현명하다고 생각했다. 후고는 마침 그보다 더 당연한 이야기는 없다는 투로 갑자기 자신의 결론을 꺼냈다. 즉 자기 아버지에게 부탁도 하고 여러 가지 이유를 들기도 해서 오랫동안 조르던 끝에 기숙사 밖에서 지낼 수 있는 허가를 얻었다는 것이다. 그래서 몹시 세심하나 다소 신경질적인 중년의 어느 미망인 집에 방을 하나 얻었다고 했다. 나는 젊은 힐게르트너 교수의 집으로 가게 되어 있었는데 이 선생은 2, 3년 전부터 김나지움에서 고전어를 가르치고 있었다.

이 현명하고 성실한 선생 집에서의 기분좋게 정돈된 순수한 하루가 인생에 어떤 의미를 갖고 있는지를 서서히 깨달을 수 있었다. 지금까지 익숙해진 모든 것과는 다른 것이었다. 양친의 집이란 설사 어떤 것이 되었든 여전히 다른 것으로 대신할 수 없는 신성한 것이다. 두말 할 여지도 없이 신성하다. 그런데 우리 가정은 하여튼 의사 집으로서, 날마다 다른 사람의 고뇌로 덮여 있었다. 게다가 어머니의 우울증과 한 번도 휴가를 가진 일이 없는 아버지의 조급해지기 쉬운 성실성을 다소나마 부드럽게 해주었을지도 모르는 음악이라는 것이 결여된 집이었다. 한편 누이동생은 명랑하긴 했지만, 너무 어렸다. 그녀는 언제나 나를 손님으로 여기고 있어서 귀가할 때마다 새로이 친구가 되지 않으면 안 되었다. 거기다 나는 여성의 영향은 수도원처럼 차단하고, 남성적인 공동생활 정신을 환기시키려는 기숙사 생활을 했다. 그것은 내게 여러 가지 영향을 주었는데, 이제는 그런 것 없이도 지낼 수 있다고 생각하고 있었던 것이다.

  교수는 어렸을 때 병약했었다. 게다가 한쪽 다리를 절단해야만 해서, 무겁고 삐걱거리는 기계를 사용하여 매일 두 차례씩 다녀야 하는 길을 다리를 질질 끌고 다녔다. 그러나 그의 마음은 밝고 고전적인 교양으로 단련되어 자연의 잔혹성을 일생 동안 극복해 온 것이다. 온몸이 성한 그의 동료 중에서 기지나 쾌활함에 있어서 그를 따를 사람은 하나도 없었다. 내 기억으로는 그의 부인은 항상 바쁜 것 같았으며 다소 덤벙거리는 사람이었다. 심장판막개폐부전증 때문에 얌전하게 생긴 그 풀리지 않는 얼굴은 이상한 붉은 빛을 띠고 있었다. 아이는 없었다. 언제나 검정색 옷을 입는 리네라는 하녀가 있었을 뿐이다. 그녀가 이 집에 온 인연도 신기했는데, 매일 아침 마르틴 성당에 가도 좋다는 허락을 받고 있는 한 기쁜 마음으로 밤 늦게까지 성실하게 일했다. 마르틴 성당은 그다지 유명하지 않은 성聖 요도크 교회보다는 더욱 큰 천국의 기쁨을 그녀에게 보증해 주고 있었다.

　이 최후의 여름 동안에 나와 후고에게 제 3의 친구로서 아주 조용하고 믿음직한 데다 놀라울 정도로 침착한 소년이 들어왔다. 그는 피아노를 갖고 있었는데 아주 잘쳤다. 그래서 수업이 없는 오후에는 우리를 연주에 초대해 주었다. 후고에게 있어서는 특별히 새로운 일은 아니었다. 자신이 음악을 하지 못하는 것은 다만 그 병 때문이었던 것이다. 마치 진짜 수학자가 모든 것을 숫자로 바꾸어 버리듯이, 그에게는 한 시간 동안 모든 존재를 음音으로 바꾸어 '현세의 귀'가 되는 것이 불가능하지 않았다.

　그러나 내게도 한 번, 억눌려 있던 무렵에 눈에 보인 모든 것이 완전히 음音으로 변한 일이 있었다. 그렇지만 그것은 꿈속에서의 일로 눈을 뜨고 있으면 그런 일은 일어나지도 않았다. 나 자신의 경험이 아직 나 자신 속에 너무나도 집요하게 고착되어 있었기 때문에 음악이 되어 하늘 높이 날아오를 수가 없었던 것이다. 그래도 이 새로운 친구 발터가 헨델의 라르고를 치거나 하면, 내게는 어떤 이상한 느낌이 들었다. 우선 첫째로, 조금 전까지 그 어떤 질문에 대답을 해야 된다고 생각하고 있으면서 대답하지 못했던 좋은 해답이 뛰어오르는 물고기처럼 언제나 갑자기 떠올랐던 것이다. 그러나 다음에는 내가 알고 있는 사람들이 차례차례로 천천히 내게 다가왔다. 나는 그 사람들을 이미 어렸을 때 죽은 사람들을 보듯이 바라보았다. 즉 최후의 심판 때와 같은 빛이 그들 위에 비치고 있었다. 그리고 모두들, 서로 적대시하고 있는 사람들까지도 웬 영문인지 사이좋게 지내고 있었다. 그러나 시인의 말은 과거로부터 전해져 오는 법인데, 갑자기 미래 쪽으로부터 힘차게 울려왔던 것이다.

새로운 음악이 성화聖化되는 힘이 처음으로 매우 컸기 때문에, 나는 오랫동안 참고 있을 수 없어서 집에서 나와 시내를 벗어났는데, 정신을 차리고 보니 어느새 교외로 나와 있었다. 그러나 이 교외마저도 내 감각에는 이 세상의 것이 아닌 것으로 느껴졌다.

동남쪽에 있는 언덕은 모니베르크라고 불렸다. 그곳 숲끝에서 나는 딸기 따는 아이들의 뒤를 따라갔다. 잠시 후 아이들로부터 조금 떨어져 풀을 먹고 있는 소 떼 옆에서 쉬었다. 시간과 선한 영靈이 실제로 나에게 여러 가지로 애써 준 일이 통감되었다. 에봐 생각이 났다. 에봐는 어렸을 때, 그 자유롭고 고귀한 품성으로 백마가 되고 싶다고 말한 적이 있었다. 그리고 이 자랑스러운 동물에 대한 기분은 언제까지나 변함없었다. 그것은 참으로 아름다운 일이었다. 거기에 비하면, 내 소년 시절의 초기는 정말로 음울하고 답답했다는 생각이 든다. 나는 그 무렵 말이란 나보다 훨씬 높은, 새와 같은 존재라고 느끼고 있었던 것이다. 내가 말이었다면 훌쩍 뛰어 음울한 슬픔으로부터 밝은 햇빛 속으로 높이 뛰어올랐을 것이다. 그 당시 이미 언젠가는 이런 일을 할 수 있으리라는 자신감은 갖고 있었으나, 진심에서 할 생각은 전혀 없었다. 오히려 꾸중을 듣거나 벌이라도 받은 뒤에 기분이 나빠 넋을 잃고 소매 옆에서 뒹굴고 있으면, 느릿느릿하고 말을 못 하는 이런 동물로 변신해서 세속의 일 같은 것은 잊어버리고 싶다는 생각이 간절했다. 그리고 지금 다시 그들 옆에서 쉬고 있으나 기분은 달랐다. 중년의 혹은 인생에 실패한 사람들이 이런 동물들을 보고 흔히 느끼는 이해력을 가진 연민이라는 것과는 거리가 멀었으나 대개 그들의 아름다움은 인정할 수 있는 나이였다. 그러기 때문에 음악이나 고상한 문학이 영혼 속에 파고드는 것도 무리는 아니었다. 혈액 속에는 생명의 초조감이 깃들이고 있었으나 사물을 보려는 기분은 그 위로 벗어나려 하고 있었다. 오후의 방 안을 가득 채우고 있는 엷은 구름, 목자牧者와 개, 유리 항아리 속에서 불타는 것처럼 익어 가는 딸기, 숲가의 그늘에 피는 흰 과꽃 — 이런 모든 것들이 지금은 천국처럼 조용한 상像이 되고, 다분히 호머가 보았으리라고 믿어지는 기분으로 풀을 먹고 있는 소를 보려고 노력했다. 그것은 일시적인 노력에 불과하고 성공하는 일도 없다. 그러나 고독한 인간은 그것으로 자신을 위로하든지 적어도 동물과 인간이 서로 신으로서 인정하고 있던 태고를 예감하면서 뛰어다니고 있는 것이다.

학교에서는 힐게르트너 선생의 격려를 받아 만족스러운 진보를 보였다. 다만 복학한 사람에 대한 너무나 지나친 배려가 오히려 더 거북했다. 교수 회의는 귀찮고 건방진 학생을 추방할 수 있다는 생각에 속아 넘어가 서둘러 퇴학시켜 버렸는데, 이제 다시 그것을 취소하지 않으면 안 되게 되어 그 학생에 대해 다소 자신을 상실해 버렸다. 나는 이미 한 차례 손가락을 긁힌 일이 있는 쐐기풀처럼 조심스럽게 다루어졌다. 그 중에서도 트리밍의 청죄자聽罪者인 고문 신부 발터 선생은 지나친 호의를 보였으나, 언제나 반드시 감사하는 마음으로 받아들일 수는 없었다. 왜냐하면 나에게는 다음과 같은 부담감이 있었기 때문이다. 즉 호인好人인 이 청죄자는 마침 요도크 광장에서 나와 마주 보고 살고 있어서, 특히 나뭇잎이 없는 황량한 겨울에는 내 방의 창문과 사람이 출입하는 것마저 계속 지켜 볼 수가 있었던 것이다. 그것이 내게는 고통스러웠고, 한 번은 매우 귀찮은 일이 생겼다.

밤에 내가 《아이반호》를 열심히 탐독하고 있을 무렵의 일이었다. 그러나 규칙상 열 시에는 불을 끄지 않으면 안 되었다. 그래서 잠자리에 들긴 했으나 책의 망령 때문에 네 시에 잠이 깨어 불을 켜고 리네가 아침 식사를 하라고 부르러 올 때까지 침대 속에서 계속 읽고 있었다. 이런 일이 일주일 동안 계속되었는데 아무도 눈치채지 못했으리라고 생각하고 있었다. 그러나 어느 땐가 종교 시간에 서너 가지 질문에 적당히 대답을 하고 나자, 발터 선생은 나를 교단 옆으로 불러 칭찬하고는, 다른 아이들에게도 모범생으로 소개하고 앞으로 이처럼 노력해 주기 바란다고 격려했다. 그러나 계속해서 한 말에 나는 정말이지 깜짝 놀라지 않을 수 없었다.

"정말로 네가 완전히 변해서 기쁘다. 나 자신 너에게 감사할 이유가 있음을 여기서 기꺼이 고백하겠다. 금년 겨울에는 따뜻한 침대에서 일을 하러 나가는 일이 내게는 종종 괴로웠던 것이다. 그러나 지금은 네 방의 불 켜진 방이 매일 나를 마음속 깊이 감복시키고 있다. 그래서 나는 나 자신에게 말했지. 저곳 젊은이는 새벽부터 벌써 열심히 속죄하고 있는데 — 나이 먹은 내가 저 아이에게 부끄러운 짓을 해도 좋을 것인가? 그리곤 알았어, 아침 일찍 일어나는 일이 편해진 거야. 그래서 다시 한 번 기쁜 마음으로 책상 앞에 앉을 수가 있었지."

 유감스럽게도 이 뜻밖의 칭찬은 아침 일찍 일어난다는 내 흥미를 완전히 잃게 만들었다. 그것은 물론 대단한 책이 더 이상 없었다는 탓도 있었다. 그러나 이 훌륭한 교사를 완전히 탄복시킬 수가 있었는데, 어떻게 창을 캄캄하게 내버려 둘 수가 있겠는가? 새벽에는 정말로 공부가 잘된다는 것을 나도 분명히 알고 있었다. 그래서 다음날, 습관이 된 시간에 잠이 깨자 일어나서 불을 켜고, 그리스어 문법을 준비했으나 피곤해서 하품이 나와 다시 침대 속으로 기어 들어가 불을 켜 둔 채로 아마 두 시간은 잤을 것이다. 교수 부인은 내 램프 기름을 거의 매일 가득 채우지 않으면 안 되었기 때문에 이미 수상하게 여기고 있었다. 그래서 나는 고문 신부의 선의와 호기심을 지켜 주려면, 내 용돈으로 기름을 보충하는 도리밖에 없었다. 나는 불빛을 제도판으로 가려서 그늘을 만들고 건강에 좋은 두 번째의 잠을 만끽하고 있으면 어느새 이른 아침 해가 나의 램프 빛과 교대하는 것이었다.

 그 해의 봄은 일찍 찾아와 광채가 가득했다. 꽃이 만발한 뜰이 많은 이 시골 도시도 이제야 고향을 그리워하게 만들었다. 카딩에서도 희망에 찬 여러 가지 소식을 전해 왔다. 어머니의 숙부로서 독신의 지주였던 분이 돌아가시고, 다뉴브 강변의 얼마 안 되는 토지가 어머니에게 남겨졌다. 보다 가까운 여러 친척들이 어찌하여 무시되었는지는 알 수 없었다.

 떡갈나무 한 그루가 시골길 옆에 붙은 숙부님의 밭에 심어져 있었다. 오늘날의 독일에는 여간해서 없는, 참으로 훌륭한 거목으로 이 독신의 노인은 그 지방에서도 소문이 자자

한 이 나무를 무엇보다도 사랑하고 있었다. 돈많은 재목상들은 옛날부터 그것을 노리고 있었다. 노인도 그것을 알고 있어서 상속자가 언젠가는 이것을 팔아 치워 남의 집 하인이 도끼질을 할 것이라고 생각했는데, 이것이 만년의 고민거리였다. 농부의 가족이라면 이런 장사를 할 것이라고 생각했던 모양으로, 그 사람들에게는 돈은 물려주었으나 떡갈나무가 있는 땅은 주지 않았다. 그래서 이 기분을 이해할 만한 어머니에게 물려주기로 한 듯했다. 어머니에 의해서나 그 자식들에 의해서도 이 성스러운 나무가 조금도 해를 입지 않을 것이라는 확신감으로 노인은 안심하고 눈을 감았던 것이다.

그 오래 된 널따란 농가로 언젠가 이사를 가자는 것이 점점 양친들의 남모르는 계획이 되고 있었으나 아버지는 아직 한 번도 그 집을 본 일이 없었다. 아버지의 환자들이 아버지에게 여가를 주지 않았던 것이다. 아버지는 그 간단한 여행을 8월까지 연기했다. 그래서 나도 그때 아버지를 따라갈 예정이었다. 그때까지 아직 여유가 있어, 나나 후고는 새로이 여가가 생겨도 당장 할 일이 없었다. 여가를 위해서 우리는 몇 가지 대담한 모험을 할 생각이었는데, 그 중 한 가지는 몇 년이 지나도 내게 반향을 불러일으키는 것이었다.

그것은 6월의 일로, 뇌우 때문에 이미 많은 꽃이 떨어졌었다. 그것들은 갑충甲虫의 날개에 섞여 공원 자갈 위를 덮고, 비에 젖은 나뭇잎은 햇빛을 반사하면서 빛나고 있었다. 일요일의 오후는 해의 움직임이 느렸다. 우리는 공부를 하기도 하고 책을 읽기도 했으나, 그러는 동안 싫증이 나 버렸다. 그때 후고가 느닷없이, "여자 친구가 있으면 아주 근사하겠지.

반드시 연애 관계일 필요는 없지만 말이야" 하고 말하더니 나의 너무나도 열렬한 찬성에 다소 걱정스러운 듯이 덧붙였다. "하지만 때로는 너나 나 같은 사람이라도 친구로 삼고 싶어하는 계집애도 틀림없이 있을 텐데 말이야." 그러자 내게 곧 묘안이 떠올랐다.

"이봐, 언제까지나 암중모색만 하지 말자! 무턱대고 모르는 사람에게 부딪쳐 보지 않을래?"

"모르는 사람?"

"그래, 모르는 사람 말이야. 그곳은 신들께서 다스리는 영역이야. 너도 알고 있겠지만 말이야. 각자 편지를 쓰는 거야. 짧고 고상하고 솔직하게 말이야. 그래서 수취인인 여성에게 우정을 호소하는 거야."

"수취인? 그게 누구지?"

"운명이 정한 여성이지! 함께 성城 마루를 넘어가서 각자 맨 처음에 만난 여성에게 편지를 전하는 거야."

후고는 이 의견에 대해서 별로 놀라지 않았다. 그는 이런 일은 바로 나다운 제안이라고 말하고, 근본적으로 이의를 제기하지는 않았으나 서너 가지 의문을 제기했다.

"만일 꼬부랑 할머니가 되면 어떻게 할 셈이지?"

"그때는 될 대로 되라는 거지 뭐. 운명에 맡기는 거야! 그 할머니에게 예쁜 딸이 있을지도 모르잖아. 내기를 해도 좋아."

"딸이라구!" 하고 후고는 깜짝 놀랐다. "그것은 조심하는 것이 좋아. 어머니가 끼어들면 간단하게 끝나지 않게 돼. 정신을 차렸을 때는 이미 약혼해 버렸고, 멀지 않아 애들 투성이의 가정을 이루게 되는 거라구. 그러나 그렇게 되면 너는 지상의 모든 고귀한 것과는 영이별이다. 최소한 편지에는 유보 조건을 넣어 둘 필요가 있을 것 같아."

후고는 그 밖에 몇 가지 의문을 품고 있었다. 그러나 그것들은 모두 잘 풀어 줄 수가 있었다. 마침내 내가 처음에 편지를 전하기로 의견의 일치를 보았다. 수고를 덜기 위해서, 두 통의 편지를 같은 내용으로 해 두는 것이 가장 좋다고 생각했다. 둘 다 들뜰 대로 들떠 편지를 썼다. 심심풀이로 전에 마음속으로 이런 종류의 편지를 생각한 일이 있는 것이 지금 도움이 되었다. 그래서 어렵지 않게 아름답고 정열적인 인사가 종이 위에 흘러 나왔다. 그것은 매우 일반적인 표현이면서도 특정인에게 보내는 것처럼 보이기도 했다. 힐게르트너 교수의 녹색 봉납으로 봉투를 봉하자마자 모자를 쓰고 밖으로 나왔다. 처음에는 성공하고야 말 기세였으나, 호프가르텐 문에 이르자 말도 잘 나오지 않게 되어, 나는 심장이 약간 이상해진 듯한 느낌마저 들었다. 아니, 점잖게 가까이 오는 서너 명의 가족을 보기만 해도, 갑자기 폭탄 투하를 맹세한 인간의 심경을 알 수 있을 것 같았다.

로레트 골목으로 꽤 깊숙이 들어갔을 무렵, 우리는 갑자기 그 자리에 섰다. 아직 상당히 거리는 있었으나, 노랑빛과 검은빛 옷차림을 한 날씬한 부인이 커다란 개를 데리고 침착한 걸음으로 우리 쪽으로 다가오고 있었던 것이다. 그녀는 승마용 매를 휘두르고 있었다.

"저 여자는 안 돼" 하고 후고는 얼굴을 찌푸리며 외쳤다. 나도 그 부인이 누군지 알고 있었다. 푸른 롤라는, 시내에서 소문이 자자한 여인으로 정년이 되기 전에 목이 잘린 어느 관리인의 외동딸이었다. 프랑스에서 가정 교사 노릇을 한 일이 있고, 정체를 알 수 없는 희안한 여인, 대담무쌍한 여기사, 특이한 미인이라는 다채로운 풍문의 소유자였다. 나는 웬일인지 이때의 일이 생각나지 않았다.

"이건 전연 예상 밖인데!" 하고 후고는 말했다. "뒤로 돌아서자. 뭔가 불길해!"

"그렇게 생각해? 오늘은 그만두라고 하고 내일은 경멸하겠지?"

"경멸한다구? 천만에! 미친 사람이 아니면 발을 들여 놓지 말아야 할 영역이라는 것이 있는 거야! 도대체 말이야, 아무런 준비도 없이 어떻게 이런 모험을 할 수 있다는 거지? 그것은 오만이야. 그렇고말고, 알겠어? 인류의 전 세기를 통해서 현명하고 대담한 사람은 많았지만, 사전에 유성의 위치에 대한 걱정을 하지 않고 이런 대사업을 벌이진 않았을 거야. 우주에서는 모든 것이 인과 관계를 갖고 있는 법이지. 너도 곧 알게 될 거라구!"

여기에 대해서 내가 즉석에서 대답하지 않았기 때문에 그는 눈을 가늘게 뜨고 말했다.

"정말이지 저 여자, 징그러운 개를 데리고 있구나. 손에는 매까지 들고 말이야."

일부러 몸을 떨면서 그는 이 말을 했다. 그것이 나로 하여금 화가 치밀게 만들었다.

"매 따위는 아무런 뜻이 없어. 고문 신부가 우산을 들고 있는 것과 마찬가지로 단순한 습관일 뿐이야."

"그래? 하지만 저 여자가 언젠가 구시가舊市街 앞에서 어떤 사관士官의 얼굴을 저것으로 때렸다고 하잖아. 불쌍한 사관이 그 때문에 자살해야만 했다는 얘기는 이미 누구나 다 알고 있다구."

여기서 이제는 정말로 되돌아 갈 수 없다는 결의를 결정적으로 굳히게 한 것이 있다면, 놀림당할 위험이 가까운 곳에 있음을 암시한 이 너무나도 직선적인 후고의 말이었다. 분명히 나는 이 모험에 장난기를 남겨 두고 싶었으나, 이미 그것은 거의 불가능한 경지에 이르렀다. 나는 나에 대해서 매가 휘둘러지는 것을 보았다. 자칫하면 체면을 손상당할지도 모른다는 감정으로 인해 나의 모든 근육은 굳어졌다. 눈앞이 어지러웠다. 나는 접근해 오는 여자가 무기도 갖지 않은 나를 노리는 노회한 적으로 보았다. 그래서 조금이라도 무례한 행동은 용서치 않겠다, 뻔뻔스럽게도 함께 쫓아 버리겠다고 마음속으로 맹세했다. 가슴속의 거친 소용돌이가 너무나도 컸기 때문에, 준비해 두었던 말은 나오지도 않았다. 나는 앞으로 달리면서 대시인의 시구를 인용하여, 후고에 대한 대답으로 삼지 않으면 안 되었다.

"'나를 붙잡는 자는 요괴로 만들겠노라 —
나의 생명, 아까울 것 없고
나의 영혼 또한 아까울 것 없도다.
그것은 생명과 똑같이 불사不死이니까' 다 —"

"하지만 여자한테 말을 거는 방법이나 알고 있어?" 하고 후고는 거의 울음을 터뜨릴 듯이 뒤에서 소리쳤다. "이렇게 말하는 거야. 아가씨, 이런 일은 처음입니다만 — 그리고, 들고 있니? 재빨리 편지를 약간 구기는 거야. 그리고 이것을 당신에게 드리려고 이미 1주일 동안이나 호주머니 속에 넣고 다녔노라고 말하는 거라구."

어떤 장면이 전개되었는지 자세한 것은 기억나지 않지만 중요한 점은 전혀 예상치도 않았던 일이 일어났다는 것이다. 즉 나는 이 유명한 여자에게 전혀 끌리지 않았었다. 그것을 깨달은 것은 내가 이미 모자를 벗고 옆으로 다가가서 고개를 숙이며 편지를 탄원서처럼 건네 준 뒤의 일이었다. 이 여자가 멀리서 걸어올 때는 어떤 사람일까 하고 상상하고 있었으나 가까이서 보니 매력이 있기는커녕 불쾌하기까지 했다. 옷과 모자는 지금쯤 아무데나 피어 있는 노란꽃 색이었으며, 거기에 검은 빌로드의 무늬가 있었다. 그러나 얼굴은 그렇게 말해도 좋다면 극단적일 정도로 정돈되어 있고, 옷의 아프리카적인 색채는 창백한 피부와 검은 눈동자를 돋보이게 했다. 그 향기는 카딩의 약품 상자에 든 분말을 연상시켜 혐오감마저 일었다. 그것은 해골 그림이 있는 작은 유리 그릇에 들어 있는데 거의 한 번도 사용한 일이 없는 약으로, 아버지가 언젠가 말씀하신 바로는 곤충을 곱게 빻아 가루로 만든 것이었다.

그녀는 내게 으르렁거리면서 냄새 맡으려고 하는 개를 제지하고 담담하게 내 편지를 받았다. 거리 한복판에서 편지를 받는 일 정도는 그녀에게 별로 대수로운 일이 아니라는 것을 그것으로 알 수 있었다. 그러나 약간 미소를 띠우고 있는 것을 보면, 흥을 깨뜨리고 싶지 않은 것 같기도 했다. 그리고 또다시 구름이 덮여 빗방울이 떨어지기 시작한 하늘을 눈살을 찌푸리며 쳐다보고는, 자신이 서두르고 있다는 것을 암시하기도 했다. 그녀는 개 끈을 잡아당기면서 내가 직접 편지를 썼는지, 대강 어떤 내용인지를 물었다. 나는 간신히, 그녀에게 우정을 보여주고 싶다는 내용을 썼노라고 고백했다. 그러나 이것은 어딘지 모르게 자신없게 울렸다. 그녀는 화가 난 것 같지는 않았다. "우정이란 말이지 — 그것은 중대한 문제야. 그렇다면 꼭 읽어 보겠어요"라고 마치 어린 아이에게 말하는 것처럼 지나칠 정도로 감사하다는 뜻을 표현하면서 말했으나 재빨리 차가운, 그러나 반드시 가망이 전혀 없다고는 말할 수 없는 시선을 던지고 다시 걷기 시작했다.

모자를 손에 들고 나는 그 자리에 선 채로, 그 말벌과 같은 여인의 뒷모습을 바라보았다. 그렇게 서 있다가 나의 시선은 공원 나무들 사이의, 멀리 있는 화원 속에 떨어졌다. 그 한가운데 꽃이 빨갛게 피어 있는 커다란 원형화단이 있었다. 그것은 아마 작약이었는지도 모른다. 공원은 학교로 가는 도중에 있었으므로 이미 수주일 전에 그 옆을 분명히 지나쳤으니, 그 화단도 틀림없이 보았을 것이다. 그러나 아마도 그저 적당히 보았을 것이다. 영혼은 다분히 아직 빨간색을 필요로 하지 않았던 것이다. 그러나 지금 그 빨간색은 고대하고 있었던 것처럼 마음속에 스며들어 빛났다. 그것이 반드시 나의 빨간색이 아니었다는 것, 너무나 진해서 파란색에 가까운 빨간색이었다는 것을 깨달은 것은 좀더 후의 일이었다. 그 순간의 느낌은 매우 밝은 루비색처럼 생각되었다. 인생의 밖에서 불타고 있는 불과 같았고 그 불 속에서 불필요한 것은 모두 타서 없어졌으며, 모든 것은 지금 다시 시작되어도 좋았다.

그러는 사이에 비가 세차게 내리기 시작했다. 나는 옛날 어린 마음으로 빨간꽃을 바라보면서, 저 아름다운 빨간색이 비 때문에 빠져 버리고, 단지 더러운 흰색만이 남는 것이 아닌가 하고 걱정했던 일이 생각났다. 그 당시와 마찬가지로 나는 다시, 비가 와도 변하지 않는 그 광력光力을 기쁘게 생각했다. 그 빛은 정말로 이 색과 비슷한 여성의 존재를 증명하는 것처럼 생각되었다. 갑자기 그때, 잊어버리고 있던 친구 후고가 요령있게 옆길에서 튀어나와 힘이 빠진 목소리로 말을 걸었다.

"퇴짜라도 맞았니, 그 무시무시한 여자에게?"

이렇게 되면 나도 급히 평범하면서도 빈틈없는 재능을 총동원하지 않을 수 없었다.

"퇴짜? 천만에! 근사한 여자야. 너도 알고 지내는 것이 좋을 거야. 우정에 대한 그녀의 견해로 말한다면, 대단한 것이었어. 깊이 생각하고 있더라. 그녀의 의견에 대해서는 한마디 한마디마다 나도 동감이야."

"그러고 보니, 그 여자가 몇 초 동안에 네게 그렇게 설명했다는 말인데, 자아, 어서 솔직히 말해 보시지. 이 엉뚱한 거짓말쟁이 같으니라구!"

"그렇지만 말이다, 내 편지를 받았단 말이야."

"그것은 보고 있었어. 하지만 넌, 무엇 때문에 그토록 난처한 표정으로 그런 말을 하는 거냐?"

거기에 대답하는 것이 귀찮았다. 영혼은 아직도 환성을 지르고 있는 저 빨간색 속에서 좋은 기분이 되어, 노랑색과 검은색 따위는 상대하려 하지도 않았다. 그러나 후고는 완강했다.

"아마도 너는 그 여자와는 즐겁게 지낼 수가 없다고 생각하고 있는 것이지?"

이 간단한 말은 내게는 뭐라고 말할 수 없는 구세주였다. 나는 더 이상 꾸미는 것을 단념하고 솔직하게 말하려고 결심했다.

"그녀는 멋있어. 강렬해. 위대한 마신魔神이야. 그렇지만 나는, 다른 여자를 만나고 싶어졌어. 그녀는 나를 행복하게도 불행하게도 할 수 없을 것 같아."

"특이한 증상이로구나. 그러나 나도 알 수 있을 것 같다" 하고, 후고는 의사 같은 말투를 썼다.

리본이 달린 모자에 안경을 쓰고 검고 짧은 외투를 입은 바짝 여윈 부인이 슬픈 듯한 낮은 목소리로 뭐라고 중얼거리면서 지나갔다. 사실 이번에는 후고가 편지를 전할 차례였다. 그러나 그는 그러기는커녕, 점점 웅변을 쏟아 전의 약속 같은 것은 잊어버린 것처럼 보였다. 나도 그것을 깨우쳐 줄 자격을 잃은 것처럼 생각했다.

"확실히 그녀는 네게 너무 강렬해. 여기에 비밀이 숨겨져 있구나. 지난 물리 시간의 일 기억하고 있어? 전류 이야기 말이야. 6천 볼트의 전류라면 아무리 강한 남자라도 일격에 넘어뜨린다고 했잖아? 그와 반대로 6볼트의 전류가 되면 어린 아이에게까지도 해를 끼치지 않고 그 조그마한 심장을 관류해도 아무렇지도 않으며, 어린 아이는 전과 다름없이 웃고 논다고 말이야. 너와 롤라의 경우와 딱 맞는 말이지 뭐야."

이 친구로부터는 여러 가지 현명한 설명을 들어 왔으나, 이 설명이야말로 가장 명심할 가치가 있는 것처럼 생각되었다. 나는 그 아름다운 부인에 대해 무감각했던 현상을 자연 법칙에 의해서 옳다고 인정된 것을 알고 더없이 즐거웠다. 물론 나중엔 불안해졌으나 여기에는 두 가지 이유가 있었다. 하나는 롤라 측에서 내게 제의한 우정을 받아들였을 때의 경우로, 그때의 입장은 매우 애매하게 되는 것이다. 그러나 그녀가 거부해도 편지를 쓴 사람의 이름이 정확히 적힌 내 편지는 그녀의 손에 남고, 그와 더불어 나도 그녀의 손아귀에 쥐어지게 되는 것이다. 그녀가 시내에서 입만 벙긋해도, 게다가 부후카츠 같은 선생에게 내 편지를 보이기만 해도, 내 신상은 부활제 이전보다도 위험하게 된다. 다시 호출당할 것을 각오하지 않으면 학교의 기본 규칙으로 보아 김나지움에 재학하는 일은 불가능하게 된다. 그러나 한 주 한 주가 무사히 지나갔다. 조사하기 위한 호출도 없었고, 나도 그런 걱정을 하지 않게 되었다. 롤라는 침묵을 지켰다. 물론 시내 사람들이나 학교에 대해서뿐만이 아니다. 내게 대해서도 그녀는 침묵을 지키고 있었던 것이다.
　거리에서 이따금 그녀를 만난 적은 있었다. 그때마다 그녀는 나의 인사에 가볍게 답례를 보내기는 했으나, 말을 걸기는 싫어하는 눈치였다. 그녀를 생각하는 일이 드물어졌으나, 그 여름은 그녀의 굳은 침묵이라는 표시 밑에서 보냈다. 나는 그것을 벌로 혹은 은혜로 느꼈으나 운명적인 감정은 항상 남아 있었다. 그리고 그렇게 생각하는 일은 분명히 좋은 일이었다. 강한 영혼을 만드는 말 — 누가 그것을 또 말할 수 있겠는가? 잠자코 있기는 하나 우리는 서로 크게 힘을 주고 있었다. 학생이 혼자서 좋은 기분이 되어 자신의 일을 선생에게 보여도, 선생이 오랫동안 완고하게 입을 다물고 있으면 학생은 마음을 상하게 된다. 이 색다른 낯선 여인도 날마다 하는 산책에 있어서, 내가 그 당시 생각하고 있었던 것보다도 더 강하게 나의 운명을 규정하고 있었던 것이다. 겸허한 방향은 아니지만 감정을 다소 정리하는 방향으로 그녀는 나를 유도했던 것이다. 그것은 나의 동급생이나 교사와의 접촉에 있어서 결코 불리한 것은 아니었다.

  몇 개월 후에 그녀는 시내에서 자취를 감추었고, 내 기억에서도 사라졌다. 그러나 운명의 장부에는 우리들의 궤도가 다시 한 번 마주치는 일이 있다고 적혀 있었다. 그것은 몇 년 후의 일로, 전쟁과 폭동으로 계속 혼란했던 어두운 시대였다. 언뜻 생각하기에 우연이라고 말해도 좋은 사건으로 이번에는 그녀가 내 집으로 찾아왔던 것이다. 처음에는 두 사람 모두 눈앞의 사람이 누군지를 몰랐다. 둘 다 나이가 들고, 화려한 빛을 약간 피하여 시대에 맞춰 간단한 회색 복장을 하고 있었다. 서로 이야기를 주고받는 사이에 겨우 우리는 상대방을 알아보았다. 그녀의 부탁은 의사로서의 인정의 영역에 속하는 것이었으나 엄밀하게 말하면 일종의 우정적인 봉사였다. 그러나 누구에게나 곧 응할 수 있는 종류의 것은 아니었다. 그래서 처음에는 나도 정말로 거절할 것 같은 태도를 취했다. 그때 옛날의 그 모험이 자꾸 머리에 떠올랐다. 그래서 그녀의 그 당시 침묵이 내게 얼마나 다행스러운 일이었는가를 생각하자, 그녀의 내게 대한 요구도 본래는 단지 오늘 이 하나의 비밀을 충실하게 지켜 주기 바란다는 것에 불과하다는 것을 분명히 알았다. 그래서 나는 인생의 신호를 이해하고 더 이상 망설이지 않았다.

흐르는 대자석

조그마한 역에 도착하자 우리는 곧 그 유명한 떡갈나무를 찾아가 잠시 그 그늘에서 쉬었다. 정오 무렵의 태양이 그 위에 있었다. 달과 태양이 동시에 같은 방향으로 인력을 미치자 바다의 만조도 최고도에 이르렀지만, 우리는 그 큰 나무와 거대한 천체에 의해서 두 배로 고무당하는 것을 느꼈다.

손짓을 하기도 하고 큰소리로 부르기도 하면서, 소작인 아주머니는 아이들과 함께 오더니 우리를 집으로 안내했다. 아주머니 옆을 지나 입구 쪽으로 달려갔을 때 나는 깜짝 놀라 뒷걸음질 쳤다. 머리에 노랑빛 반점이 있고 번쩍거리는 검푸른 빛이 감도는 뱀이 때마침 문지방을 넘어서 유유히 꿈틀거리며 뜰로 나가는 참이었다.

"무서워하지 않아도 괜찮아요. 기뻐해도 좋을 일입니다" 하고 머리숱이 적은 젊은 아주머니가 큰소리로 말했다. "오시자마자 그 뱀을 만난 것은 행운입니다. 그 뱀은 부엌에서 자기 그릇의 우유를 마시고 지금 돌아가는 길입니다. 내일도 같은 시각에 찾아옵니다."

"제멋대로 드나들게 내버려 두는 겁니까? 아무도 때려 죽이지 않나요?"

"저 뱀이 집에 오는 동안에도, 헛간이나 외양간도 모두 잘 되어 간다고 합니다. 그래서 저놈이 오지 않으면 좋지 못한 일이 생기지 않았나 하고 걱정하게 되지요. 쫓기면 풀 속으로 살짝 숨어버리고, 다뉴브 강에서도 물고기처럼 헤엄을 치니까 말입니다."

아버지가 따라오셔서, 독이 없는 뱀 특히 율모기 과(科)의 뱀에 대해 잠깐 얘기해 주셨다.

"이 뱀은 집뱀으로 옛날에는 경의를 표하고 소중하게 여겨졌다. 아직도 그것을 알고 있는 사람이 더러 있지."

카딩에서 이런 일을 당했더라면 좀처럼 바로 안심이 되지 않았을 것이다. 그러나 여기서는 이곳 특유의 생활법이 있음이 분명했다. 그래서 나는 왠지 그 법칙이 다뉴브 강으로부터 나오고 있다고 생각했다. 이 어처구니없이 큰, 흐르는 자석磁石은 끓는 듯한 요란한 소리를 이 싸늘한 방에까지 끊임없이 울리고 있었다. 우리가 버찌를 넣은 과자와 우유를 먹고 있자, 아버지를 만나고 싶다는 사람들이 찾아들기 시작했다. 처음에는 불그스레한 얼굴에 어깨가 딱 벌어지고 어치새의 깃을 꽂은 녹색 모자를 쓴 남자였는데, 그는 멋진 떡갈나무를 사고 싶다는 재목상이었다. 그러나 아버지가 전연 상대해 주지 않자 테이블 가에서 세고 있던 돈을 다시 호주머니 속에다 집어넣지 않으면 안 되었다. 계속해서 치료를 원하는 환자가 들어왔다. 그리고 이번에는 내가 자리를 비켜야 했는데, 잠시나마 아버지의 말씀으로부터 빠져 나갈 수 있어 내심 아주 기뻤다. 아버지의 말씀은 거의 병과 치료에 대한 것뿐이다. 나는 바로 강가로 나가 보았다. 그곳은 모든 것이 장엄하고도 황량한 느낌을 주었다. 풀과 꽃이 있는 대지는 그림자를 엷게 하고, 원시암과 자갈은 전면에 제멋대로 나와 있었다. 아니, 아주 작은 조각만 있어도 어린 마음을 끝없이 풍족하게 만들어 주는 화강암이 여기에는 가치가 없을 정도로 너무 흔했다. 내가 걸어가는, 거의 물로 씻기고 있는 강가의 작은 길도 화강암이었다. 암초 위에 새가 번쩍거리면서 앉아 있는데 그 바위도 화강암이었다. 화강암이 없는 곳에는 갈대와 버드나무가 무럭무럭 자라서 늘어서 있고, 거기에는 커다란 메꽃이 감겨 있었다. 다리가 긴 이 술잔 모양의 꽃이 조용히 빛나고 있는 아름다움은 어떠한가! 군데군데 노란 빛깔의 작은 가지가 있어, 그 밝은 흰빛에 방해가 되고 있었다. 그래서 그 가운데 몇 개를 제거하려고 하자, 까마귀 같은 날개로 소리도 없이 날아갔다. 깜짝 놀라 바라보고 있자, 갈색 곱슬머리에 밝은 얼굴의 소녀가 눈에 띄었다. 소녀는 흐르는 물 속의 바위에 걸터앉아 낚싯줄을 드리우고 있었다.

  돌아가야겠다는 것이 나의 최초의 반응이었다. 그런데 다음 순간, 나는 낚시질을 하는 소녀에게로 천천히 다가가고 있었다. 그녀는 이 마술의 강가를 내 집으로 여기고 있는 사람답게 낯선 나의 인사에 침착하게 답례하고 호머의 작중 인물처럼 자기 자신의 이야기도 기꺼이 해주고, 아마리에라는 여관집 딸이라고 자기 소개를 했다. 그 태도에 품위가 없지는 않았다. 그때 그녀는 햇빛을 받아 담황색 금속처럼 빛나고 있는 강가 근처의 성처럼 생긴 건물을 가리켰다. 나중에야 겨우 깨달았으나 그녀는 맨발이었다. 수녀원 학생이 입는 검은 옷에 푸른 밴드를 매고 있었는데, 그때 내게 있어서는 그녀의 얼굴만이 전부였으며, 거기에 현재의 모든 것이 빨려 들어가 있었다. 에봐는, 정말 에봐다운 순간에는 모든 일을 각오한 소년의 얼굴처럼 보였으나 이 소녀는 어디까지나 소녀였다. 그러나 물가에서만 자란 것 같은 소녀로, 긴장되어 있으면서도 부드럽고 고상하면서도 야성적이었으며, 가냘프게 보이면서도 침범할 수 없고, 검지만 밝은 태양에 대한 신앙을 단호하게 표명하고 있는 둥근 눈을 갖고 있었다. 밖의 일에 완전히 몰입해 있으면서도, 밖의 일에 의지하고 있지 않은 것처럼 보였다. 지금도 끈기있게 낚싯줄을 드리우고 있으나, 강에서 무엇인가를 빼앗고 있다기보다는 도리어 선물이라도 보내고 있는 듯이 여겨지는 모습이었다.

이리 떼에게 쫓기고 있는 것처럼 어린 아이들이 강변을 따라 황급히 달려왔다. "배가, 배가 카하레트로 올라갔다! 앵무새야 — 외국인이다. 빨갛고 노란 옥수수다 — ."

이렇게 외치면서 사나운 기세로 달려가, 갈대와 바위 그늘에 머리카락을 흩뜨린 채 모습을 감추었다.

"이제 가야지" 하고 말하더니 그녀는 즐거운 듯이 홍조를 띠었다. "하지만 이건 물어 봐야겠어. 지금 한가해? 한가하면 그 동안 낚싯대를 좀 잡고 있어 줘. 나는 낚시질을 하고 싶어서 하는 게 아니라, 아버지를 위해서야. 하지만 지금 고기가 물리면 네게 줄게. 저기 물통이 있으니 넣어 두도록 해."

나는 그녀의 손의 온기가 남아 있는 낚싯대를 받아들였다. 그리고 바위 꼭대기로 기어올라, 조금 전까지 내게는 전설 이상의 것이었던 강의 흐름을 바라보았다. 어디선가 오후 두 시를 알리는 종이 울리고 있었고, 바람이 불고 있었다. 짙은 녹색의 수면도, 이따금 한 줄의 가늘고 날카로운 광선이 달려와서 바로 내 눈앞에서 무수한 굵은 빛이 되어 흩어졌다. 주위의 자갈밭 강변에 하얗게 버려진 동물의 두개골이며 조개 껍질 위로 날개가 달린 칠흙과 같은 느낌의 검은 나비가 낫 모양의 흰 뒷날개 끝을 빛내면서 나지막하게 날고 있었다.

그런데 갑자기 낚싯대가 비틀렸다. 물이 획 튀어 올랐다. 은빛의 큰 물고기가 죽을 힘을 다하여 잡아당기고 있었다. 나는 여지껏 한 번도 경험한 적이 없는 놀라움에 사로잡혔다. 당장 낚싯대를 놓아 버리고 싶었으나, 어떻게 해야 좋을지 몰랐다. 겨우 행운을 알아차리고 잘 낚아 올리려고 결심했다. 그래서 줄을 당겨 고기를 붙잡으려고 했다. 그러나 금속처럼 강인한 그 물고기는 사력을 다해서 저항하는 것이었다. 강 전체가 물고기를 통해서 내게 노여움을 퍼부었다. 물고기 주위의 물이 벌써 빨갛게 물들어 가는 것을 슬프게 바라보면서, 그렇지만 어떻게 해서라도 정복해 보겠노라고 맹세했다. 실패했다간 매우 중요한 보물을 잃어버릴 것만 같았다. 마침내 아마리에가 돌아왔다. 그녀의 손에 걸리자 물고기는 침착해져 버렸다. 난폭한 짓도 하지 않았다. 그녀는 낚시 바늘에서 물고기를 침착하게 떼냈다. 물고기는 손잡이가 달린 납작한 통 속에서 곧 얌전히 헤엄쳐 돌아다니면서 우리가 바라보도록 온몸을 내맡겼다.
 "희귀한 물고기야. 다뉴브 송어라고 하지! 깨끗한 빨간 반점으로 알 수 있어. 큰물이 지면, 이따금 산에서 흘러 내려와. 그렇게 되면 산속 시냇물에 있을 때보다 훨씬 더 잘 자란다구. 저기 갈대 속에다 숨겨 두었다가 해가 지면 돌아갈 때 가지고 가도록 해."
 참으로 지당한 주장이었다. 그러나 이 깊은 동정을 일게 하는 물고기로부터 당장 헤어질 수 없었기 때문에, 차라리 갖고 가자고 주장했다. 아마리에는 그것을 어리석은 짓이라고 생각했으나 거역하지는 않았다.
 "그렇다면 산을 지나 돌아서 가도록 해. 강변에는 왕래하는 사람이 많고, 모두들 보고 싶어할 테니까. 게다가 뜨거운 햇볕은 물고기에게 좋지 않을 테고."
 아마리에는 사냥꾼의 은밀한 샛길도 알고 있어서 내가 짐을 들고 따라가는 것을 조급한 표정도 짓지 않고 기다리고 있었다. 갑자기 돌투성이인 절벽에 이르자, 몇 분 동안 올라온 곳이 얼마나 높은 곳인지 확실히 알았다. 깊은 계곡이 입을 벌리고 있었다. 평지에만 익숙해 있던 내 눈은 안정감을 잃고 더 이상 한 걸음도 내디딜 수 없었다. 통桶은 벌써 나를 골짜기로 잡아당기려 했다. 그러자 그때 하늘색 밴드를 맨 안내역 소녀의 힘센 손이 내게 뻗쳐졌다. 그리고 바위와 숲 위를 질질 끌어올려 주었다.
 한 줄기의 물이 소리를 내면서 골짜기 쪽으로 퍼붓듯이 흐르고 있었다.
 "저것이 라우펜바하야. 보라구, 양산처럼 큰 잎이 자라고 있을 거야. 자아, 내가 하는 말을 얌전하게 듣고 돌아갈 때까지 이곳에 고기를 놓고 가도록 해. 아무에게도 들키지 않을 테니까"

우리는 조심스럽게 통의 물을 갈았다. 그리고 비스듬히 비치는 햇살 끝을 사이에 두고, 베어 넘어뜨린 나무 밑둥에 걸터앉아 쉬었다. 낮게 탁탁 두드리는 소리며 와글거리는 소리가 어둠침침한 숲 여기저기로부터 들려 왔다. 우리들의 발밑에 녹색 고슴도치 비슷한 조그마한 원형의 이끼가 웅크리고 있었다. 새까만 풍뎅이 날개의 빨간 문장紋章이 아름답게 빛나고 있었다. 벌레 한 마리가 불룩한 너도밤나무 가지에서 기다란 실을 늘어뜨린 채, 우리 얼굴 사이에서 연한 녹색으로 흔들거리고 있었다. 서로 상의나 한 것처럼 우리가 그것을 건드리지 않고 있자, 벌레는 광선에 흔들거리면서 더욱더 불타는 듯한 아름다운 빛깔이 되었다.

바삭거리는 소리에 시냇물 쪽으로 눈을 돌렸다. 소리를 지르며 벌떡 일어났으나 이미 늦었다. 자신의 고향이 가까이에 있음을 알아차린 그 물고기가 혼신의 힘을 다해서 튀어 올라 냇가로 떨어진 것이다. 내가 서투르게 붙잡으려고 한 것은 도리어 물고기의 목적을 달성시키는 데 도움이 되었다 — 훌쩍 뛰어 그림자처럼 돌 사이로 금방 펄쩍펄쩍 뛰면서 도망쳐, 낚아 올려진 자리인 다뉴브 강으로 들어가버렸다. 나는 자제력을 잃고 안내하는 소녀 쪽을 보았다. 그러나 기쁨에 빛나는 소녀의 눈은 그것을 손실로 인정하려 하지 않는 듯했다. "저 물고기, 기뻐하고 있어" 하고 말하더니 그녀는 내 어깨를 안고 웃었다. 화가 치밀어 올랐다. 그러나 그녀의 시선을 받자, 갑자기 이미 도망친 물고기의 행복이 이해되고, 나와 이 새로운 여자 친구와의 사이를 이제까지 약간 거리를 두게 한 것은 다름 아닌 저 물고기라는 것을 깨달았다. 나는 오랫동안 오직 이 순간을 목표로 살아온 듯한 느낌이었다.
"자아, 가자구! 배를 향해서! 배를 향해서!"
"그렇지만 이미 떠나 버린 게 아닐까?"
"아니, 심한 좌초坐礁의 경우는 이틀쯤 걸려야만 떠날 수 있어. 먼 곳에서 온 배라면 좋겠는데. 요전번 것은 헝가리 배였어. 우리는 나룻배를 타고 갔었지. 구라쉬와 포도주를 얻어 마시고, 무엇이든지 구경할 수 있었다구. 배에는 창문과 테이블과 의자 그리고 침대가 있는 그럴 듯한 방이 여러 개 있었어. 이제 곧 우리집 산은 끝이야. 그러면 또 다뉴브 강이 보이지."
"왜 항상 우리집 산이라고 말하지? 모든 사람들의 숲이 아닌가?"
"물론 누구든지 산속을 거닐어도 돼. 하지만 이 산은 아버지 것이야. 우리가 낚시질을 하던 강변도 마찬가지고. 나중에 돌 다리를 가르쳐 줄게. 그 밑으로 라우펜바하가 흐르고 있어. 거기가 우리집 땅의 끝이야."
"그럼 숲이 끝나는 저편 땅은 누구네 것이야?"
"국유지야. 당신 집도 산을 갖고 있어?"
이 반문은 뜻밖이었다. 어머니의 상속에 의해서 대단한 규모는 아니지만 우리도 지주가 된 것을 나는 깜빡 잊고 있었다. 그래서 어떻게 해서 우리집 처지를 다른 사람에게 좋게 인식시킬 수 있을까 하고 생각했다. 나의 낡은 저고리 속에

흐르는 대자석

서 두근거리는 소리가 희미하게 들려 나는 좋은 대답을 생각해 냈다.
"우리 아버지는 의사야. 어디서나 여러 사람을 건강하게 만들어 줄 수 있기 때문에 산 같은 것은 필요하지 않아. 이 흰 정제를 봐. 아무리 가슴이 나빠도, 매일 이것을 대여섯 알만 먹으면 죽지 않아."
아마리에는 효험이 뚜렷하게 나타나는 정제가 든 유리병을 겁을 먹고 바라보았으나, 그것을 갖고 싶다는 태도는 보이지 않았다.
"그렇다면 물론 산 같은 것은 필요치 않겠지."
지금 걷고 있는 땅이 이 아름다운 소녀의 땅이라는 사실을 알고 나자 나의 걸음걸이는 어쩐지 느려졌다. 한 걸음 한 걸음이 환대이고 호의의 표시가 되었다. 나는 자신에게 아무래도 좋은 국유지에 들어가는 일을 전혀 서두르지 않았다. 가시 돋친 어두운 덤불이 길을 가로막고 있었다. 맨발인 아메리에는 이것을 조심스럽게 피했으나, 나는 유유히 가로질러 걸어갔다. 그리고 무수히 가시가 돋친 덤불 속에다 두 손을 깊숙이 집어넣었다. 이것은 아메리에에게는 별로 마음에 들지 않았을 것이다. 비록 아픈 것일지라도 그녀의 땅에 자라고 있는 것이라면 내가 얼마나 사랑하고 있는가를 보여주고 싶었으나, 그녀는 그것을 몰라 주었다.
마침내 숲이 끝나고 비탈이 골짜기 쪽으로 느슨하게 이어져 있었다. 하늘처럼 밝게 펼쳐지는 골짜기의 입구가 보였다. 강물을 찾았는데, 바로 눈앞을 흐르고 있는데도 금방 알아보지 못했다. 강물 이외의 것은 모두 물이 들어 있어 입체적이었기 때문이다. 그와 반대로 강물은 윤이 나지 않는 회색으로 현실 저편을 흐르고 있는 것처럼 여겨졌다. 나를 끌어당긴 것은, 게다가 음악 같은 힘으로 끌어당긴 것은, 다름아닌 가장 먼 것이었다. 왜냐하면 우리는 바로 자신의 눈앞에 걸려 있는 그림을 보고 있어도, 갑자기 멀리서 커다란 노랫소리라도 들려오면 보는 것을 금방 중지해 버리는 법인데, 지금 바라보고 있는 내게도 입체적으로 다채로운 가까운 경치는 멀리 북동쪽으로 봉우리와 봉우리를 멜로디처럼 화합하고 있는 바이에른의 짙은 감색 일색의 산맥에 비하면 처음에는 보잘것 없는 것으로 생각되었기 때문이다. 그러나 그때 소녀는 바로 밑을 보라고 명령했다. 거기서 비로소 뜻깊게 나란히 달리고 있는 세 개의 선을 식별할 수 있었다. 그것은 강물과 길의 두 줄, 게다가 철도 선로로서 맨 안쪽의 암벽 바로 옆을 달리면서 번쩍번쩍 빛나는 철선鐵線으로 이 지방을 연결시키고 있었다.

"저기 물 속 한가운데 있는 회색 바위 말이야. 저것은 카하레트라고 하지. 언제나 저기서 배가 좌초돼. 오늘은 보잘것없는 예인선이어서 유감이로군. 하지만 심하게 끼어 있네. 저거 보여?"

그녀는 내게, 연한 연기를 뿜고 있는 검은 반점을 간신히 식별할 만한 시간밖에는 주지 않고 팔을 올빼미 날개처럼 폈다. 수녀원 학생과 같은 복장을 한 소녀가 검은 소리개처럼 사나운 기세로 달려 내려가는 모습은 참으로 기괴한 광경이었다. 나이든 어부 하나가 작은 배를 타고 이미 강가를 떠나고 있었으나 뛰어 내려오는 소녀를 알아보자 노를 급히 놓고 두 손을 메가폰처럼 입에 대고 함께 가겠느냐고 묻더니 다시 강가로 되돌아와서 우리를 태워 주었다.

좌초된 하역선의 갑판에 기다랗게 늘어서 있는, 한 줄로 빨갛게 칠한 통들 앞에는 이미 이 지방 중년 남자들과 청년들이 도착해서 배를 뜨게 하는 일을 돕겠다고 제의하고 있었다. 그들 상대가 되고 있는 남자는 자기 배의 곤경에도 불구하고 매우 자신있게 보였다. 덥수룩한 머리에 파란 둥근 모자를 쓰고 셔츠를 활짝 벌려 가슴의 털을 보였는데, 칼라는 달고 있지 않았다. 그러나 검은 바탕에 노랑색 물방울 무늬의 넥타이가 영원(蠑螈:도롱뇽의 일종)처럼 그 튼튼한 목에 감겨 있었다. 우리 두 사람이 지나가도 개의치 않고, 똑바로 배 끝으로 가서는 붙잡지도 않았다. 그곳에는 동화 세계에서 빠져 나온 것처럼 흰 커튼을 드리운 조그마한 창이며, 연기를 뿜고 있는 높은 굴뚝이 붙은 목조 오두막이 있었다. 커다란 둥근 방울이 매달려 있고, 거기에 연분홍색의 앵무새가 앉아 흔들리고 있었다. 지붕 밑에는 통째로 된 옥수수가 삥 돌려 말려져 있었다. 조금 전에 강변을 달려간 아이들이 알려 준 것이다. 문이 있다는 것은 전혀 알아볼 수 없었으나, 갑자기 그것이 안쪽에서 열렸다. "무슨 볼 일이라도 있나?" 하고 제라늄 꽃처럼 빨간 스카프를 쓰고 커다랗고 번쩍거리는 금빛 귀걸이를 단, 얼굴이 검은 여인이 소리쳤다.

"전 마을 여관집 딸이죠. 잠깐 배 위를 걷고 싶어요" 하고 아마리에가 말했다.

여인의 얼굴은 금방 활짝 개어, 묘하고도 괴상한 독일어로 그 여관에 가면 맥주나 고기나 우유가 있느냐고 물었다. "물론 돈을 내지요. 부자는 아니지만 먹고 살 만큼은 갖고 있으니까요" 하고 태평스럽게 덧붙였다.
 "네, 무엇이든 가질러 오세요" 하고 아마리에는 말하며, 집게손가락을 앵무새 쪽으로 내밀어 쪼도록 했다.
 "가질러? 누가 말이죠? 바빠요. 우리집 양반은 육지에 오르면 맥주에만 취해서 일은 반쯤 잊어버려요. 육지에는 나쁜 사람들이 있어서 말이죠. 바보 같은 얼굴로 나를 보며 검다고 욕을 해요. 게다가 우리 아들이 아파서 말인데요, 폐가 나빠요. 지금 마침 아이의 차를 끓이고 있었지요. 아이슬란드 이끼인데, 저 아이의 가슴에 좋아요. 열이 나면 헛소리를 하고 혼자 있지 않으려고 해요 — 우리 아이를 만나보겠어요?"
 부인이 좁고 접는 식으로 된 침대가 있는 방문을 열자, 거기에는 창백하지만 그다지 여위지는 않은 사내아이가 상체를 반쯤 일으키고 누워 있었다. 눈에 띨 정도로 호흡이 괴로운 듯했는데, 무엇인가 열심히 하고 있었다. 침대 옆의 의자 위에 화분 하나와 그 옆에는 물을 담은 화분이 놓여 있었다. 사내아이는 마침 부드러운 걸레로 길고 윤이 나는 잎을 아픈 아이의 머리를 빗겨주는 것처럼 한 장 한 장 꼼꼼하게 씻고 있었다. 그는 뜻밖의 방문으로 약간 언짢아하는 것처럼 보였는데, 힐끗 곁눈질을 했을 뿐, 계속 열심히 잎을 닦았다.
 "태어난 곳에 남는 것을 싫어해서 말이야. 물 위가 아니면 싫다고 해요. 게다가 다뉴브 강 같은 것은 너무 작아서 바다의 뱃사람이 되고 싶다는 거예요."
 아마리에는 바로 내 옆으로 다가왔다.
 "들었지? 가슴이 나쁘대!"

그녀는 내 눈을 유심히 보았다. 나는 고개를 끄덕여 동의했다. 그러나 그 말의 진의를 나는 깨닫지 못했다. 나는 그녀와 이 날의 모험에 관한 일로 머리가 꽉 차 있었던 것이다. 어디를 보나 굉장히 아름다운 세계로, 이 낯선 사내아이 따위는 그 일부에 불과했다. 녹색 식물을 안고 아파서 누워 있는 바로 그 모습이 내 마음에 든 것이지, 다른 모습을 원하지는 않았다. 그러나 아마리에의 눈길은 점점 골똘히 생각하는 것처럼 되었다. 그녀는 부인 쪽으로 돌아섰다.

"이 사람이 바로 의사의 아드님이신데 호주머니 속에 흰 정제를 갖고 있어요. 그것을 먹으면 어떤 폐병이라도 낫는대요."

그녀는 사무적이긴 했지만 호의적으로 말했다. 그리고 사실 나는 고맙게 여겨야 했을 것이다. 오랜 소원을 이룰 수 있었기 때문이다. 즉 아버지의 논문을 베끼고 있었을 때 매우 친밀감을 느끼고 있었던 학문을 실지로 응용해 볼 기회가 마침내 찾아왔으니까. 그러나 지금 내가 느낀 것은 삭막한 것이었다. 무한한 치유력을 꿈꾸는 일은 물론 때로는 즐거운 일이었으나, 본래 나는 목적이 없는 절대의 세계에서 살고 있었으므로, 그곳으로부터 지금 일격에 내쫓겨 한 명의 환자에 대하여 분명한 책임을 져야 할 입장이 된 느낌이었다. 이것은 불의의 배신 행위처럼 생각되었다. 나는 도망치려고 생각했다.

이제까지 거의 내게 주의를 기울이지 않고 있던 배 위의 부인이 이번에는 나를 뚫어지게 쳐다보았다. 그녀는 입술을 움직였으나 말이 나오지 않았다. 나온 것은 단지 한숨뿐이었다.

 내가 언제까지나 망설이고 있는 까닭을 이해할 수 없었는지 아마리에는 내 어깨에다 정답게 손을 얹었다.

 "도와 줘. 나를 위해서!" 그러자 이 말, 그리고 잠깐 어깨에 손이 얹혀진 일이 예상 밖의 효과를 거두었다. 치민 화는 솟아오르기 전에 가라앉아 버렸다. 힘이 솟았다. 나는 어떤 일이 있어도 행동으로 옮겨야 될 것 같은 느낌이 들어, 아버지의 온 심령心靈을 향해서 도움을 청했다. 환자는 처방전을 받기 전에 누구나 타진과 청진을 받는다는 것을 알고 있다. 나는 거기에 대해서는 아는 것이 없었으나 처음의 형식으로서, 그것은 불가결한 일일 뿐 아니라 극히 간단한 일로 생각되었다. 부인은 좋아하며 병든 아들의 옷을 벗겼다. 나는 종종 엿보았던 아버지의 행동대로 의사처럼 해내고 왼쪽 장지로 세게 누르기도 하고, 바른쪽 장지로 재빨리 여기저기 두들기기도 했다. 그러나 가시 돋친 풀 때문에 손이 부어 올라, 나는 청진에 중점을 두고 등이나 가슴에다 귀를 댔다. 그제야 어떤 소리로든 내장의 병을 진단해 내고 싶다고 생각했다. 그러나 들리는 소리는 밖의 뱃전과 바위에 부딪쳐 울려 오는 거대한 파도 소리뿐이었다. 그러나 이 태고의 울림은 나 자신을 강하게 만들어 주었다. 나는 무슨 소리가 들리는 듯한 시늉을 하면서, 오래 전에 보았던 아버지의 글을 차례차례 생각해 내고 있었다. 그것들은 정말로 강물의 우렁찬 소리에 섞여 똑똑히 들려오는 듯했던 것이다.

 "그런데 이 아이가 다시 건강해질 수 있을까요?" 하고 얼굴이 검은 모친이 물었다.

"물속의 고기처럼 건강해집니다. 그것은 확실해요. 지금부터 말하는 대로 해주세요." 그렇게 말하고 나는 유리관을 꺼내서, 환자에게 두 시간마다 한 알씩 먹이라고 말했다. 그것은 폐의 가장 중한 발열성 질환에 대한 규정대로였다. 그리고 치료 효과의 조건이 되는 주의 사항을 기억하고 있는 대로 모조리 지껄여 댔다.

  부인은 미소를 짓고, 아마리에도 만족스러워했다. 스스로 유능하다고 생각하는 순간, 소년의 커다란 눈과 딱 마주쳤다. 그 눈은 방심하지 않고 살피듯이 — 아니 갑자기 그렇게 생각이 든 것인데 — 남모르는 경멸의 빛까지 띠고 내게 달라붙어 있었던 것이다. 나는 그 사내아이가 독일어를 하지 못하고, 알아듣지도 못한다는 것을 알았다. 그 때문에 그의 시선과 표정은 한층 더 강렬히 내 마음에 충격을 주었다. 그는 내게 미소를 짓지 않았다. 뿐만 아니라 내가 보는 것이 갑자기 상처를 준 것처럼, 벽 쪽으로 휙 돌아눕더니 꼼짝도 하지 않았다.

  갑자기 자신이 없어졌다. 학교에서의 어떤 처벌이나 양친의 어떤 질책보다도 이 침묵의 거절을 당했을 때만큼 나를 당황시킨 적은 없었다. 옛날의 죄악감이 다시 고개를 들기 시작했다. 강물이 흐르는 요란한 소리가 마치 악행을 얼버무리려는 것처럼 들렸다. 그리고 부인이 그 약값을 얼마나 지불하면 되겠느냐고 다시 물었을 때, 이 약을 그냥 드려도 된다고 간신히 대답할 용기가 남아 있을 뿐이었다. 지금 자신이 한 일을 돌이켜 보고 조금이라도 소년의 몸이 되어 생각하면서 다분히 어디선가 느낄 수 있었을지도 모르는 환부를 열심히 찾아 보았더라면, 그 바른 이유를 알 수 있었을 것이다. 그러나 유감스럽게도 나는 낭패하여 당황하고 있을 뿐 아무 짓도 하지 않았던 것이다. 어쨌든 하기를 잘했다고 스스로 거듭 타이르면서, 아마리에에게 배에서 내리자고 재촉했다.

돌아가는 길에는 거의 입을 열지 않았다. 아마리에가 기대하고 있던 모험은 다른 것이었던 모양이다. 통桶은 산에 그대로 있었으나 산에 올라가지는 않았다. 그리고 둘 다 조금 전의 일에 대해서 이야기를 많이 할 기분이 아니었다. 시냇물이 다뉴브 강으로 흐르는 어느 화강암 다리 위에서, 아마리에가 멈춰 섰다.

"여기서부터 우리 집 땅이 다시 시작돼. 이 시내를 알아? 이것이 라우펜바하라구. 아까 그 물고기를 이 시내에다 놓친 거야."

소녀는 그 산 위에서처럼 소리 높여 웃었다. 그러자 내 걱정은 사라지기 시작했다. 그 소중한 땅을 그녀와 다시 걷는 것은 참으로 근사한 일이었으니까! 땅은 조금 전과 다른 감촉을 전해 왔다. 벌써 저녁 노을이 햇빛의 색채를 조용히 빼앗기 시작하고 있었다. 오직 하얀 메꽃이 강가를 따라 점점이 빛을 내고 있었다. 그러나 대지 밑바닥에 있는 것은 점점 활기를 띠기 시작했다. 둘이서 급히 걷고 있는 땅 밑에 숨어 있는 금속, 동물, 잠을 자고 있는 영靈, 대지의 밑바닥에 있을 보물을 생각했다 — 그것들도 아마리에의 재산의 일부임과 동시에 위에 있는 산처럼 모든 사람들의 것이 아닐까? 그러나 선생님의 말씀을 빌면, 모든 지층 밑이 불타고 있어 그것이 우리 지구의 중심부를 이루고 있다는 것이다. 나로서는 지하를 향한 토지 소유에 한계가 있다고 생각할 수 없으므로 한창 타고 있는 그 중핵도 다소는 그녀의 것임에 틀림없었다. 마음만 먹으면 그녀는 불길이 솟아오를 때까지 계속 파 들어 가도 되는 것이다. 그러나 그런 짓은 하지 못할 것이다. 또한 그녀는 이토록 모독적인 짓을 하기에는 너무나도 경건했다. 그녀에게 있어서는, 그 불길이 밑에서 그녀의 땅을 따뜻하게 하는 것만으로도 족했던 것이다. 그러나 나는 지금, 이 모든 깊은 힘과 그녀를 사이에 두고 우정을 맺고 있었던 것이다 — 그러므로 지금 내 마음이 안정되고, 불안한 생각을 그 경계의 다리에다 버리고 왔다고 해서 뭐 그리 이상할 것이 있겠는가?

커다란 떡갈나무 밑에서 우리들은 헤어졌다.

"내일 배 위의 아주머니에게 우유와 달걀, 그 밖에 필요하다고 생각되는 것을 갖고 가겠어. 너도 배달하는 것을 도와주겠다면 데리러 갈게. 너무 늦잠 자지 말아. 내가 일찍 갈 테니까 말이야."

그녀는 내게 손을 내밀었다. 나뭇가지에서 찬 물방울이 떨어졌다. 태양은 그저 불타는 편편한 언덕에 불과했고, 그 언덕은 회색의 많은 언덕 사이로 가라앉았다.

꿈결에 강물이 흐르는 소리를 억수처럼 퍼붓는 빗소리로 들으면서, 그토록 활짝 개었던 어젯밤과는 딴판이 된 날씨의 변화에 놀라고 있었다. 동시에 깊은 졸음의 심연으로부터 무엇인가 검고 기분 나쁜 것이 떨어져서 떠올라 시커먼 물고기처럼 천천히 표면으로 올라왔다. 나는 그것과 얽히고 싶지 않아서 몸을 뒤쳤다. 그러나 누군가 화를 내고 있는 것 같은 시끄러운 소리 때문에 나는 완전히 잠이 깨어 버렸다. 불을 켜 보니 두 마리의 제비가 유리창에 심하게 부딪치면서 방 안을 날아다니고 있었다. 잠자리에서 일어나자, 노란 주둥이가 잔뜩 나와 있는 새집이 시커먼 천장 대들보에 걸려 있는 것이 보였다. 침대 옆에 있는 창을 여니 제비는 내 손을 슬쩍 스쳐 재잘거리며 도망쳤다.

얼어 붙은 듯한 하늘은 한없이 푸르고 아직 별 하나가 남아 있었다. 그리고 그때야 비가 억수로 쏟아진다고 생각했던 것은 바로 강물이 흐르는 소리라는 것을 깨달았다. 그러나 검은 물고기는 그 사이에 애석하게도 그 목적지에 닿은 것이다. 그러자 앓고 있는 아이에게 준 그 약 색깔이 떠올랐다. 나는 침대에서 일어났다.

"필로카르핀은 결코 보통 약이 아니다. 극히 적은 양을 주었을 때만 치유력을 발휘한다. 대량으로 주면, 심장을 치명적으로 약하게 만든다. 특히 어린 아이의 경우에는 말이야." 아버지는 이것을 강조하시지 않았던가? 그리고 그 환자는 어린애가 아니었던가? 왜 어제 나는 이것을 고려하지 않고 어른의 분량을 주었을까? — 나는 아버지가 주무시고 계시는 문 쪽을 살폈다. 그 문지방에 불빛이 보였다. 그러면 아버지는 주무시지 않는 것이다. 나는 살짝 얼굴을 씻은 후 옷을 완전히 갈아입고 노크했다. 그러자 들어와도 좋다는 말이 들렸다. 아버지도 옷을 입고 계셨다. 촛불 두 개를 켜 놓고 테이블 옆에서 무엇인가 쓰고 계셨다. 나의 고백과 의혹을 아버지는 침착하게 듣고 계셨다. 그리고 내가 그 아이의 연령조차 정확하게 말하지 못하는 것을 이상히 여기셨을 뿐이었다.

"양이 너무 많았는지의 여부는 진찰해 보지 않으면 모른다. 문제는 다만, 그 전에 완전히 다른 방법을 취하는 것이 좋지 않았을까 하는 일이다. 그것도 진찰해 봐야 비로소 알 수 있는 일이지만."

"저도 그렇게 생각했습니다. 그래서 말하자면, 사실은 그 아이를 청진해 보았어요."

"네가? 그래 무슨 소리를 들었지?"

"다뉴브 강의 물소리가 시끄러워서, 아무것도 들을 수가 없었어요."

아버지의 표정이 어두워졌다. 새벽 창쪽으로 시선을 던지고 있다가 촛불을 불어 껐다.

"그 아이에게 단지 약만 주고, 간단한 주의만 주었으면 좋았을 텐데. 그러나 진짜 의사처럼 진찰했다니 정말 주제넘구나. 어떻게 그런 생각을 했지?"

아버지는 좀더 말씀하시려고 했으나, 그때 뜰 쪽에서 나를 부르는 소리가 들렸다. 그 반가운 목소리의 어조에서 그녀가 길보吉報를 갖고 온 것은 아님을 즉시 깨달았다. 아버지와 나는 동시에 활짝 열어 놓은 창가로 갔다. 아마리에는 밝은 여름 옷차림을 하고 뚜껑이 달린 바구니를 들고 있었는데, 뜻밖의 아버지 모습에 그만 기가 죽어 누구에게 말을 걸어야 할지 순간적으로 망설이는 눈치였다. 그러나 그녀는 현명하게 마음을 정하고 거의 아버지에게만 예의 바르게 말을 했다. 배에서 심부름꾼이 왔었는데, 어린 아이가 어젯밤에 경과가 좋지 못하여 호흡이 괴롭고 빨라졌다고 하는데 파사우의 의사에게는 연락이 되지 않아, 어머니는 다른 곳으로부터 의사 선생님이 와 계신다고 듣고 혹시 폐가 되지 않는다면 작은 배를 한 척 마련해 두었으니 와 주실 수 없겠느냐 말하는 것이었다. 아마리에의 표정은 걷잡을 수 없을 정도로 불안해 보였다. 이것만 봐도 그녀의 명랑한 마음이 이 슬픈 소식으로 얼마나 타격을 받았는지 짐작할 수 있었다. 그러나 눈은 어제와 똑같이 빛나고 있었다. 희망을 버린 것 같지는 않았다. 나는 그녀의 표정을 날카롭게 주시하면서, 경멸이나 비난하는 기색이라도 있지 않나 살폈으나 그런 기색은 찾아볼 수 없었기 때문에 다소 기분이 좋아졌다.

사태는 기묘했다. 나는 아직 그것을 충분히 느끼지 못하고 있었다. 그 사태에서 내가 맛볼 수 있었던 단 한 가지 요소는 맛있는 빵처럼 기묘하다는 느낌이었다. 그러나 다시 어린 아이가 죽음의 위협을 당하고 있다는 것이 걱정되었다. 내가 이 사태를 초래한 것인지, 최소한 사태의 악화를 촉진하지나 않았는지의 여부는 곧 확인될 것이다 ─ 그러나 내게 책임이 있었다면 이런 운명으로 나를 이끌도록 선택된 것이 다른 사람도 아닌 그녀, 바로 천사와 같은 모습을 한 그녀라는 사실로서, 오직 신에게만 구애되는 이 사실 역시 남는 것이었다. 왜냐하면 이 일로 우리 사이가 벌어지리라고는 결코 생각되지 않았기 때문이다. 사실 아무리 같이하는 기쁨이라도 두 사람 모두 죄가 있다는 그 어둡고 침통한 의식만큼 나를 그녀에게 굳게 맺어 줄 수는 없었을 것이다.

기다리고 있는 아마리에를 내려다보고 있는 사이에, 아버지는 기분이 풀리기 시작했다. 이것이 새삼 나를 안심시켰다. 즉 트집 잡을 수 없는 소녀의 청순함에 아버지의 마음도 움직인 것이다. 나를 사로잡은 마력으로부터 아버지도 완전히 자유스러워질 수 없었던 것이다. 나는 내 느낌이 옳았다는 것을 간파했는데, 더군다나 그것도 마음의 정열 같은 것이 있으리라고는 생각할 수도 없는 아버지에 의해서 말이다 — "가도록 하지." 이것이 바로 아버지의 대답의 전부였다. 그러나 그 순간 싱싱한 미소를 내게 던지면서, 아버지는 창가에서 떠나 트렁크에서 조그마한 검은 가방과 밀폐된 플라스크 같은 것을 몇 개 꺼냈다. 그리고 이미 2분 후에는 우리 세 사람 모두 조그마한 안개 덩어리가 바람에 날려 수면을 흐르고 있는 강을 따라 빠른 걸음으로 걷고 있었다.

강 한가운데의 바위 위에 올라앉은 예인선 안에 병든 아이가 누워 있다는 소문은 양쪽 강변 마을마다 금방 퍼졌다. 소문은 점점 도가 심하게 퍼져 앓는 아이가 어느 사이에 죽어 가고 있다는 말로 바뀌어지고 있었다. 젊은이들은 정말로 신기한 장례식 구경을 할 수 있으리라 기대하고 있었으나, 여자들 사이에는 동정심이 일어났다. 신앙심이 깊은 농부의 아낙네들은 부뚜막 옆을 떠나 몇 가지 일용품을 싸고 외출복으로 갈아입은 후 강가로 나와 배에 올라타기도 했다. 이런 사정으로 우리가 도착했을 때는 이미 여러 방문객이 갑판에 가득 차 있었다. 그리고 사내 아이가 마치 예수 그리스도이기라도 한 것처럼, 모두가 그 아이를 만나 선물을 주고 싶어했다. 곱슬머리인 아버지는 낯선 사람들에게 시달려 귀찮은 모습이었다. 그는 담배를 피우면서 한 쪽에 놓인 빨간 통 옆에서 일하고 있었다. 열어 놓은 선실문 위에서는 흥분한 앵무새가 소리치고 있었다. 울어서 눈이 부은 어머니는 거의 쓰러질 듯한 모습으로 계속 밀려오는 선물을 받고 있었다. 우리도 바구니에 든 물건을 주고 거기에 한 가지 덧붙였다. 나는 그 아이의 어머니를 정면으로 볼 용기는 없었다. 내게 대한 판결은 아마 아직 내리지 않고 있는 듯했다. 그녀는 상냥하게 인사했으나 우리를 보자 더욱 심하게 울기 시작했다. 아마리에는 얌전하고 분명한 태도로 의사 선생님이 온 것을 알리고 자리를 비우도록 했다. 그러나 아버지는 또다시 여러 사람이 주시하는 가운데 일하지 않으면 안 될 처지가 되었다. 왜냐하면 어떤 틈새나 창에도 호기심과 호의에 찬 눈이 번쩍이며 들여다보지 않는 곳이 없었기 때문이다. 피부가 검은 부인은 두 손을 부들부들 떨면서 아이의 옷을 벗겼다. 그리고 소년도 심해진 호흡 곤란이 허용하는 한 함께 도왔다. 그러다가 아버지의 손이 닿자 비로소 불평을 시작하며 심한 소리로 무엇인가 달라고 했다. 그래서 부인이 나가 소년이 어제 깨끗이 씻고 있던 그 화분을 들고 들어왔다. 그것이 옆에 놓이자 비로소 소년은 조용해졌다.

아버지의 진찰은 내가 한 시간과 비교하면 거의 4분의 1도 걸리지 않았다. 더군다나 다뉴브 강이 아무리 미친 듯이 날뛰어도 들을 것이 분명했다. 마지막에 아버지는 내게 샤아레에다 요오드팅크를 준비하도록 이르시고 붓을 그것에다 적셔 소년의 등에다 조그마한 갈색 동그라미를 그렸는데 그때

코에 익은 용액의 호도잎 같은 냄새가 풍겨 내게 신기한 신뢰감을 주었다. 그리고 필요한 조치가 즉시 취해졌다. 주사 바늘이 들어가자 소년은 꿈틀거렸으나, 소리는 내지 않고 입술만 내민 채 마치 장난을 치는 듯이 매우 높은 소리를 질렀다. 그러나 벌써 투명한 액체로 가득 찬 유리 주사기는 빛을 향해 비쳐지고 있었다.

"단지 물뿐이야. 아무것도 아닌 물이야" 하고 아버지는 말씀하셨다. "조금도 흐려지지 않았어. 그러나 왼쪽 가슴은 목까지 이 물로 가득 차 있군. 아마도 몇 주 전부터일 거야. 심장은 늑골 때문에 눌려서 거의 움직이지도 못하는 거야 — 이제 이 아이의 호흡이 괴로운 이유를 아시겠죠?"

새파랗게 질린 어머니가 넋을 잃은 채 맑은 임파액을 지켜보고 있었다. 이 예인서의 주인도 방으로 들어와 있었다. 머리는 텁수룩하고 넥타이는 완전히 꾸부러진 영원처럼 생겨 보기에 불쌍한 꼴이었으나 부친으로서의 감정과 자랑은 눈이 뜬 것 같았다. 좌우간 그도 그 무서운 액체를 보고 싶고, 그 후에 일어날 일에도 입회하고 싶었던 것이다.

"이런 상태로선 우리 아이가 준 그 좋은 약으로도 효험이 없었을 거예요"라고 아버지는 말씀을 계속하시고 모든 사람들의 시선을 내게 집중시켰다. 여태까지 이런 자랑스러운 말을 들은 일은 한 번도 없었다. 새삼스럽게 현기증이 일어난 것처럼 주위의 모든 것들이 빙글빙글 돌기 시작했는데, 이번에는 뜻밖에도 아마리에가 달려와서 도와 주며 정답게, 말하자면 축하한다고 말하듯이 팔꿈치를 꼬집었다. 이런 엄숙한 순간에는 어긋나는 약간 경박한 행동이었으나 냉정하게 만들어 주는 데는 효력이 있었다.

"절대로 삼출액滲出液을 흉강胸腔에 괴게 해선 안 됩니다 — 하루만 늦었더라도 이 아이의 심장은 멎어 버렸을 겁니다! 지금 곧 뽑도록 하죠. 대단한 일은 아닙니다. 한 시간쯤이면 끝날 테니까요. 호흡은 편해지고, 혈액 순환의 부담도 가벼워집니다. 그 후에는 내장이 진짜 아픈지, 어떻게 하면 치료할 수 있을지를 틀림없이 알게 될 겁니다."

소년은 말을 알아듣지 못했으나 신뢰에 찬 눈으로 긴장해서 듣고 있었다. 결국 자기 아버지에게 신호를 보내 옆으로 오게 해서 이야기의 뜻을 설명받고 있었다. 그 동안에 부인은 작은 부엌에서 수술을 위한 물을 끓이고, 우리들에게 달걀이며 빵 그리고 포도주까지 대접했다. 소년은 싱싱하게 빛을 내고 있는 화분 쪽을 계속 보고 있었는데, 그 얼굴에는 공포의 빛이 전혀 없었다. 그 뒤에 커다란 삽관揷管을 찔렀을 때, 외마디 소리를 질렀으나 곧 얌전해져서 긴 고무 호스를 통해서 몸에서 나오는 액체가 둥근 유리병 속으로 계속 들어가는 것을 기쁜 듯이 놀란 눈초리로 바라보고 있었다. 소년은 곧 조금씩 증대되는 해방감을 느꼈다. 흉강 속의 압력을 빨리 감소시켜 위험을 초래하지 않도록 조심성 많은 아버지가 이따금 고무 호스를 눌러 멈추게 하자, 소년은 초조해 했다. 소년은 조금 전보다 지친 것처럼 창백해 보이기는 했으나 아버지는 경과가 좋다고 말하고, 돌발적인 기침이 종종 나오는데 그것도 좋은 징조로 여기고 있는 듯했다.

그러는 사이에, 농가의 아낙네들은 검은 비단 스카프를 풍성하게 뒤집어쓰고, 입구 사이의 작은 방 앞으로 계속 지나

가며 유리 그릇이 점점 가득 차는 것을 몸짓으로 나타내기도 하고, 말로 표현하기도 하면서 기뻐했다. 평소 거래한 다뉴브 강으로 가로막혀 몇 개월이나 만나지 못한 친척 아주머니들이 배 위에서 만났기 때문에 서로 쌓인 회포를 풀고 있었다. 그들은 묵직한 외국 옥수수를 만져 보기도 하고 감탄하기도 하면서 자기들의 옥수수와 비교해 보기도 하고 금년의 수확 예상에 대해서 이야기를 나누기도 했다.

중간에 한 번 쉬었을 때, 소년은 작은 상자를 가져오게 해서 볼메인 웃음 소리를 내며 거기서 무엇인가 꺼내어 내게 던졌다. 그러나 겨냥이 빗나가 아마리에가 잡았다. 펼쳐보니 빨간 비단 리본으로, 빨간 포도알과 푸른 잎을 수놓은 멋진 생일 선물이었다. 던져 준 소년의 눈은 내게 주겠다고 말하는 듯했다. 그러나 그것은 아마리에에게 안성맞춤이었다. 소년이 그래도 좋다고 고개를 끄덕이자 아마리에는 어제 두르고 있던 하늘색 리본 대신 그것을 휜옷 위에 맸다. 그러나 아무리 아름답게 꾸며도 유감스럽게도 그것은 작별을 위한 것에 지나지 않았다. 그녀가 돌아갈 시간이 된 것이다. 집에서 가족들이 기다리고 있는 것이다.

말수도 적게 그녀는 차례차례로 악수를 하고 다녔다. 아버지가 맨 처음이었고, 내가 맨 나중이었다.

"또 오면 그때는 꼭 우리 집에서 쉬도록 해" 하고 그녀는 부드럽게, 그러나 분명한 어조로 말했다. "우리 어머니도 너를 한 번 만나고 싶다고 하셨어."

다소 양심의 가책을 느끼긴 했으나 나는 기쁘고 자랑스런 태도로 이 말을 들었다. 모친이 개입하면 귀찮다고 말한 후고의 현명한 경고를 벌써 잊은 것은 아니었다. 그러나 이 소녀의 얼굴을 보고 이 근사한 골짜기에 와 보면, 후고도 자신이 한 말을 취소하리라는 생각이 들었다.

'어머니는 맛있는 생선을 대접하시겠대." 갈 길을 재촉하면서 아마리에는 웃음을 던지며 뒤돌아보고 말했다. 황홀감에 휩싸여 전송하고 있던 나는 그녀가 정말로 내 곁에서 떠나 버린 일이 실감나지 않았다.

환자의 흉강에서 겨우 물이 나오지 않게 되었다. 아버지는 다시 한 번 환자의 갸냘픈 몸을 벗겼다. 이번에는 꽤 오랫동안 청진을 하고 있었으나 진단은 간단했다.

"처음 보았을 때부터 이 아이는 살 수 있으리라 여겼고 일찍 죽지는 않으리라 확신하고 싶을 정도였지요. 진찰 결과도 별로 다를 것은 없군요. 심장은 튼튼하고, 폐나 그 밖의 기관도 위험한 소리는 들리지 않아요. 어딘가 나쁘다 해도 큰 돈을 들이지 않고도 나을 수 있어요. 다만 어떻게 고칠 것인가가 문젠데, 그것은 곧 말씀드리죠. 모두 기억해 두세요. 그렇게 하면 안심하고 여행을 계속해도 돼요. 당장에 좋은 것은 수면이에요. 푹 자도록 해주세요."

이것이 주문이라도 됐던 것처럼, 소년은 금방 눈을 감아 버렸다. 그는 회복을 확신한 것처럼 편해진 쪽을 밑으로 하고 누워 있었다. 숨소리는 규칙적이었다. 그러나 조용히 듣고만 있는 양친에게 앞으로 어떤 식으로 간호하고 치료할 것인가에 대해서 설명하고 있자, 기다란 기적 소리가 공허하고도 요란하게 울려 퍼졌다. 그리고 금방 메아리쳐서 온 골짜기에 강하게 울려 퍼졌다. 그의 모친이 불안스럽게 침대를 들여다보았다. 소년은 엿듣고 있는 것처럼 집게 손가락을 쳐 들었으나 잠은 깨지 않았다. 그러자 구경 왔던 사람들이 모두 비집고 나갔다. 좌초된 예인선을 구하기 위해서 커다란 기선이 이제야 파사우에서 가까이 온 것인데, 모두 그것을 구경하려고 한 것이다. 아낙네 두 명은 빨간 통 하나를 앞쪽으로 굴려 거기에 올라가 다른 사람들보다 좀더 먼 곳을 보려고 했다. 두 여인의 스카프 끝이 새 날개처럼 바람에 휘날렸다.

 나도 그 흉내를 내려고 통에 손을 내민 순간 아버지가 오시더니 시계 태엽을 감으시면서, 이제 정거장에 나갈 시간이라고 주의를 주셨다. 두 중년 부인과 함께 조그마한 배를 타고 강변으로 올랐다. 나는 강변을 일부러 천천히 걸어, 기차시간에 늦으려고 했다. 그러나 아버지는 카딩에 환자가 기다리고 있다는 것을 알고 계셨기 때문에 걸음을 재촉했다. 커다란 고통이 어딘가에 숨어 있었다. 그러나 그 소녀의 사랑스러운 땅 위를 걷고 있는 동안은 그것을 견딜 수 있을 것 같았다. 다만 좋든 싫든 눈에 보이지 않는 경계를 넘지 않으면 안 될 순간이 온다고 생각하니 가슴이 뭉클했다.

 아버지는 오랫동안 입을 열지 않으셨으나 마침내 이상스럽게 격렬한 어조로 내게 훈계하셨다. 아버지는 배 위에서만 아주 빈틈없이 나를 변호해 주셨던 것이다. 이를테면 약간 창피한 꼴을 당할 것을 적당히 얼버무려 주고 싶다고 생각하는 젊은 동료를 대하는 것처럼. 그러나 지금 단둘이 되자 아버지는 새삼스럽게 나를 나무라시고, 내가 아무런 자격도 없는데 마치 병을 연극처럼 다루어 의사인 체 탈선 행위를 했다고 말씀하셨던 것이다.

"그런 것을 속임수라고 하는 거야. 다만 이상한 일은 어린 아이들이 그 속임수를 어른보다도 더 잘 간파한다는 거지. 아직은 분명치 않으니까 말이야. 그러나 초심자는 결코 사람을 속여서는 안 돼. 특히 의사일 경우엔. 사람을 속였다면 너는 어제 속인 셈이야. 그러면 감각이 곧 흐려지지. 그래서 어린 아이는 어른보다도 분량을 적게 해야 된다는 것을 잊게 된 거야. 의사에게는 다년간의 연구와 경험이 필요하다. 다만 비교하면서 경계하며 대가가 되는 것이지. 학리를 따라야 해. 속이지 않고 말이다. 이런 일이 항상, 아무리 재능이 있어도 부정한 의사와 대가를 구별하는 기회가 되지. 여기에 의사의 품위가 있다. 그런 경우만 법률을 초월하는 일도 얼마든지 있을 수 있는 거야."

"법률을 초월하다니 무슨 말씀이세요?" 이것은 단지 입에서 나온 형식적인 질문으로, 몇 초 동안이라도 이 땅에 더 머물고 있고 싶어서 한 순진한 구실에 불과했다. 왜냐하면 아아! 이미 즐겁게 낚시질하던 그 바위 옆을 빠른 걸음으로 지나치고 있었던 것이다.

"그것은 말이다. 다른 사람에게는 악덕이 되는 것도 의사에게는 의무가 되는 일이 있다는 뜻이야. 어떤 사람이든 의사 앞에서는 유리처럼 투명해진다. 사람들의 얼굴을 젊게 보존하고 있는 수치심을 의사는 잊지 않으면 안 된다. 신체의 미묘한 구조를 해부해도 벌이 되지 않는 거야. 생명의 흐름이 교착되고 있는 혈관을 절개할 수 있고, 얌전하게 감은 죽은 사람의 눈까풀을 다시 한 번 벌리기도 하지 —."

"아아, 그런 짓을 왜 해요?" 이 새삼스런 질문에는 다소 자포자기적인 울림이 있었을지도 모른다. 아버지는 걸음을 늦추고 내 눈을 날카롭게 쳐다보았다. 바로 가까이서 이미 기차의 기적이 울리고 있었다. 바로 강변 길을 돌아 국도 쪽으로 나가지 않으면 안 되었다.

" 그 이야기는 다음 기회로 미루자. 저 강물 속을 봐라 — 바위 바로 옆 말이다. 신기하구나! 저것은……. "

나는 아버지의 시선을 좇았다. 한 마리의 뱀이 물에서 헤엄치고 있었다. 대가리를 수면 위로 내놓고 빠르면서도 확실하게. 보고 있어도 무섭지가 않았다. 그만큼 이 근처에 이미 익숙해져 버린 것이다. 여기서는 그 까닭을 전혀 알 수 없었지만, 특히 낯선 것도 형제처럼 갑자기 친밀한 느낌이 들었던 것이다. 그래서 이 뱀이 그 농가를 매일 찾아오는 놈과 같은 것이라고 생각하고 싶었다. 그놈은 황금빛의 머리로 그곳으로 가는데, 어떤 소식을 갖고 찾아가는지 알 수 없다. 그러나 마음속으로는 회색의 집 모습을 그리고, 한낮의 우유라는 자선품을 생각하고 있는 것이다. 많은 물고기가 옆구리를 번쩍이면서 강을 따라 햇볕을 쬐고 있었다. 이따금 공중으로 번쩍 뛰어오르는 놈도 있었다. 카하레트 바위 근처에서 구조하러 온 배의 선미가 번쩍이고 있었다. 마침 다정스러운 여인들의 마지막 한패가 검은 예인선에서 작은 배를 타고 돌아가려고 하고 있었다. 예인선에는 막 회복된 소년, 즉 미래의 항해자가 푸른 화분 옆에서 잠을 자고 있었다. 몇 번이나 뒤돌아보면서, 우리는 두려워하고 있던 경계선을 어느새 벌써 넘고 있었다. 내가 그것을 깨달았을 때, 슬픈 구별의 감정은 약간 누그러져 있었다. 무엇인가 남녀를 결부시키는 것이 주위에 감돌고 있었다. 모든 돌과 모든 새는 귀중한 결합의 개체가 되어 있고 분명히 모든 것이 같은 땅이고 같은 빛이며, 인생의 화려한 강변에 있어서의 정성이 담긴 합체임에 틀림없었다.

그릇된 노력

 젊은이가 특별히 자연의 혜택으로 스스로 성장하는 일이 있어도, 시대의 초조한 눈은 역시 그에게 향해지는 것이다. 그는 자신은 일체의 공사公事와 무관하다고 생각한다. 그러면서도 시시각각으로 남모르게 그 각인을 받고 있는 것이다. 언젠가는 누구나 그것을 깨닫게 된다. 어떤 사람은 자랑과 확신을 갖고, 어떤 사람은 의아심과 유보留保로서. 우리들의 성장기를 살펴보면 한편으로는 무사 평온한 시기라고 볼 수 있었다. 우리가 눈을 뜨기 몇 년 전에 독일은 이미 건설되어 있었다. 지상 최강의 군대가 그것을 지키고 있었으며, 독일의 선박은 모든 대양을 달리고 있었다. 일반적으로 머리도 그리 나쁘지 않고 근면한 데다 아주 가난한 집에서만 태어나지 않으면 자신의 장래에 대한 사항을 모두 머리 속에 넣어 두었으나, 시대를 앞질러 내다볼 수 있는 힘은 아무도 지니고 있지 않았다. 소년도 어른들과 똑같이 기묘한 착각에 사로잡혀 있었다. 즉 이제까지 지상에서 일어난 모든 사건, 빙하시대, 대홍수 시대, 지진, 구세주의 희생, 발명, 대규모의 개척, 민족간의 전쟁이나 반란은 우리가 지금 태평하게 생활하고 불변이라고 생각하고 있는 상태를 초래하는 것 이외의 목적은 갖고 있지 않는 것이라고 믿고 있었던 것이다. 우리는 확고한 국가와 교회의 품에서 태평스럽게 생활하고 있었다. 그렇다고 해서 반드시 항상 행복하다고 할 수는 없었다. 왜냐하면 이 태평이라는 것이 과연 우리가 바라던 일인지 아닌지를 몰랐기 때문이다. 부유하든 가난하든 고귀한 청년이 마음속으로 원하던 것은 악마와 같은 운명이든지, 자신들 밖에 있는 거대한 것에 대해서 협력하는 일이었다. 무엇인가를 구축하든지, 위험에 빠져 있는 것을 구출하고 싶었던 것이다. 어느 쪽이든 한 쪽은 희생할 각오였다. 그러나 우리들에겐 이런 요구가 하나도 주어지지 않았다. 우리는 충족감에 휩싸여 살고 있다. 선생님이 그렇게 말씀하셨다. 그리고 현시대에 있어서 다른 소리는 우리에게 들려 오지 않았다. 그래서 진정한 공상의 세계 속으로 도피하든지 하게 되는데, 거기에 우리들의 위험이 있었다.

그러나 흐르지 않고 정지된 시대에 있어서도 젊은이들은 젊은이답게 시작 비슷한 그 어떤 것을 직관하고 있었다. 여기서 다른 몇 명의 소년을 대표하는 점점 성숙해 가는 소년은 숲에 둘러싸인 저 먼 골짜기에 대한 것을 평범한 나날 때문에 잊을 수는 없다. 뿐만 아니라 골짜기는 점점 일상 생활에 대치되는 거대한 현실이 되어, 마치 멀리 동양의 끝에 있는 것처럼 신기한 것이 되었다. 여주인인 그 소녀가 그를 대신해서 신비로운 토지를 관리하고, 그곳의 보물에서 그는 계속 불완전한 현재를 보완하고 있었다. 그리고 강과 강변도 끊임없이 변화하고 있었다. 어떤 때는 그리스 식으로, 어떤 때는 성경 식으로, 또 어떤 때는 마치 하나의 운명이 그 풍경을 향해서 먼 곳으로부터 간신히 익어 가는 것처럼 미래의 모습으로 변화한다. 때로는 소녀의 모습이 보이지 않는 일이 있다. 아마도 높은 산 위에서 사는 친척을 방문하기 위해 외출했는지도 모른다. 그렇게 되면 모든 것이 묵직해지고 상황이 일변한다. 무서운 소문이 들리는 동굴로부터 신성한 말이 들려 온다. 멀리서 온 나그네가 커다란 떡갈나무 아래서 시원한 바람을 쐬고 있다. 이 굉장한 나무의 명성은 비밀리에 여러 나라에 전해졌던 것이다. 아주 신기한 새가 하늘에서 내려와 그 높은 나무꼭대기에서 밤새껏 잠을 잔다고도 한다.

 설사 이 모든 것들이 몽상의 산물이라도 역시 인생에는 영향을 끼쳤던 것이다. 일상적인 사건들, 말하자면 저 멀리 떨어진 강변의 도원경桃源境을 기준으로 하여 검증하는 일종의 능력이 발달되었다. 비스마르크나 섭정 전하攝政殿下나 황제처럼 높은 신분의 사람들까지도 그곳의 기후에 적응할 수 있는지의 여부에 따라서 관찰당하지 않으면 안 되었다. 그때 노老재상 비스마르크가 누구보다도 훌륭하게 합격했다. 재상은 새들이 나는 회색 암벽을 따라 마치 그것과 옛부터 친숙했던 것처럼 걸어갔다. 정오에는 우리와 함께 떡갈나무 밑에서 쉬고, 파랗게 빛나는 영리한 뱀과 격의 없는 대화를 나누었다.

 이 아름다운 공상의 세계는 나 자신에게는 아무런 요구도 하지 않았다. 이 세계는 나를 즐겁게 해주고, 그 이외에는 나를 그대로 내버려 두었다. 마음의 근원적인 에너지에 대해 두려움에 떠는 듯한 외침으로 호소한 것은, 지금은 고인이 된 고국의 훌륭한 시인들뿐이었다. 그러나 우리들은 이 외침에 대해서 똑같이 시로 대답할 도리밖에는 없었다. 그리고 이 시는 말할 것도 없이 단순한 모방에 지나지 않았다. 내 주위의 사람들 가운데 거기에 귀를 기울이는 사람은 하나도 없었다. 그들 모두에게 있어서 시는 단순한 생활의 장식에 불과하고, 이따금 서로 인용하지만, 생활로부터 불타오르고 다음에는 인생 그 자체에 옮아 붙어 이것을 정제精製하고 다시 녹여서 만드는 불길 같은 것은 결코 아니었다. 어떤 교사들이 괴테에 대해서 말했을 때, 우리는 그것을 깨달았다. 칼 자국의 상처가 있는 어느 젊은 교수의 견해로는, 괴테는 빅토르 폰 세펠에 의해서 더없이 훌륭하게 극복되고 대치되었으며, 다른 교수의 의견으로는 괴테가 유복한 사람이었기 때문에 무슨 일을 하는 데 별로 곤란을 느끼지 않았다고 하며, 또 다른 교수는 중년의 괴짜로 괴테를 몹시 비난하고, 괴테가 횔덜린처럼 미치든지 클라이스트처럼 자살하는 대신 오랜 세월을 파우스트 제 2부와 같은 혼란된 태작駄作으로 낭비한 것은 부당하다고 말하고 있었다.

  양친으로부터나 손윗 사람으로부터, 이 뛰어난 시인에 대해서 우리는 단 한 마디도 올바른 말을 듣지 못했다. 오히려 우리들의 눈을 뜨게 해준 사람은 후에 법률가가 된 온순하고 착실하며 항상 고상한 회색 옷을 입던 하인리히 헤스라는 상급생이었다. 그의 문장 한 마디 한 구절을 지금까지 기억하진 못한다. 그러나 나 자신의 일을 돌이켜 보면서 거기서 끌어낸 이론은 다음과 같다. 표면상의 행복한 환경 같은 것은 중요하지 않다. 모든 행복을 차츰차츰 자신의 세계로 끌어넣기 위해서는, 다만 언제나 분명하게 잠을 깬 집중적인 생활을 하면 된다는 것이다. 그와 비슷한 말을 학교나 교회에서 들은 바 있었다. 그러나 헤스는 극히 세속적이고 좌담적인 방법으로 자신의 지혜를 말할 수 있었기 때문에, 그것을 바로 자기 자신의 생활에 응용할 수 있을 것처럼 생각되었다. 적어도 내게는 매우 쉬운 것처럼 생각되었다. 너무나 쉽기 때문에 당장 시작할 생각이 나지 않고, 하루하루 연기했을 정도였다.

처음에는 괴테의 시구를 열심히 흉내내는 것으로 만족하고 있었다. 그러나 그것만으로도 효과는 있었다. 마치 약효가 긴 고급 극약을 마신 것처럼, 평소 같으면 우울성의 인종에게는 없는 경쾌함, 즉 향상욕이 주어졌다. 필로카르핀은 세포로 피를 들여보내는 정신적인 속도를 촉진했다. 어린애였던 내가 옛날에 원하던 날개와, 빈사 상태의 마술사인 숙부님이 말씀하시는 것을 잊고 떠난 마술의 주문을 여기서 나는 손에 넣을 수 있다고 생각했던 것이다. 아니, 소심하고 엄격한 김나지움의 교장 선생님이 배우는 것을 금하고 있던 댄스를 나에게 대치시켜 주지 않을 수 없었다. 크고 부드러운 햇빛이 대지 위를 비추고, 우리들은 그 앞으로 거듭 나가서, 자신이 던지는 여러 가지 아름다운 빛깔의 그림자를 즐겼던 것이다. 이런 식으로 청년들은 문제를 쉽게 또는 어렵게 생각하고 살아가는 것이다. 왜냐하면 그들이 계속 동경함으로써 일을 어느 정도 성취할 수 있을지도 모르기 때문이다.

시대의 그늘에 덮여 있다가 훗날 태어난 사람의 운명이야 말로, 우리들 가톨릭적인 교육을 받은 사람에게는 특히 고통스러운 부담이 되고 있었다. 우리가 열중했던 뛰어난 시인, 경세가經世家, 금세기의 위대한 정치가나 장군은 모두 프로테스탄트였다. 그리고 부정하지 않으면 안 될 이 사실을 자학적이고도 심술궂은 기쁨을 갖고서 강조하는 언짢은 사람들이 있었다. 그들은 오직 신앙을 바꾸기만 하면 곧 괴테나 프리드리히 대왕이 될 수 있을 것 같은 말을 했다. 아니 뿐만 아니라 우리 가톨릭의 세계에서는 이미 지쳐 버렸다. 인류의 참다운 행복을 카톨릭 세계에서는 이제 바랄 수 없다, 참다운 자유 정신은 이미 이 세상에서는 숨도 쉴 수 없게 되었다, 성자에 이르는 것이 고작이라고 명백히 시사되었던 것이다. 마지막 말은 경멸하는 뜻을 지닌 것이다. 그 말을 들은 사람은 웃었다. 그러나 내게는 다소 위안처럼 들렸다. 희한한 것은 설사 지금 필요하지 않을지라도 하여튼 소중하게 보존하고 싶다고 생각하는 것처럼, 나도 이 훌륭한 가능성을 언젠가 사용하려고 간직해 두었던 것이다.

어쨌든 사람을 멸시하는 것 같은 그런 표현은 부당하다고 느꼈으나 이의를 제기할 재료가 별로 없었다. 이의가 나와도 당연했겠지만, 아무도 그것을 발견할 수가 없었던 것이다. 종교 개혁은 아직 그토록 오래 된 이야기가 아니라든지, 열렬한 가톨릭적 생활의 시대가 괴테나 실러와 같은 인물이 나타나기 위해서 선행되어야 했다든지, 그밖의 여러 가지 이의를 누가 생각이나 했었겠는가? 우리는 시대의 참된 아들로 숨은 흐름을 탐지해 낼 힘이 거의 없었다. 마치 강제하는 것처럼 눈에 띄는 것만이 우리에게는 가치가 있었다. 물론 감정에 울리는 것은 몇 가지 있었으나 그것을 간파할 힘이 결여되어 있었다. 장엄한 성당에서 오르간 연주로 〈천사의 찬가〉가 울릴 때, 멋진 화환으로 장식된 제단 위에 영靈이 깃들인 꿀벌의 백납白蠟이 수백 개 켜져 있을 때, 괴테와 같은 자유로이 약동하는 정신을 안으로 아주 쉽게 받아들이는 하늘처럼 광대한 교회를 보았다. 그러나 그것은 인류의 일체감을 예감하고 꿈꾸는 모든 청년의 행복한 권리이기 때문이며, 사실 인류는 큰 고뇌를 거쳐 아니 몰락에 직면해서야 비로소 이 일체감에 다다를 수 있는 것이다.

 위대한 태양 예수는 한 번 그 빛을 남김없이 비춘 것에서 떠나 버리는 일은 없다. 그는 잊혀지는 일도 있을 것이고, 부인당하는 일도 있을 것이다. 그러나 이 일은 변함없는 것이다. 예수는 짙은 구름에 싸인 마음속에 파묻혀 있다. 당장 부활할지도 모른다. 그러나 교회에 대해서는 죽음을 선고하는 독약 역시 효험이 있었다. 선교사나 신앙심이 두터운 체하는 속인의 약점에 대해 우리는 점차 눈을 뜨게 되었다. 불신은 냉각을 초래했다. 그래서 우리는 벌써 몇몇 시내의 우상 앞에 머리를 숙이기 시작하면서 자신들의 유년 시절을 가장 아름답고 열렬하며 유효하게 존속시켜 주는 데 도움이 된 규범에서 멀어져 버렸다. 해마다 돌아오는 커다란 교회 역년歷年은 과연 영원히 우리들의 생활을 재는 하늘의 시계이기도 했다. 그러나 내가 성서 이야기의, 색채가 풍부한 투명함을 통과해서 영원한 것을 향해 자유롭게 날려 하자, 근사한 그림이 그려진 스테인드 글라스에 부딪치는 제비처럼 앞길을 차

단당하곤 했다. 이렇게 해서 나는 천명을 받은 인간인 듯한 또 완전히 잘못된 인간인 듯한 생각이 들고, 생활은 기묘한 부침浮沈 상태에 빠져, 괴테나 마술 골짜기의 여주인도 이 간헐열間歇熱로부터 나를 지켜 줄 수가 없었다.

 시를 쓰고 나자 나는 행복감에 사로잡혔다. 천성적인 언어상의 서투름을 극복하고, 각운이 아무리 서툴지라도 순수한 시인을 흉내내면서 별이나 장미꽃을 향해서 감히 자유롭게 부르는 것만으로도 내 마음은 하늘 높이 날아 올랐던 것이다. 손에 등불을 들고 있다고 믿는 사람은 자연히 조심스럽게 걸을 것이다. 등불이 초라하면 초라할수록 더욱 조심스러워진다. 그래서 나는 태도를 자제하고 선생님이 화를 내지 않도록 조심하며, 영혼의 행복에 대해서 걱정하지 않게 되었다. 그러나 한 절 한 구의 시도 쓰지 못하는 일이 있으면, 또다시 바람 없이 잔잔한 상태가 몇 주 동안 계속되는 것을 피하기 어려웠다. 그럴 때 나의 태도는 일변했다. 학교의 제약이 허용하는 한 나는 좋아하는 일을 맘대로 하고 금지된 책도 읽으면서 잠시 동안 거기에 몰두하려고 노력했으나 갑자기 열이 식어 버리곤 했다. 깨어 정신을 차리고 다년간 좌우명으로 삼았던 프란츠 폰 잘레스의 《필로테아》를 손에 들고 있었다. 어느 날 아침 잠이 깨었을 때 냉정하게 검토해 본 결과, 나는 역시 아무래도 성자가 될 사명을 갖고 있는 것이 분명하다는 것을 깨달았다.

 나는 항상 사물의 어려움을 오인하는 경향이 강했다. 에바까지도 체조 연습을 갓 시작한 나에게, 최후에 해야 할 일을 결코 맨 처음에 하려 들지 말라고 주의를 주었던 것이다. 그녀는 나라는 친구가 경솔하다는 것을 알고 있었다. 이 친구는 유감스럽게도 여러 가지 괴로운 경험을 맛보아도 점점 좋아질 기색을 보이지 않고, 영혼의 대단한 변화는 외부로부터 강요하든지, 더 나아가서는 사취詐取하든지 어느 한 쪽이라고 믿고 있었다.

제 6학년 이상이 되자, 김나지움에는 수도원에서 승려가 되는 의식을 이미 끝낸 학생이 다니고 있었다. 갈색의 보기 흉한 옷을 입고 샌들을 신은 소년승 두 명이 매일 수업에 나오고 있었다. 대개 부지런한 학생들로서 다투는 일에는 가세하지 않았으며, 다른 사람의 불평을 하지 않고 유머 감각도 뛰어난 친구들이었다. 또한 엉터리 같은 행동도 삼갔다. 이제까지는 그들에 관해서 별로 마음을 쓰지 않고 있었으나 이번에는 그들에게 접근해서 그 비밀을 캐 보고 싶었다. 즉 인색한 병자가 비싼 치료법을 피하고, 친구인 의사와 맥주라도 마시면서 마침 좋은 기회라는 듯이 이것저것 치료법을 물으려고 하는 것처럼, 교회를 피하고 이 친절하게 생긴 견습승으로부터 자신의 목적을 달성하는 데 필요한 일을 알아내려고 했던 것이다. 곧 나는 실제로 그들의 생활이 내 생활과는 비교가 되지 않을 정도로 엄격하고 금욕적이라는 것을 알았다. 그리고 바야흐로 극히 난삽難澁한 노력이 시작되었다. 그것은 결국 손가락을 다치는 정도가 고작이었던 어린 시절처럼, 그 발단부터 거의 진척이 되지 않았지만 말이다.

이 프란체스코파의 제자와 나 자신을 비교해 보니, 특히 두 가지 일에 대해서 자신을 가질 수가 없었다. 하나는 힐게르트너 가에서 얻어먹고 있는 너무나 사치스러운 식사였고,

다른 하나는 나의 수다스럽고 들뜨는 버릇으로 포도주나 맥주라도 한 잔 마시면 자제심을 잃게 되어 대개 기분이 반대쪽으로 변해 여러 가지 실수를 하고야 마는 것이었다. 나는 이 두 가지에 대한 시정에 착수해야겠다고 생각했다. 그러나 유감스럽게도 나의 노력은 순수무구한 것이 아니라는 것을 곧 알게 되었다. 어느 종교서에 다음과 같은 말이 있었다 — 정신 수양의 방법으로는 공복과 침묵보다 더 좋은 것이 없다. 아니 시디신 편도扁桃는 즙을 조금만 빼내면 달라지는데, 인간도 단식을 하면 배가 잔뜩 부른 사람이 꿈에도 상상하지 못했던 환각과 도연陶然한 기분을 맛보리라고. 이 부수적인 효과는 매우 매력적이었다. 그 쪽이 모르는 사이에 주요한 일이 되는 것은 아닐까 하는 문제가 남을 뿐이다. 하여튼 앞으로 식사 때는 아주 얇게 썬 고기 조각만 먹고, 케이크 종류는 없애 버리고, 알콜 류는 생명을 빼앗는 독약으로 여겨 사양해야겠다고 결심했다. '방심하지 않고, 정신을 집중해서'라는 하인리히 헤스로부터 전수받은 이 두 가지 주문은 나의 비밀스런 호신부護身符가 되어, 아주 사소한 유혹이라도 멀리서 냄새를 맡게 되면 그것을 마음속으로 외곤 했다. 금욕은 처음에 예상했던 정도는 아니었으나 며칠 동안은 성공적이었다. 그렇지만 이전보다도 죄의 욕망에 훨씬 많이 휩쓸린다는 것을 깨달았다고 해도 좋을 것이다. 그러나 나는 주위 사람들에게 이미 기이한 느낌을 주기 시작하고 있었다. 처음에 깨달은 것은 교수 부인으로서, 부인은 스스로 괴로운 신앙 속에 살고 있었기 때문에 그것을 짐작할 수 있었다. 그러나 부인은 내 편이 되기는커녕 심한 저항을 꾀했다. 그래서 그때부터 힐게르트너 집안의 모든 사람들이 나의 계획에 반대하는 태도를 취했다. 그런 짓을 하리라고는 상상도 못했던 수녀와 같은 하녀 리네까지도, 자기 자신의 근본 원칙을 부인하고 재빠르게도 다음날 심술 사납게 미소를 짓고 돌아다니면서 아주 기름기가 많은, 제일 잘 구어진 불고기를 보란 듯이 접시 위에다 올려놓고 가려 했다. 이 여자는 전부터 비위에 거슬렸는데, 나는 얼마나 훌륭하게 인간 관찰의 정확성을 증명했는가! '자기 혼자만 성녀가 되어 천국의 환각을 보려 하는구나. 이 마녀 같으니라고!' 하고 나는 혼잣말을 중얼거리면서 증오감을 더했다. 그러나 모두들 내게 대해서 어떤 수단을 써도 좋다고 생각했다. 자발적으로 단식하는 것까지도 힐게르트너 집안의 식사에 대한 모욕이라고 해석되었기 때문에, 내가 부인의 성명聖名 축일祝日에 포도주를 따르지 못하도록 컵에 손을 얹고 막았을 때는 정말로 모두가 화가 난 듯한 시늉을 했다. 교수는 더욱더 말이 없어져 부인의 건강을 빌며 되풀이해서 건배했다. 내가 친절한 부인을 모욕할만큼 실제로 은혜를 모르는 고집쟁이인지의 여부를 선생은 꼭 알고 싶다고 말했다. 그래서 내가 수그러진 것을 보자, 다시 호레스의 말을 인용해서 나를 혼란스럽게 만드는 것이었다.

  게다가 반대파는 후고의 배후에까지 숨어서 나의 의도를 좌절시키려 했다. 왜냐하면 후고는 수상하게 생각될 정도로 내 처지를 잘 이해해 주었기 때문이다. 그래서 나는 곧 그를 피할 결심을 했다. 그러나 사정은 돌변되었다. 그릇된 노력은 스스로 묘혈을 팠던 것이다. 나는 갑자기 손을 들어 버렸다. 후고에게 모든 것을 털어놓고 모든 것을 단념했을 때, 그도 진심으로 나의 방식을 비난하고 좋은 방식을 가르쳐 주었기 때문에 그날은 많은 허위가 씻긴 중요한 날이 되었다.

그날 우리는 방과 후 잠깐 함께 걸었다. 그때 그는 자기 숙소로 가서 15분쯤 앉았다 가지 않겠느냐고 권했다. 추운 날이었다. 연료를 절약하기 위해 하숙집 아주머니가 그의 방에 앉아 있었다. 신경질적으로 몸을 떠는 아주머니는 창가의 복숭앗빛으로 핀 앵초櫻草 옆에 앉아 양말을 깁고 있었다. 이 아주머니는 손님과 함께 있는 것을 좋아해서 자기가 있는 것이 우리들에게 귀찮으리라고는 생각지도 못하고 있었다. 그래서 우리들은 당장 이런 경우를 위해서 꾸며 연습해 온 살인 이야기라도 시작하는 수밖에 달리 도리가 없었다. 이런 이야기는 물론 내가 애써서 손에 넣은 진지한 기분을 해치기 때문에 지금은 환영할 수 없는 화제였지만, '방심하지 않고 정신을 집중해서' 라고 마음 속으로 외치고 있는 동안에 후고는 재빨리 목소리를 낮추고 곧 강한 맥주와 호도과자를 가져올 테니 체면은 차리지 않는 것이 좋으며, 저장품은 얼마든지 있다는 이야기를 시작했다. 나는 이 시기에 알맞는 세리프에 대해, 복권타기에서 일등이라도 했느냐고 묻지 않을 수 없었다. 그리고 그의 차례였다. 참으로 애석한 일이지만 결정이 내려진 것이다. 마침내 상업 고문관인 코올렌도르퍼 씨를 살해하지 않으면 안 되었다. 사정을 보아 가면서 할 수는 없었다. 유감스럽게도 한 방 쏘아 버렸다. 이 아저씨가 결사적으로 울부짖기 때문에 간단히 클로로포름으로 조용하게 만들어 주었지, 죄받을 짓을 했다고 생각해 종종 참회할 생각인데 이것으로 돈은 금년은 충분하다는 등등의 이야기를 시작했던 것이다.

  선량한 과부는 이 숨김없는 이야기에 큰소리를 내고 웃고 있었으나 역시 몸을 약간 떨기 시작했다. 그래서 후고가 좀 더 자세하게 얘기해서 즐겁게 해주려고 하자, 아주머니는 그런 농담은 이제 그만 하라, 위험한 발작이 일어나지 않도록 해달라고 자꾸만 부탁했다. 우리는 그 기분을 이해하고 입에 손을 댄 채 속삭이듯이 이야기를 계속했으나 아주머니의 두려움이 가신 것은 아니었다. "그래서 어디에다 시체를 감췄지?" 하고 마침내 내가 이빨 사이로 밀어내는 듯한 목소리로 묻자, "조용히!" 하고 후고는 나무라고 양복장 쪽을 힐끗 보았다. 그러자 그곳에서 갑자기 무서운 콧소리로 길게 끌면서 "살인자!"라는 소리가 들렸다. 이렇게 되자 부인도 손을 들고 말았다. 곧 우리 두 사람의 세계가 확보되었다. 후고는 그녀를 위로하면서 전송하고, 실제로 있었던 과자와 맥주를 가지고 가서 기운을 차리게 했다. 그러고서 그 두 가지 귀중품을 들고 내게로 다가왔다. 이 두 가지에 대해서 나는 단 한번도 저항할 수가 없었다. '방심하지 말고 정신을 집중해서'라고 나 자신에게 다시 한 번 경고한 후 단 한 모금만 마시고 절제 의지를 굳히려 했다. 그러나 한 모금 마시면 천 모금 마신다는 비유 그대로 갑자기 억제할 수 없게 되었다. 나를 대접하는 역할의 그는 참으로 순진한 표정을 짓고서 자꾸만 비우는 컵에다 부지런히 맥주를 따르는 것이었다. 모든 맹세를 잊어버리고 나는 입을 다물고 있을 수가 없어 숨기고 있던 목적을 술술 털어놓기 시작하자, 현명한 친구는 특별히 거기에 반대하지 않고 동정하는 듯이 잠자코 있었으나, 조금 전에 시체가 말한 바 있는 바로 그 양복장에서 골동품 가치가 있는 자신이 사용할 컵을 꺼냈다. 그리고 자작自酌으로 마시다가 교활하고 부러운 듯한 태도로 내게 대해서도 이따금 건배를 하면서 마시기 시작했다.

"그렇지만 이미 모두 망쳐 버렸어. 끝장이라구" 하고 나는 갑자기 소리치고, 사나운 기세로 컵에다 손을 내밀었다. "그 프란체스코파의 수도승을 만날 때마다 부끄러워서 죽고 싶단 말이야!"

"결코 그렇지 않아! 그들은 너보다도 훨씬 편안하게 살고 있어."

"나보다 편안하게? 농담은 집어치워!"

"농담일 턱이 있나! 그들은 아무것도 없는 텅 빈 홀에서 향락적인 속세로부터 차단된 채, 모두 함께 단식도 하고 침묵을 지키고 있어. 그런데 너는 홀로 외로이 세상 전체를 적으로 삼고 있잖니?"

머리 속에서 취기가 서로 부딪치고 있는 느낌이었다. 그리고 완전히 항복하고는 후고의 도움을 기다리고 있을 뿐이었다. 후고의 태도는 조용하고 침착하기 이를 데 없었다. 나와 달리 강한 술에는 함부로 손을 대지 않았다. 그러므로 그는 가볍게 기운이 나는 정도였다. 그러자 그의 전인격이 분명하게 드러났다. 그리고 짧으나마 명심해야 할 연설이 시작되었는데, 그것은 예전부터 쌓여 있던 것이 쏟아져 나오는 것이었다. 그리고 매우 진지한 부분에서는 그를 향해서 이따금 웃으면서 건배했지만, 그는 결코 화를 내지 않았다.

"아니, 전혀 경험하지 않는 편이 나았다고 생각되는 일은 얼마든지 있어" 하고 그는 말하기 시작했다. "처음부터 다시 시작하고 싶다거나 다른 인간이 되고 싶다는 기분은 나도 이해할 수 있어. 괴로움을 자처하여 때로는 성공한 사람도 있었다고 하는데 있을 수 있는 일이라고 생각해. 나 자신은 그런 짓을 한 적이 한 번도 없지만. 그러잖아도 나는 나자로(성서 중의 인물. 마리아와 마르타의 형제. 병신으로서 거의 죽어 가고 있다가 예수에 의해서 살아난다)야. 그러나 그것은 다른 문제야. 네가 갈 길은 절대로 아니라구! 알겠니? 너는 너에게 맞도록 조합된 것을 중독에 대한 두려움 없이 마셔야 된다. 그러나 또 사람의 운에 대해서도 조금은 알고 있어야 돼."

"그렇다. 마시는 거다. 마실 것은 마셔야 돼. 조합은 잘 되어 있으니까."

나는 나의 잔을 높이 들고 후고의 아름다운 술잔에 강하게 부딪쳤는데 너무나 강했기 때문에 위쪽 가장자리가 떨어져 나갔다. 그것은 곡식 다발 모양을 타원형으로 아름답게 부식시킨 앙피르 글라스로 소중하게 간직된 누군가의 유품이었다. 나는 그것을 알고 있었기 때문에 갑자기 어색해졌다. 이젠 마실 기분이 나지 않아 컵을 테이블 위에 내려 놓았다. 후고도 새파랗게 질려 있었다. 그는 파편을 주워 들고 잠자코 잠시 그것을 만지작거리고 있었으나 이윽고 위협하듯이 말을 계속했다.

"이런 것이 너의 운명이다. 그것에 따르면 만사는 잘 될 거야. 어떻게 해서든지 뚫고 나갈 수 있을 테니까. 그러나 네가 인생에서 살짝 도망치려 하거나, 은둔자인 체 하거나, 또는 성자가 되려 한다면 엉뚱한 지경에 빠지게 될 거야. 지옥으로 끌려 가게 된다구!"

"하지만 나는 《필로테아》를 아주 좋아해." 나는 단지 무슨 말인가를 하기 위해서 입을 열었다. "이 세상 말 같지 않은 말이 거기에는 실려 있어."

후고는 이 말을 전혀 듣고 있지 않는 것처럼 보였다.

어린애라고 생각되는 서투른 솜씨로 누군가가 위쪽에 있는 방에서 피아노 연습을 시작했으나 곧 그쳐 버렸다. 그리고 이번에는 더욱 낮은 어조로 변했는데, 그것은 후고의 부드러운 말씨였다.

"힘든 인생을 견디어 나가고, 견디면서 머리 위에 별을 느끼는 것이 바로 중요한 일이야. 나는 최소한 점잖고 의기소침한 그런 상태로는 있지 않을 생각이다. 얼마나 많은 사람들이 육체적으로 고뇌하는 그리스도를 대신했느냔 말이야. 어떤 사람은 심한 고뇌로 말미암아 일생 동안 머리와 양손에서 피를 뿜어냈어. 그건 대단한 일이다. 그것은 이런 신성한 사랑의 고통으로 괴로워하는 영혼이 얼마나 강인한가를 나타내고 있기 때문이야. 그러나 부활한 그리스도, 즉 참된 정신의 행위와 사랑의 행위가 변용된 축복자를 알고 있는 사람이 있을까? 그런 그리스도의 편이 될 사람이 과연 있을까?"

이런 표현은 나로서는 처음으로, 분명히 들어보지 못한 말이었다. 끊임없이 고민하고 있고 호흡 곤란으로 괴로워하는데다 어렸을 때부터 척추와 늑골 그리고 가슴이 불구였던 자가 이런 생각을 했다는 사실에는 무엇인가 감동적인 것이 있었다. 나는 더 이상 잠자코 앉아 있을 수가 없었다. 일어서서 방문과 창 사이를 거닐었다.

"저 훌륭해 보이는 나비는 자신이 옛날에 나온, 저 보잘 것없는 빛깔의 번데기 속으로 과연 또다시 돌아가고 싶어 할까?"

이렇게 말하고서 후고는 일어섰다. 우리는 외투를 손에 들고 어둠이 짙어 가는 방을 나섰다. 부활제도 지난, 철늦은 눈보라가 어둠이 짙어 가는 시가지와 이미 신록이 싹트기 시작한 뜰에 불고 있었다. 둘 다 이젠 할 말이 별로 없었다. 후고는 기분이 좋을 때 항상 그러듯이 휘파람을 낮게 불고 있었다. 뿐만 아니라 어둠이 깊어 감에 따라 숨어 있던 장난기마저 나타나기 시작했다. 요도크 광장을 지났을 때는 끝내 참지 못하고, 서너 명의 심부름꾼들이 맥주를 사러 가다가 이야기를 나누고 있는 것을, 먼곳에서 들려오는 것처럼 복화술로 심하게 나무라 하여 그들을 깜짝 놀라게 하기도 했다.

그러나 그의 말은 밤늦게까지 혼자서 램프 옆에 있는 나를 흥분시켰다. 그가 그런 사고 방식을 갖게 되기까지는 그 전에 몇 주 동안 마음속으로 여러 가지로 생각한 결과일 것이라고 헤아리기 시작했으나, 한편으로는 또다시 나의 저 먼 도원경에 꿈처럼 몸을 두고, 그곳에서라면 모든 일이 좀더 잘 이해되지 않을까 하고 생각하곤 했다. 그러나 뚜렷한 환상이나 감정을 꿰뚫고 앞으로 나갈 수는 없었다. 그러자 짧은 시 한 수가 떠올랐다. 유감스럽게도 지금은 그 마지막 1절 외에는 생각이 나지 않는다.

그리고 모든 강가로부터
더 이상 없을 정령精靈의 목소리가
높다랗게 들리고 있었다.
넘칠 듯한 죽음으로부터
기쁨이 가득찬 세상을 만드시는
정령의 목소리가.

　성신 강림절의 짧은 휴가가 다가왔다. 휴가는 병자를 치료하는 카딩의 집에서 보냈다. 가구며 기물 위에는 예전부터 육중하고 영원한 빛이 깔려 있었다. 어머니는 아무리 사소한 물건이라도 소중하게 다루고 있었다. 나의 그 마술의 유산까지도 버리지 않고 있었다. 서랍속에 있는 금종이에 싸인 마술 지팡이며 비단 조화造花에 곰팡이가 나고 있었다. 뿐만 아니라 한 번은 내가 다락방에서 책을 찾고 있었는데 조그마한 상자 속에서 미이라의 손을 가진 죽은 사람의 팔 한 개가 나타났다. 그렇게 되면 결국 나는 이것을 성스러운 흙 속에 파묻는 것을 잊은 결과가 된다. 이 팔이, 그 심부름꾼이 두려워하고 있었던 것처럼 이 집안에 불행을 가져온다고는 아무도 말할 수 없었다. 오히려 아버지의 명성은 날로 높아 가고 있었으니 말이다. 곧잘 먼 곳의 동업자로부터 편지가 와서 아버지의 경험을 확인해 갔다. 아버지 곁에 있는 것은 예전처럼 내게도 이로웠다. 마음의 괴로움이 그것에 의해서 가벼워진 것이다. 즉 아버지와 접촉하는 사람은 간결하고 실제적인 표현 방법을 써야 한다. 도시 사람들이 곧잘 쓰는 애매하고 변죽을 울리는 말을 아버지는 마땅치 않게 생각했다. 그런 말을 쓰는 사람을, 물 속에 들어가기 전에 코르코 밴드를 매고 싶어하는 수영가처럼 여겼던 것이다. 어쨌든 아버지는 내게 자신의 길을 자유롭게 걸어가도록 해주고, 전부터 내가 병이나 약에 무관심한 태도를 취하고 있는 점에 대해서는 별로 나쁘게 생각하는 것 같지는 않았다. 반면에 아버지 자신은 그 새로운 치료법을 완성시키는 일에 예전보다 힘쓰는 생활을 보내고 있었다. 그리고 현실에서 다소 멀어진 점은, 일상적인 왕진을 장부에 기입하거나 계산서를 쓰는 것을 곧잘 잊는 정도였다.

다행히도 어머니는 항상 주의력이 깊었다. 어머니가 계시지 않았더라면 우리는 당장 맛없는 음식을 먹게 되었을 것이다.

이 휴가 동안에 내가 느낀 것은 집안의 근본적인 분위기가 훨씬 밝아진 일이었다. 그 주된 요인은 내가 다뷔다라고 부르는 누이동생으로서, 그 아이가 어렸을 때부터 배웠던 치터(오스트리아, 남독일, 스위스 등에 전해 오는 현악기)라는 악기와 천진스러운 노래가 바로 내가 옛날에 아니꼽게도 설교조로 들려 주던 철학 같은 것보다도 어머니의 우울증을 쫓아내는 데 큰 힘이 되었기 때문이다. 쉬바벤과 네덜란드의 혈통을 이은 근면하고 쾌활한 조상 가운데 어느 한 할머니가 누이동생에게 푸른 눈을 다시 뜨게 한 것이다. 명랑하고 끈기 있게도 그녀는 자신의 희망을 모두 실현시킬 방법을 알고 있었다. 노래를 부르는 것이 그녀의 생활이었다. 그녀는 기분이 좋으면 그 어떤 이성적인 질문을 받아도 노래로 대답했다. 유감스럽게도 음악적인 분위기가 없었던 이 집안은 이제까지 누이동생에게 노래 가사나 멜로디를 부여한 일이 없었다. 그래서 그녀는 언제나 교회나 학교 노래에 의존하고 있었다. 지금 노래를 만드는 오빠를 가졌다는 것이 그녀에게는 대단한 기쁨이었다. 그녀는 서너 장의 시고詩稿를 손에 쥐자마자 이 짧은 몇 절의 시가 특별히 내용이 어렵지도 않고 멜로디에도 쉽게 맞출 수 있다는 것을 간파했다. 그래서 깜짝 놀랄 만한 노래를 금방 만들어 내곤 했다.

성신 강림절의 일요일, 장엄한 미사가 끝난 다음 누이동생은 머루가 엉킨 원정園亭에서 노래 연습을 하고 있었다. 나는 그때 라이징거와 화단 사이를 거닐고 있었다. 어렸을 때 나와 곧잘 싸우던 그는 일을 하다가 손가락을 다쳐서 아버지에게 치료를 받고 있었다. 마침 그가 붕대를 새로 감고 돌아가려고 정원으로 나왔던 것이다. 그는 가구를 만드는 훌륭한 목수가 되어 거의 혼자서 가게를 꾸려 나가고 있었다. 짙은 감색의 새옷을 입고, 붕대를 감은 손에 시가를 들고 있는 모습은 참으로 고상한 풍채였다. 그의 얼굴에는 침착하고 남성적인 멋이 나타나 있었으나 눈은 학창 시절보다 솔직하게 빛나고, 거의 어린 아이 같다고 해도 좋았다. 그는 얼굴이 빨개지면서, 자기에게는 지금 딘 골핑의 학교 선생 딸로 매우 교양 있는 약혼녀가 있으며, 내년에는 결혼할 예정이라고 고백했다. 자기 손으로 만든 아름다운 찬장이며 책상이며, 침대, 혹은 대형 탁상 시계 상자에 대한 이야기와 그것으로 좋은 수입을 올린 이야기에 나는 기가 죽지 않을 수 없었다. 왜냐하면 나는 이런 훌륭한 것에 비할 만한 눈에 보이는 일은 한 적이 없었기 때문이다. 원정에서는 다뷔다가 기도곡을 계속 부르고 있었다. 그러나 갑자기 가사에 힘이 들어 있는 듯한, 얼토당토 않고 아주 기묘하여 들은 일이 있는 듯한 느낌이 들었다. 더 이상 오해의 여지는 없었다. 꾀가 많은 누이동생은 교회 노래의 멜로디를 바꾸지 않고 내가 지은 시를 거기다 맞추어 마치 진짜 가요곡처럼 부르고 있었다. 라이징거와 나는 원정 바로 옆을 지나고 있었다. 그러자 이번에는 라이징거가 귀를 기울이더니 미소를 지으면서 말했다. "저것은 분명히 오월제를 위한 전혀 새로운 마리아 찬가임에 틀림없어. 나는 지금까지 저렇게 아름다운 노래는 들은 일이 없거든." 그러나 그때 치터 소리와 노랫소리가 그쳤다. 밝게 웃으며 누이동생이 머루나무 그늘에서 뛰어나와 둥근 화단 주위를 춤추며 달렸다. 그리고 금어초 꽃을 따서 꽃이 붙어 있는 부분을 손가락으로 누르더니 우리 얼굴 앞에다 내밀었다. 그러자 빨간 빌로도 같은 금빛 꽃가루가 묻은 꽃받침이 숨이 막힌 것처럼 우리를 향해서 입을 벌렸다. 누이동생은 꽃을 버리고도 웃음을 그치지 못했다. 라이징거는 진상을 알자 깜짝 놀라 시가를 떨어뜨렸다.

"그렇다면, 벌써 그렇게 시를 잘 짓게 되었구나. 그렇겠지. 학문을 하고 있으니 말이야."

그러나 내가 이런 시시한 시를 만들고 있느니보다는 책상을 만드는 편이 얼마나 좋은지 모르겠다고 다소 과장해서 말하자, 그는 반드시 그렇지는 않다는 표정으로 듣고 있었다.

"그런데 말이지" 하고 그는 말했다. "네가 내 약혼녀에게 존경받고 싶다면, 결혼식 때 저런 노래를 하나 지어 주었으면 좋겠구나. 나는 인색하게 굴지는 않겠다. 그 답례로 책장이든지 고급 문갑이든지, 네가 좋아하는 것을 선물할 테니까." 우리는 3페이지 정도의 시와 중간 정도 크기의 책장을 교환하기로 의견 일치를 보았다. 책상이나 책장을 만들어 내는 사람이 내 시작詩作의 노력을 대등하게 보아 준 일을 얼마나 만족하게 생각했는지, 그는 상상도 못 했을 것이다. 설사 그것이 어렸을 때 우리가 진짜 돈 대신 빛깔이 고운 반점이 있는 강낭콩을 사용한 것과 다를 바가 없을지라도, 이렇게 해서 우리는 둘 다 마음속으로 기뻐하고 만족해 했던 것이다.

시와 생활

 8년 동안 계속 교실을 옮겨 다니며 진급하다 보니, 마침내 제 9학년 교실에 앉게 되었다. 벽에는 남반구와 북반구의 아름다운 천체도가 걸려 있었다. 이 천체도 역시 이제는 수업 교재가 되었으나, 천체까지도 수학으로 환산되었기 때문에 약간 환멸을 느꼈다. 수학이며 공식이 맑은 하늘로부터 떨어져 내려왔다. 우리들은 숫자의 신성한 뜻을 아직 인식하지 못하고 있었기 때문에, 영원을 태양이나 달 뒤쪽으로까지 옮겨야 한다고 생각했었다.
 어쨌든 김나지움의 이 최종 학년은 우리가 두려워하던 만큼 힘들이진 않고 끝났다. 다만 시험 전에 무엇인가가 망가져서 떨어져 버리지 않도록 정교한 건축물로 확고하게 정리해 두는 것이 전부였다. 새로운 과목은 고상한 강화講和 같은 것이었다. 게다가 종교 고문의 중병 때문에 휴강이 되는 적도 몇 차례 있었다. 고문의 피하기 어려운 죽음의 그늘이 같은 연배의 교수들 위에 남모르게 덮여 있었다. 우리들은 그것으로 인한 관대함을 만끽하고 기뻐했다. 시간적 여유가 많이 생겼던 것이다. 나는 자주 학교 근처를 돌아다니며 시를 수도 없이 지어서 평소와 다름없이 후고에게 들려주었다. 그것은 선생님들도 짓는 것 같은, 대시인의 것을 전용轉用한, 여전히 변함없는 우작愚作이었다. 다만 아주 드물게, 즉 실패작일 때 다소 자유로운 가락이 되는 일도 있었다. 그럴 때마다 후고는 그런 일이 있어서는 안 된다고 충고했으나 인정해 주기도 했다.

먼 세계에서 울리고 있는 말은 여전히 우리들에게 감추어져 있었다. 그곳에서는 니체가 사람들의 마음의 눈을 뜨게 하고 있었다. 이미 슈테판 게오르게는 황금 도시의 배치도를 그리고 있었다. 우리와 거의 같은 연배의 로리스 소년(오스트리아의 시인 호프만슈탈을 말함. 소년 시절에는 로리스라는 필명으로 시작(詩作)에 전념했음)은 멜로디를 갖고 노래하고 있었으며, 알프레트 몸베르트의 불타는 독수리의 정신은 검은 꿈의 날개를 홀로 퍼덕이고 있었다. 그러나 그들에 관한 것이 우리들에게 알려진 것은 아니었다. 우리들의 생활은 백년 전과 거의 다를 바가 없었다. 다만 이따금 밤중에 갑자기 잠을 깨거나 하면, 밖에서 마신들이 집을 이루고 있는 벽돌을 부수고 있는 듯한 느낌이 들곤 했다.

후고가 나를 찾아오는 일은 드물었다. 그의 말을 빌자면, 힐게르트너 교수의 분위기가 자기 자신의 천식을 심하게 만든다는 것이었다. 우리가 자주 만나는 곳은 이자르 강 근처나 그의 작은 방이었다. 하여튼 기숙사를 나온 뒤로, 이 아름다운 도시의 온화한 기후가 처음으로 그 완전한 효험을 나타낸 것이다. 등의 만곡彎曲은 여전했고 성장도 영원히 멈추어 버렸으나, 폐는 완전히 나아가고 있는 것 같았다. 그 무렵 그의 얼굴에는 병이나 쇠약의 기미는 전혀 없었다. 그의 회갈색 눈은 민감하고 조급해지기는 쉬우나 비뚤어진 곳이 없는, 신뢰할 수 있는 마음의 소유자라는 것을 말해 주고 있었다. 아니, 이 약한 소년은 무슨 일에나 전력을 다해서 부딪쳤다. 그를 가까이하는 사람은 정직해졌다. 그리고 부지불식간에 그는 강자를 지배하고 있었다.

우리는 그 무렵 또다시 일체의 욕망을 버리겠다고 맹세하고 있었다. 그래서 나의 시는 당당하게도 현세를 초월한 신의 계시와 같은 울림을 띠게 되어 자랑스럽게 생각하고 있었다. 인생과 자연의 현인 호라티우스나 80세의 괴테를 흉내내면서, 그리고 가능한 경우에는 가진 힘 이상으로 무리를 하면서 모든 천국과 지옥을 간파한 끝에 철과 같은 확증으로 둘러싸여 취소하지 못할 말을 자신있게 덧붙이는 격언시와 맞붙어 끝을 부드럽게 맺는 기술에 몰두했다. 이런 태도를 조로무老 현상이라고 비난할 사람이 있겠지만, 나에게는 어쨌든 그가 잘못 보고 있는 것으로 생각되었다. 하지만 노인으로 분장을 하고 싶어하는 것은 언제나 어린 아이일 수밖에 없지 않은가! 이 짧은 시는 종종 경멸적으로 단정하는 표현으로 끝을 맺고 있어서 후고마저도 용납하지 않았다. 우연에 대해서 품고 있는 그의 점성자占星者 같은 공포, 낯가림을 하는 그의 내성적인 성격 같은 것은 어쩐지 어색해서 나는 사실을 말하자면 그를 좋아했으나 때로는 마음에 걸리기도 했었다. 그것들은 지금 나에게 우연히 남아 있던 과장된 4양음

시(四揚音詩: 네 강음(强音)을 갖는 운문으로 평범한 시를 뜻함)의 몇 가지 재료가 되었다. 그런데 유감스럽게도 나는 너무나 무분별하고 조잡한 인간이었기 때문에 그것을 그의 앞에서 읽어 버리고 말았다.

> 너무나도 단단하게 마음을 지키며
> 항상 미래에 대해서만 고민하는 자는
> 도처에서 유혹을 보게 되어
> 최대의 행복 옆을 지나치게 되리라.
> 그는 우연한 지기知己를 피하고
> 다만 미리 숙고한 것만 견디어 낸다.
> 먼저 토성과 화성에게 점을 치지 않으면
> 감히 어떤 사람도 사랑할 용기가 나지 않는다.
> 그리하여 마술의 법도에 따라
> 마침내 거칠고 볼품없는 그물에 걸린다.

낭독하고 있는 사이에 나는 문득 깨닫고서 움찔했다. 그는 이 우쭐댄 태작駄作에 자기 일이 표현되어 있음을 알아차리고 모욕당했다고 느꼈을 것이 분명했다. 나는 중단하고 싶었으나, 그렇게 되면 일이 더욱 시끄럽게 될 것 같아서 계속 읽었다. 처음에는 용감하게 시작했으나, 나중에는 친구의 얼굴을 쳐다볼 용기마저 없어서 얼빠진 것처럼 읽는 것을 마쳤다.

"거칠고 볼품없는 그물이란 너 자신의 얘기겠지" 하고 그는 말했다.

"물론, 네 이야기는 아니야. 오히려 내 얘기지"하고 나는 급히 단언했다.

"계속해 봐. 다른 것을 말이야!" 하고 그는 명령조로 말했다.

나는 서둘러 찾아서 고백시로 옮겼다. 그 속에는 다음과 같은 일절이 있었다.

> 이제는 바른쪽도 왼쪽도 가는 눈으로 돌아볼 것 없이 다만
> 앞쪽만을 쳐다보고, 쳐다보면서 발전하여
> 가장 빛나는 별을 나의 가슴에다 넣으리라,
> 거기에 더욱 깊은 빛을 주기 위해서!

"여전히 '나의 가슴'이라는 문구를 좋아하는구나!" 평소에는 매우 예의바른 후고가 서슴없이 입을 열었다. 나에게는 더 이상 잘못 생각할 여지가 없었다. 그는 정말로 감정을 상하여 보복하려고 생각하고 있었던 것이다. 나는 어떠한 양보를 해도 좋다고 생각하고 있었으나 이런 공격에 대해서는 참을 수가 없어 주먹을 쥐었다. 이것을 보고 그의 심장이 불안으로 짓눌리기를 바랐으나, 웬일인지 그것도 내 뜻대로 잘 되지 않았다.

"괴테의 시대라면 그것은 아마도 숭고하게 들렸겠지. 그러나 지금은 케케묵은 문구야. 그런 문구로 무슨 말을 하겠다는 거지? 원숭이 흉내에 불과해. 알겠어?"

유감스럽게도 그는 이 정도로 만족하지 않았다.

"내기를 해도 좋지만, 너는 아직 계집애의 가슴을 한 번도

본 일이 없겠지. 만약 봤다면, 그렇게 항상 '나의 가슴'이라는 문구는 입에 담지는 않으리라고 생각하는데 말이야."

"어쩌면 너는!" 나는 화를 내어 소리를 질렀으나, 그를 더 이상 노하게 하지 않는 일이 중요했다. 그래서 조심스럽게 덧붙였다. "계집애의 가슴은 무엇인가 특별하다는 말이냐?"

그러나 그는 여전히 기분이 좋지 않은 듯했다.

"너는 순진한 체하는 것이냐, 아니면 정말로 내성적인 성격이냐? 그렇다면 지난 수업에서 《프뤼네》를 배웠을 때 왜 너는 자고 있었지? 아테네 사람들은 모두 그녀의 드러난 가슴에 매혹되어 재판관도 누구 한 사람 그녀에게 유죄 판결을 내릴 마음이 나지 않았다는 부분 말이야. 그것은 전설이 아닌 사실이야, 알겠어?"

후고는 잠시 후에 다소 부드럽게 이야기를 계속했다. "좌우간 너의 시에는 확실히 무엇인가가 있어. 벌써 바른쪽도 왼쪽도 가는 눈으로 돌아보는 일 없이 말이야 — 그것을 실행하는 거다. 너에게 부족한 것은 경험이야. 너는 아직도 껍질 속에 틀어박혀 있다구. 껍질을 깨뜨려 버릴 수 있는 경험이 나타나야 될 텐데 말이야!"

그는 내 속에다 설탕 같은 것을 던져 넣었는데, 나는 이것이 완전히 용해될 때까지 기다리지 않고 계속 빨면서 여전히 쓴맛만 나고 있음을 이상히 여겼다. 결국 우리는 함께 웃음을 터뜨리고 다른 화제로 넘어갔다. 그리고 집을 나서서 요도크 광장으로 갔다. 봄도 한창이었다. 연분홍빛 사과꽃 주위에는 신경질적으로 붕붕거리는 벌레의 날갯짓 소리가 울리고 있었다. 화단 안에는 여기저기 술잔 모양의 빨간 튤립 화분이 놓여 있었다. 더 이상 할 이야기도 없었기 때문에 헤어지려고 생각하던 참에, 힐게르트너 교수 댁의 하녀 리네가 목례를 하면서 지나갔다.
 "저 아이에게도 아테네의 재판소는 유죄 판결을 내리지 못하겠지" 하고 후고는 아무렇지도 않게 말했다.
 "저 새까만 리네 말이냐? 저 아이의 어디가 좋으냐? 저 봐, 마치 뭘 떨어뜨린 것처럼 땅바닥만 내려다보고 걷고 있잖아. 좀처럼 웃지도 않고, 크리스마스에 무슨 옷이라도 사 주겠다고 하면 언제나 검은 옷만 고른다구. 그녀가 재봉사에게 붙이는 것을 허용하는 것은 겨우 깃에다 흰 주름을 달게 하는 정도야."
 "그렇지만 말이야!" 하고 후고는 고집을 부렸다.
 "그럼 너, 저 아이가 어떤 심술궂은 방법으로 교수 댁으로 왔는지 알고나 있어?" 하고 내가 말했다.
 "그래. 그것은 듣고 싶은 이야긴데. 하지만 아마 내게는 심술궂게 생각되지 않을 거야."
 "사실은 말이지, 저 아이, 오랫동안 일자리가 없어서 어느 날 아침 성 안토니우스에게 좋은 일자리를 달라고 열심히 기도했다는 거야. 그러자 누군가 노크하는 소리가 들렸대. 그리고 젊은 사제 하나가 방으로 들어와서 주인을 구하고 있는 것이 사실이냐고 묻고, 그럼 함께 가자고 재촉했다는 거야. 이자르 강의 도선장渡船場으로부터 구시가지를 지나서 신시가지로 들어와 우리집까지 데리고 와서 초인종을 눌렀대. 교수 부인이 손수 문을 열었던 모양인데, 심부름꾼 이야기가 이렇게 간단히 해결되어 몹시 기뻐했다지. 곧 리네를 거실로 데리고 들어와서는 자기가 사람을 원하는 것을 누구에게 들었느냐고 묻자, 리네는 이곳으로 데려다 주신 분이라고 대답했다는 거야. 그래서 데리고 온 사람을 돌아다보니 거기에는 아무도 없더래. 데려다 주신 분이 계셨다니 기묘하다며 어떻게 생기신 분이냐고 교수 부인이 묻자, '어머, 저기 있는 사진이 젊은 사제와 꼭 닮았네' 하고 외치고서 리네는 거울 옆의 초상화를 가리켰다는 거야. 교수 부인이 그럴 리가 없다고 말하며 초상화는 작년 바로 이날 돌아가신 부인의 오빠라고 했대. 하지만 틀림없다고 리네는 우기더라는 거야. 넌 이이야기를 어떻게 생각하니?"

"더욱 슬퍼할 일은 네가 그런 터무니없는 이야기를 하면서 그것을 믿고 있다는 사실이야" 하고 후고는 말했으나 얼굴빛은 새파랗게 질려 있었다. "그것은 하여튼 그녀에게 어울리는 이야기다. 그 아이는 연옥煉獄의 불이라도 뚫고 나온 것 같은, 이 세상에서 볼 수 없는 느낌을 갖고 있어. 종종 너의 하숙집에 갔었을 때 이미 나는 느끼고 있었지. 언제나 그녀는 무엇인가를 듣고 있는 여인과 같은 머리를 하고 있어. 다른 하녀 같으면 항상 부엌 냄새를 풍기고 있을 텐데 저 아이만은 그렇지 않아. 벌써 멀리서부터 향 냄새와 백합꽃 향기가 난단 말이야."

나는 이때라는 듯이 친구의 예민한 후각에 대해서 감탄해 보이자, 그도 싫어하는 기색은 아니었다.

"그러기 때문에 조금 전에 말한 것처럼, 아테네에서도 그녀에게 유죄 판결을 내리진 않으리라고 생각하는 거다" 라고 그는 단호하게 말했다.

나는 그가 하려는 말을 알 것 같았으나 좀더 들어보고 싶었기 때문에 기분이 나쁜 것처럼 가장하고 말했다.

"저 걸어 다니는 진혼곡과 같은 여인을 너는 프뤼네와 비교할 생각이란 말이지?"

"그 아이의 얼굴이 아름답다고 단순히 말해도 좋을지 나로서는 알 수 없어" 하고 그는 아주 핵심을 찌른 표현을 했다. "그렇지만 말이야. 종종 미인이라고 생각한 일은 있어. 그것은 확실해. 그래서 나는, 아테네의 재판소라면 그녀에게 무죄 선고를 내렸을 거라는 생각을 고집하는 거야."

나는 방에 혼자 있게 되자, 곧 다시 후고를 만나고 싶다는 강렬한 그리움을 느꼈다. 애정이, 즉 빛을 모으는 감정이 청년에게 결여되어 있을 때 청년을 끌어당기는 모든 인력이 고독한 인간을 엄습해 왔다. 후고가 말한 대담하고 새로운 말들이 사방 벽에서 메아리쳤다. 이 연령에 있어서 두 해의 차이는 작은 뜻을 갖는 것이 아니다. 게다가 그에게는 여러 명의 누이가 있으며 온천장에 간 일도 있었다. 내가 모르는 많은 일들을 그는 보았다. 그리고 언어를 신중하게 골라서 발언하는 버릇을 가진 사나이이기 때문에 그 색다른 계집애의 몸이 그리스의 유명한 프뤼네를 닮았다고 말하는 데는 분명히 이유가 있었을 것이다.

나는 가끔 모든 것을 이미 오래 전부터 알고 있으며, 소유하고 있다고 믿으려 했다. 그리고 그렇게 하려고만 한다면 곧 현명한 격언의 세계로 돌아갈 수가 있다고도 믿었다. 그러고서 다시 비밀을 살피는 것은 명예에 관계되는 것이라고 생각했다. 가능하면 꿈속에서 교시敎示를 바라든지, 우선 책이라도 보고 지식을 얻는 것이 가장 바람직한 일이었다. 카딩의 진찰실에는 분명히 제대로 된 2절판의 큰 책 두 권이 놓여 있었다. 언젠가 나는 그것을 뒤적여 본 일이 있었다. 그 속에는 아름다운 여인의 모습이 푸른 천체도의 성좌처럼 그려져 있는 그림도 분명히 있었다. 그러나 책이라는 것은 그것을 만나게 되는 것이 너무 빠르거나 너무 늦었을 경우 무슨 소용이 있겠는가? 하지만 꿈의 기관에 대해서는 기대할 것이 하나도 없었다. 그것은 결코 우리가 바라는 대상을 골라 주지 않기 때문이다. 이렇게 되면 이제는 현실에 대해서 물어 보는 수밖에 없었다. 내가 알고 있는 한, 란츠후트는 물론 아테네가 아니었다. 여기서는 사보나롤라의 전성기인 플로렌스보다도 엄격한 풍습이 위세를 떨치고 있었다. 나체는 그림에서나 실제 생활에 있어서 엄격하게 금지되어 있었다. 유부녀나 처녀나, 대낮에 거리를 걸어다닐 때는 수녀처럼 턱에서 귀까지 가리고 다녔다. 뿐만 아니라 바로 그 무렵, 온 마을 사람들은 어느 젊은 처녀에 대해 몹시 분개하여 들고 일어난 일이 있었다. 그녀는 베를린에서 온 처녀로서, 부끄러운 기색도 없이 두 팔을 팔꿈치까지 드러내 놓고 도미니칸 교회로 용감하게 들어갔었다. 그래서 당연한 일이지만, 교회 수위에 의해서 쫓겨났던 것이다.

    나는 때로는 후고를 피하기도 했고, 때로는 그에게서 밤늦게까지 헤어나지 못하기도 했다. 전체적으로 말해서 그는 나에게 대해서 예전보다는 격의 없이 대해 주지 않게 되었으나, 옆에 있는 것을 허용해 준다면 격의 없이 대해 주지 않는 정도는 대수로운 일이 아니었다. 매우 잘게 썬 후추처럼 그의 본질은 부드럽고도 날카로워서, 나의 생활에 향신료와 같은 역할을 해주고 있는 것임에는 틀림없었다.

혼자서 먼 곳까지 산책하는 일은 중단하지 않았다. 자연히 모니베르크가 주된 산책로가 되었다. 지금 모니베르크에는 석회질 땅에 갈색의 비단으로 리본을 두른 것 같은 노란 벌노랑이가 피어 있었다. 이것은 어머니가 정원에다 이식하려고 할 때마다 실패한 꽃이었다. 그 사이사이에 짙은 보랏빛 비단파리를 닮은, 희귀한 오르커스 난초도 섞여 있었다. 돌이 많은 비탈이 위쪽으로 뻗쳐 있었다. 그 정상에서 하늘을 멀리 바라볼 수 있었는데, 하늘에는 자색을 띤 남빛 정령이 방금 벗어 던진 의상처럼 매우 얇은 베일과 같은 것이 군데군데 걸려 있었다. 은백색 구름 밑에는 낡은 다갈색의 도시가 군데군데 붉은 벽돌빛의 반점이 섞인 채 가로놓여 있고, 이 지방에서 가장 높은 탑이 보였다. 그리고 재미있었던 일은, 큰 돌을 땅속에서 발로 흔들어서 끄집어내어 굴리는 일이었다. '쿵' 하고 굴러 떨어지는 소리가 들리더니 나중에는 입목立木에 부딪치는 소리가 울렸다 — 그리고 조용해지면 다 떨어진 것으로 생각했었으나 몇 초 후에 다시 구르기 시작하는 것이었다. 그러면 산 밑 숲속을 거니는 사람을 다치게 하지는 않을까, 뱀이라도 짓누르지 않을까 하는 상상이 일어나 우울한 기분이 되곤 했다.

따라서 시작詩作은 점점 멀리하게 되었다. 후고의 주장이 영향을 미쳐, 일체의 새로운 창작에 대한 의욕을 앗아가버린 것이다. 설사 화가 난 끝에 한 말이었더라도 그는 내게 경험이 없다고 주장했던 것이다. 내게 있어서는 굴욕적인 비난이었지만, 거기에 대해서 나는 한 마디도 항변하지 못하고 있었다. 마치 경험 같은 것은 필요로 하지 않는 것처럼 백일몽을 꿈꾸고 있으면서 무사히 인생을 걸어가고, 단 한 가지 지식을 연마해서 튼튼하게 하기 위해 다른 수천 가지 지식을 태워 없애는 그 지혜의 불꽃이 타오르는 인간을 우리가 무의식 중에 찾고 있음을 어찌 내가 예감할 수 있었겠는가. 아니 한 걸음 더 나아가 어찌 그것을 입 밖에 낼 수 있었겠는가에 대해 나는 예감할 수가 없었다. 도리어 나는 시신詩神이 떠난 것을 해방된 것처럼 느끼기 시작하고 있었다. 그리고 경험이 찾아오기를 고대하고 있었던 것이다.

단 한 번 어느 일요일 오전에, 시작時作의 충동이 내게 찾아온 일이 있었다. 그 전에 교수가 병석에 있는 종교 고문의 일을 몹시 걱정하면서 마치 앞으로 며칠, 아니 자칫하면 앞으로 몇 시간이 문제라는 투로 말했다. 그리고 장례식 때 어느 단체가 관棺 바로 다음을 따를 것인가에 대한 상의가 이미 이루어지고 있다는 것과, 교수 자신이 〈니이더 바이에른 속보〉로부터 경의를 표할 추도문을 곧 인쇄할 수 있도록 준비해 주기를 바란다는 부탁을 이미 받았지만 교수에게는 거의 시간이 없다는 이야기 등을 들었던 것이다.

아직 우리들과 함께 호흡하고 있는 인간의 죽음이며 장례식 이야기가 태연하게 입에 오르는 일을 이상하게 생각했으나 나도 특별히 악의 없이 비슷한 짓을 하기 시작하고 있었다. 즉 종이와 연필을 들고 나에게 특히 친숙한 8행시의 시형으로 노선생老先生을 이미 작고한 사람인 양 찬양하고, 선생님의 제자들은 이제 불쌍한 고아가 되었다고 슬프게 노래하기 시작했기 때문에 결국 정말로 종이 위에 눈물이 방울져 떨어졌을 정도였다. 오랫동안 시를 멀리했기 때문에 펜은 하나의 불꽃처럼 운에서 운으로 옮아갔다. 만일 뒤쪽에서 문이 열리지 않았더라면, 시는 완성되었을지도 모른다. 교수인가 싶어 나는 얼른 종이를 감추었다. 그러나 그것은 청소를 하러 온 하녀였다.

"아! 난 또 누구라고! 프뤼네였구나" 하고 나는 무의식중에 중얼거리고 쓰던 일을 계속했다. 그러자 그녀는 평소와는 달리 거칠게 돌아보며,

"왜 프뤼네라고 부르시는 거예요? 나는 리네예요. 다른 이름으로 불리고 싶지 않아요."

"너는 조금 자부심을 가져도 좋아"라고 나는 대꾸했다.

"프뤼네라는 여자는 그리스에서 가장 뛰어난 미인이었어. 학교의 모든 선생님들에게 물어 봐도 좋아."

"하지만 뭔가 조롱이 숨어 있는 것 같아요."

"아니, 천만에. 수업과 관계있는 거야" 하고 나는 언짢은 어조로 설명했다.

"그리스 역사와 관계가 있는 거야. 요전번에 묘한 문장을 읽게 되었는데 나로서는 전연 뜻을 알 수 없어. 그래서 벌써 오래 전부터 네게 물어 보거나, 간청하려고……"

"당신이? 내게 말예요? 나는 학문 같은 것은 한 일이 없는 여자예요! 왜 우리집 선생님에게 물어보시지 않아요?"

"선생님들이 알고 계시는 것은 학문뿐이야. 진짜 인생에 대해서는 아무런 말씀도 해주시지 않으니 말이야."

"항상 공부, 공부 하니 ─ 도대체 무엇을 위해서 하는지

모르겠어. 필요한 것은 하나밖에 없을 텐데" 하고 리네는 다소 누그러진 어조로 말하고 걸레를 창 밖으로 내밀어 누구에겐가 신호를 보내는 것처럼 흔들었다. 나는 이야기를 계속했다.

"프뤼네는 신을 모독한 죄로 — 아제비라는 말은 대개 불신앙이라는 뜻인데, 중죄로 고소당했던 거야. 그래서 아테네의 최고 재판을 열지 않으면 안 되게 되었지. 사건은 불리하게 되었어. 많은 증인이 불리한 증언을 한 거야. 그래서 그녀의 변호인도 어떻게 할 수가 없게 되었어. 그러나 리네, 그 앞은 자신이 직접 읽어 주어……."

나는 책장에서 번역본을 꺼내어, 그 부분을 펼쳐 그녀에게 주었다. 그리고 나는 다시 책상 앞에 앉아서 억지로 지루한 듯한 표정을 짓고 있었다.

리네는 집게 손가락으로 줄을 짚어 가면서 읽다가 갑자기 얼굴이 새빨개졌다. 그리곤 잠자코 책을 놓고 나서, 거울을 닦기 시작했다.

"그래서 말이야, 후고는 네가 그리스 사람과 같은 체격을 가졌다, 아니 프뤼네와 똑같이 생겼다고 주장하는 거야. 나는 정말로 아테네 재판관의 태도를 이해할 수 없어서 생각이 난 것이……."

이 순간 성 요도크 교회의 종소리가 엄숙하게, 빵과 포도주의 성스러운 화체(化體:성찬의 빵과 포도주가 예수의 살과 피로 화하는 일)가 그곳에서 행해지고 있음을 알렸다. 그러자 리네에게 있어서의 나라는 존재는 이미 존재하지 않는 것과 같았다. 그녀는 손에 들고 있던 것을 옆에다 놓더니 교회를 향하여 무릎을 꿇고 가슴에다 십자를 그었다. 부끄럽기도 하고 화가 치밀기도 해서 나는 그 자리에 선 채 스스로 죄가 많음을 느끼고 있었다. 그러나 곧 후고의 "때로는 미인이라고 생각해"라는 수수께끼 같은 말의 의미를 깨닫고 마음이 편안해지고 기분이 좋아졌다. 왜냐하면 그녀가 비적祕蹟에 대해 존경을 표하는 태도에는 조그마한 꾸밈도 엿보이지 않았기 때문이다. 그녀의 창백하고 동정녀 같은 얼굴은 마음 밑바닥으로부터 빛나고 있었다. 그리고 그때 검은 머리카락 속에서 눈에 띈 몇 개의 흰 머리카락은 눈에 보이지 않는 불길 속에서 표백당한 것처럼 보였다. 그녀처럼 무릎을 꿇고 빌고 싶은 생각이 간절했다. 그리고 그녀도 그것을 간절히 바라고 있음을 느낄 수 있었다. 그러나 나를 사로잡고 있는 것은 반항심과 수치심이었다. 나는 자리에서 일어서기는 했으나 몸을 구부릴 수가 없었다. 아니 뿐만 아니라 그녀가 다시 일을 시작하자, 내 본성에 숨어 있던 악마가 또다시 머리를 들었다. 나는 매우 경박한 말들을 계속하고 사실은 전혀 원하고 있지 않는 일들을 요구했다. 가면을 벗는다든지, 사실을 파헤친다는 충동은 그 당시의 나에게는 적었다. 게다가 리네를 기묘한 여자라고는 생각하고 있었으나 사실은 수녀처럼 존경하고 싶은 느낌이 너무나 강해서 육체와 피로 만들어진 평범한 여자로는 보이지 않았던 것이다. 나는 이리의 존재 같은 것은 믿지 않기 때문에 더욱 함부로 이리를 불러대고 싶어하는 소년을 많이 닮아 있었다. 만일 리네가 진심으로 나의 요구에 조금이라도 응했더라면 나는 아마 매우 당황하여 분개하고 도망쳐 버렸을 것이다.

"지금은 실물 교육에 아주 중점을 두게 되어서 말이야" 하고 나는 주저하면서 입을 열었으나 말을 계속할 수 없었다. 왜냐하면 갑자기 그녀가 나를 힐끗 쳐다보았기 때문이며, 그 눈을 보자 입을 다물 수밖에 없었다.

나의 요전번 휴가 동안에 어머니는 선인장을 가꾸고 계셨는데 처음에 나는 그것을 식물이라고 인정하려는 마음이 전혀 없었다. 왜냐하면 화분 속에 있었던 것은 시커먼 회록색의 자갈과 비슷했기 때문이다. 그런데 불처럼 빨간, 작은 칼이라고 말해도 좋을 커다란 꽃이 갑자기 툭 튀어나와 죽은 듯이 보이는 식물에 대해서 가장 생명감이 넘치는 뜻을 부여했던 것이다.

그때의 느낌은 지금 위협하는 듯이 빛나는 리네의 시선을 받았을 때와 똑같았다. 나는 움찔하고 그녀에게서 눈을 돌렸다. 그러나 그녀는 당황하는 내 모습을 가엾게 보았던 모양이었다. 열심히 이야기를 걸어, 내가 당황해 하는 것을 무마시키려고 애썼다.

"참으로 많은 책을 모으셨군요."

"이것을 모두 읽어야 하나요? 저 예쁜 진주 모패眞珠母貝 묵주 좀 봐! 오래 전부터 저 못에 걸려 있군요. 봐도 돼요?" 리네는 놀란 듯이 말했다.

"아아, 괜찮아."

"저어, 그럼 좀 구경하겠어요. 주님께 봉헌했나요?"

"최고의 봉헌을 했지. 알트외팅에서. 아마 로마에서도 했을 거야."

그녀는 묵주를 내려서 조심스럽게 먼지를 떨었다.

"십자가도 진주 모패로군요. 정말 곱군요.!"
"리네, 마음에 들면 줄게."
"그럼, 성신 강림절의 장엄 미사 때라도?"
"아니, 빌려 주는 게 아니야. 아주 주겠다니까."
"천만에요! 이것은 어머님으로부터 받으신 게 아닌가요?"
"또 하나 있어. 게다가 묵주는 벽에 걸어 두면 상할 뿐이야."
"그것은 안 돼요. 정말로 안 돼요. 당신은 조금 전에 있었던 성스러운 화체化體 때도 인사마저 하시지 않았어요. 또한 밤에 잘 때 요즈음은 언제나 성수聖水도 잊으시지요. 언젠가 한 번 나는 자칫했더라면 당신한테로 다가가서 물을 끼얹을 뻔했어요."

그녀는 번쩍번쩍 빛나는 묵주를 손바닥과 손목에다 감았다. "묵주의 뜻을 알고 계시나요?" 하고 그녀는 어린아이처럼 들떠서 외쳤다. "이 다섯 개의 알은 기쁨의 비밀, 다음 것은 슬픔의 비밀, 이것은 영광의 비밀!"

밖에서 빠른 걸음으로 다가오는 사람이 있었다. 순간, 리네는 정말로 묵주를 받을 것 같은 기색을 보였다. 나는 기뻐서 숨이 막힐 것 같았다.

그러나 곧 그녀는 그것을 벽에다 다시 걸어 버렸다. 나는 실망했다. 교수 부인이 들어와서 리네에게 무엇인가를 간단하게 지시하더니 둘 다 방에서 나가 버렸다. 뒤에 혼자 남은 나는 리네가 내 묵주를 받지 않은 것은 통렬한 모욕이라고 생각하고 그녀는 그 어떤 애정도 영원히 받을 자격이 없다고 생각했으나 동시에 나의 사고 방식이 새로운 단계로 접어든 것도 인정하지 않을 수 없었다. 왜냐하면 이 특이한 소녀는 날마다 우리 모두를 위해서 가장 천한 일을 하고 있지만, 우리들이야말로 그녀를 섬기고 그녀의 응석을 받아 줘야 하지 않을까라는 생각이 갑자기 들어 불합리할 정도로 모순된 감정을 품었기 때문이었다. 결국 그녀는 보다 높은 사명을 부여받아 자신이 섬기고 있는 사람의 마음을 시험하기 위해서 모든 일을 하고 있다고 믿으려 했다. 그래서 다음 기회에는 그녀에게 무엇인가 친절한 일을 베풀기로 결심했던 것이다.

그날 밤 잠이 들자 곧 무서운 꿈을 꾸었는데, 그 실마리는 여러 해 전의 일에서 비롯되었다. 게오르크 숙부님이 보라색 바탕에 은빛 꽃무늬가 있는 마술 망토를 입고 기다란 금잔을 들고 다가오더니 거기서 아주 작고 시커멓게 생긴, 거의 눈에도 보이지 않는 것을 꺼내서 나더러 먹으라고 명령했다. 행복감과 경건함으로 충만되어 무릎을 꿇으면서 나는 그것을 쳐다보았다. 그것은 가을이 되면 내가 언제나 따서 모아야만 했던 쇠비름의 조그마한 갈색 꼬투리였다. 바로 조금 전까지 미사 예복과 비슷하던 화사한 망토를 자세히 보니 초라한 신문지로 만들어진 것이어서 약간 언짢았다. 그러나 그때 그 마술사 숙부께서는 예전에 내 목구멍에서 끄집어 낸 길고 알록달록한 통筒을 생각해 냈다. 숙부님은 이번에도 교묘한 요술로 나를 깜짝 놀라게 만들 것이라고 생각하고는 꼬투리를 입에다 넣었다. 그러나 입에 다 들어가기도 전에 그것은 몹시 부풀어올라, 아무리 열심히 삼키려고 해도 위턱과 혀에서 계속 새로운 꼬투리가 점점 커지는 것이었다. 질식할 것만 같아서 나는 뛰쳐 일어났으나 완전히 잠을 깬 것은 아니었다. 이 꿈을 꾸는 동안 문이 슬며시 열리는 소리가 계속 들려 왔다. 문은 내 머리맡에 있었다. 그때 내 눈에 달빛으로 환한 방 안이 보였다. 맞은편에 있는 거울이 더욱 밝아졌다. 귀에 익은 기도 소리가 들렸다. 동시에 이마와 눈 위가 찬물로 젖는 것을 느꼈다. 리네가 들어와 있었던 것이다.

"잠을 깨게 했나요? 저런, 미안해요." 그녀는 다시 한 번 물을 끼얹으면서 그렇게 속삭이고 나가려 했다. 그러나 나는 그녀의 손을 잡고 붙들어 세웠다.

"가지마, 리네! 아주 무서운 꿈을 꾸었어."

"안 돼요. 가야 해요. 가겠어요 — 그런데 무슨 꿈을 꾸셨나요?"

"마술사가 온통 꽃씨로 나를 질식시키려고 했어 — 정말 무서웠어!"

"저런, 가엾어라. 진정하세요. 조용히 말예요! 하지만 물을 드시지 않고서 잠들다니! 자아, 걱정하지 말고 주무세요! 안녕히!" 그러나 그녀는 즉시 나가지 않고 열려 있는 창가로 다가서서는 종교 고문관 집 쪽을 바라보았다.

"그분 돌아가신 것, 벌써 알고 계시나요? 꽤 고통을 당하셨다나 봐요. 주여, 영원한 평안을 베풀어 주시옵소서!" 그녀는 내가 그 기도 끝을 맺어 주리라 기대하고 있었다. 그것은 그 어조에서 알 수 있었다. 그러나 나는 잠자코 있었다. 그녀는 되돌아와서 물었다.

"영원한 빛이 고문님에게 비치기를 바라지 않나요?"

그렇게 말하면서 그녀는 내 어깨를 힘주어 꽉 잡았다. 그것은 수녀처럼 속삭이는 그녀의 목소리와는 어울리지 않는 행동이었다. 우리 학생들은 체조장에서 레슬링을 할 때 곧잘 그런식으로 붙잡는다. 그러나 나는 말할 수가 없었다. 자신의 입장을 잘 알 수 없기 때문에 분명하게 하고 싶을 뿐이었다. 내가 처한 상황은 너무나도 빠른 기세로 흐르는 한 줄기의 맑은 물을 앞에 놓은 목마른 인간 같아서, 물을 손으로 뜰 수도 마실 수도 없었던 것이다. 생명이 생명에 대해 축제를 영위하려는 것은 나로서도 이해하고 있었으며 축하할 기분은 충분히 있었으나 역시 장해를 느꼈다. 특히 희생물을 바쳐야 할 신의 의식을 알지 못하며, 리네도 사랑의 선생이라고는 할 수 없었기 때문이다. 게다가 여전히 그녀를 치품천사熾品天使처럼 육체가 없는 존재로 생각하고는 두려움을 느끼고 있었던 것이다. 그녀의 손의 강도도 나의 수줍음을 덜게 하는 데 충분하지 않았다. 그러나 나는 몇 초 동안의 입김만으로도 충분히 충만된 느낌이었다. 아니 나는 마음속으로 생각했다. 처녀가 여기에 있다는 사실은 이미 뭐라고 형언할 수 없는 위대한 일이라고. 하늘에서 내려온 이 여인은 영혼에 의해서 우리들 속으로 인도되어 온 여인이었던 것이다. 그러나 그녀는 나의 침묵을 오해했다.

"아니에요. 내가 예쁘지 않다는 걸 알고 있어요" 하고 밑도 끝도 없이 그녀는 말했다. "단지 놀릴 생각으로 그렇게 말씀하신 거죠?"

"내가 뭘 놀렸다는 거지?"

"저런, 내 말뜻을 아시면서도. 고소당한 그리스 여인 말예요" 하고 말하더니 그녀는 침대 끝에 걸터 앉아 두 손으로 눈을 가렸다. 마치 울고 있는 것처럼 혹은 부끄러워하고 있는 것처럼.

"그 이야기라면 오해야, 리네" 하고 나는 강력하게 부인했다. "너는 예뻐. 그건 분명해. 후고도 그렇게 말했어. 그 친구는 무책임한 소리는 안 하는 친구라구."

"그렇다면 당신은? 그게 진심이었나요? 정말로 내게 그런 짓을 하실 생각이었나요?"

"무슨 짓을?"

"그것이 정말로 당신 공부의 하나냐고 난 묻고 있는 거에요. 그리스 역사의……"

이제야 뜻을 알았다.

"아니야, 리네. 그것은 아니야" 하고 나는 깜짝 놀라 큰 소리를 냈기 때문에 그녀는 손으로 내 입을 막고 입을 다물게 하려고 했다. "이번 달에는 그리스 역사 시간은 없어" 하고 나는 덧붙였다.

그러나 우리는 더 이상 함께 있을 수 없게 되었다. 교수 부부가 어딘가 놀러 갔다가 밤의 조용한 광장을 지나서 집으로 가까이 오고 있는 중이었던 것이다. 우리는 단념하듯 동시에 일어섰다.

"안녕히 주무세요" 하고 리네는 말하고 서둘러 나가려고 했으나 다시 되돌아왔다. 우리는 문지방에서 몸을 딱 붙이고 귀에 익은 발소리에 귀를 기울였다. 아름다운 방문자 리네가 단념하고 물러가려고 했을 때, 그녀에게서는 모든 단단한 것이 사라져 가고 있었다. 어둠과 작별이 그녀에게 육체를 돌려준 것이다. 그녀는 나를 끌어당겼다. 이미 풀린 그녀의 본질은 나의 본질을 끝없이 풀어지게 했다. 포옹할 필요는 거의 없었다. 아래층 현관에서 열쇠를 돌리는 소리가 들렸으나 우리는 무한한 시간이 주어지고 있는 것 같은 느낌이었다. 그러나 정신은 말짱했다. 정신은 더없이 행복한 어둠에 의해서만 존재하지만 이것을 승인한다는 것은 허용되지 않는다. 정신은 높은 곳으로 오르려 하고 주위를 살핀다. 건너편의 어둠 속에는 돌아가신 고문 선생님의 집이 봄의 다사로움 아래 서 있었다. 나는 은회색 달빛으로 윤곽이 잡힌 지붕을 보고, 옛날에 노선생께서 이쪽을 바라다보면서 근면을 가장한 나의 램프에 주의를 기울인 창을 바라보았다. 지금 그곳에 선생님은 틀림없이 누워 계실 것이다. 엄숙하고 창백한 빛으로, 주의를 줄 수도, 벌할 수도 없게 된 채로. 자유스러운 커다란 숨결이 밤의 어둠을 불어 내고 있었다.

그러나 이런 것을 생각하고 있다는 것은, 이 처녀로서는 상상도 할 수 없었다. 여자답게 눈뜬 관능은 현재 몸을 마주대고 있는 사람에게 꿈꾸듯이 달라붙어 있었다. 그럼에도 불구하고 순간 그녀의 마음속 깊이 자리잡고 있던 것이 몰려나왔다. 단념하면서, 이전의 엄격하고 선택된 자로 자처하는 태도로 돌아가려고 하면서, 낮고 거드름을 피우는 목소리로 기묘한 말을 했다. 그 말의 의미는 나중에야 이해되었다.

"나의 인생은 신에게 바쳐져 있어요. 내것이 아니라구요. 나는 두 번 다시 오지 못합니다. 아아, 기도를 드리겠어요. 하지만 당신은 죄가 없어요. 안녕히 주무세요."

교수는 예전처럼 자기 방으로 곧장 가지 않고 내 방으로 와서 살짝 노크하고 문을 열었다.

"깨워서 미안하네. 종교 고문께서 돌아가셨어. 부탁이 있는데 내일 수업 전에 이 편지를 신문사에 갖다 주지 않겠나? 추도문 때문에 그러는데, 될 수 있는 대로 빨리 다른 사람에게 부탁하려고 그러는 거야. 학교 선생이란, 일이 산더미처럼 쌓여 있어서 말이야" 하고 선생님은 문을 닫으면서 투덜거렸다. "자네들 학생들도 하면 할 수가 있는데 말이야. 뭣 때문에 자네들에게 작문법을 가르쳤을까?"

나는 침대에서 빠져 나와 촛불을 켜고 쓰다 만 시를 꺼냈다. 지금 읽어 보니 별로 마음에 들지는 않았지만 그것은 그대로 놓아 두고 계속 써 나갔다. 이번에는 감격도 없고 거의 싫증을 내면서, 마치 끝내야 할 숙제를 하고 있는 듯한 생각이 들었다. 나는 교수님께서 말씀하신 뜻은 알고 있었고 두 번 다시 재촉당하지 않을 생각이었다. 그러나 뜻밖에 일이 재미있게 느껴졌다. 시상은 흐르듯이 솟아나고, 그것이 재미있어 견딜 수가 없었다. 왜냐하면 의식의 배후에서 여러 가지 의문이 속삭이고 있었는데, 그것을 나는 8행시의 흥겨운 가락으로 지어 보고 싶었던 것이다.

어쨌든 서투른 시가 간신히 완성되었다. 나는 다시 침대 속으로 들어가지 않고, 찬물로 얼굴을 씻고 전부 정서해서 즉시 출발하기로 결심했다.

그러나 아직 그날 밤의 모험이 완전히 끝난 것은 아니었다. 부엌으로 새 물을 가지러 갔을 때 리네의 방문이 반쯤 열려 있는 것을 보았다. 나는 난생 처음으로 몹시 놀랐다. 달빛이 약했기 때문에 자세히 볼 순 없었으나 똑똑히 본 것은 리네의 드러난 팔이었다. 팔이 침대에서 축 늘어져 있었기 때문에, 손은 방바닥에 반쯤 내려와 있었다. 그러자 이미 옛날에 지나가 버린 것을 현재로 다시 끌어다 본다는 괴상한 능력이 다시 그 완전한 힘을 발휘했다. 카딩의 술집 〈세 개의 투구〉의 광경이 갑자기 눈앞에 떠올랐다. 동시에 파괴와 오열이 희끄무레한 어둠 속에 숨어 있었다. 단도에 찔린 여인의 축 늘어진 팔은 다름 아닌 이것과 똑같았다. 주위에서는 사람들이 멍청하게 입을 벌리고 우리 아버지가 생명을 소생시키려고 열중하고 있는 것을 지켜 보고 있었다. 나는 어린 손으로 불을 붙인 초를 될 수 있는 대로 높이 들고 있었다. 바로 이틀 전에, 루크 레치아와 그의 자살 이야기가 나왔을 뿐이었다. 이번에는 신앙이 깊은 리네까지도 우리들이 범한 죄 때문에 절망하여 자살한 것이 아닌가 하는 생각이 들어 심장이 얼어 붙는 듯했다. 그녀가 방에서 나갈 때 문지방에서 말한 수수께끼 같은 말이 귓속에서 다시 울리기 시작했다. 두려운 나머지 눈을 감고 귀를 기울였다. 그러나 잠자고 있는 리네의 숨결은 조그마한 방 안에서 깊이 편안하게 충만되어 있었다. 그러자 두려움은 환희로 변했다. 나는 울고 웃지 않기 위해서 혼신의 힘을 다 쏟아야 했다. 결국 옛날 흉내를 내어 반 장난으로 촛불을 갖고 와서 그녀 위에서 높다랗게 비추어 보니 앞가슴을 벌리고 머리를 약간 뒤로 젖힌 채 침대 가장자리에 누워 있었다. 문득 생각난 것은, 저 음산한 사건 때 팔이 처지려고 하면 끊임없이 촛불을 들고 있는 임금님 생각을 하면서 시체를 내려다보고 있었는데, 마음은 편안했고 촛불을 들고 있는 역할에 완전히 몰두하고 있었던 것이다. 그때 손이 약간 떨리는 것을 느끼고 갑자기 옛날의 어린 모습을 영원히 말살하고 싶은 기묘하고도 불쾌한 기분에 사로잡혀 불을 껐으나, 또 바로 불을 켜지 않을 수 없었다. 마음은 새로운 표현을 찾아 움직였다. 누군가가 나의 무언의 광대놀이를 발견하면 무슨 말을 할까 하는 것은 생각하지도 않고서, 방으로 조심스럽게 들어와서 조금 전의 묵주를 가지고 와서 잠자고 있는 리네의 손목에 살짝 감았다. 성스러운 진주알 묵주는 다갈색 솜털이 난 밀빛깔의 피부 위에서 아름답게 빛났다. 그러나 그때 이처럼 아름답게 꾸며진 리네가 누구에겐가 혼난 것처럼 깊은 신음 소리를 냈다. 그리고 갑자기 머리를 들고 크게 뜬 눈으로 쳐다보면서 "뭐죠?"하고 외쳤다. 잠을 깨리라고는 전혀 생각하지 않고 있었으나 마음을 고쳐 먹고 퍼뜩 생각난 말을 속삭였다. 그리고 나도 모르게 그녀의 목소리 흉내를 냈다. "아무것도 아니야, 아무것도. 조용히 자도록 해. 죽은 것은 아니어서 기쁠 뿐이야. 또 와 줘. 네게 죄 같은 것은 없어. 잘 자!" — "아아, 그래요" 하고 리네는 말하고 미소를 지으면서 힘없이 쓰러져 조용히 코고는 소리를 내면서 다시 잠들었다.

　　마침내 정서할 때가 왔다. 그때 몇 행의 시구가 완전히 수정되었다. 어두운 모니베르크의 산 가장자리를 아침 해가 이미 비치기 시작했을 무렵 나는 집에서 나섰다. 호프 가르텐을 지나는 길로 돌아서 신문사로 가, 교수님의 편지와 내 시를 우편함에 넣었다. 그 시는 예전과 똑같이 유명한 시인의 것을 본뜬 케케묵은 압운 놀이로, 새로운 감정이나 운율과는 거리가 멀고 하늘의 섭리는 우리들에게 아직 그것을 주지 않고 있었다. 그건 그렇고 격동의 하룻밤은 전체적으로 효과가 있었던 것 같았다. 전보다 더 실패한 것이라고 생각되었으나, 후고는 꾸밈없는 찬사를 아끼지 않았다. 내가 기고寄稿에다 이름을 쓰지 않은데 대해서도 칭찬해 주었다. 그는 백 편의 시가 모아지지 않는 한 계속 익명으로 기고해야 된다고 말했다. 그러나 시내에서는 다소 화제거리가 되었다. 사람들은 도대체 누가 그 선량한 노인을 위해서 정열적인 애도가를 지었는지 알고 싶어했던 것이다. 결국 누군가가, 고인을 존경하고 있던 유명한 어느 고령의 수녀가 최후의 슬픈 인사로 이 시를 지은 것이라고 주장하기 시작했다. 이 말을 들었을 때 나는 눈물이 날 만큼 화가 났다. 그러나 후고는 장례식이 끝나자 도수 높은 저장 맥주와 호도과자로 상객을 위한 조촐한 잔치를 베풀어 나를 위로해 주었다. 내가 비뚤어진 생각만 갖지 않는다면, 이 오류 속에는 자부심을 가져도 좋은 것이 있다고 말하는 것이었다. 나도 곧 납득했다. 그뿐만 아니라 맥주를 석 잔째 들이킨 후, 그 시를 쓴 수녀의 소문을 다소 꾸며서 그것을 될 수 있는 대로 널리 퍼뜨리기로 결의했다.

탑에 오르다

　마지막 시험을 통과했다. 흰색과 빨간색으로 번쩍거리는 졸업식도 끝났다. 학창 시절의 책을 몇 푼 안 되는 돈을 받고 하급생에게 물려 준 후 트렁크를 쌌다. 우리가 자유롭게 되었다는 것을 곧 실감할 수 있었다. 이제까지 모든 학생들을 램프 밑으로 내몰던 저녁 종이 울리면, 이번에는 오히려 새롭고 즐거운 생활이 시작되는 것이다. 출발 전날 밤에는 아무도 잠자리에 들지 않았다. 전통에 대해서 경의를 표하고 노래를 부르며 술집에서 술집으로 몰려다니고 마셔댔는데, 처음에는 취기와 서비스하는 소녀들로부터 기분좋은 접대를 받아 들떠 있었지만 마침내 짙은 회색 하늘이 밝기 시작했다. 그러자 대부분의 사람들은 갑자기 홀로 있다는 느낌이 매우 강하게 느껴지기 시작했다. 적어도 내 마음속에는, 예전에 다뉴브 강가에서 멀리 바라볼 수도 없었던 화강암 산속에 발을 들여놓았을 때와 같은, 무엇인가 어울리지 않는 느낌이 움직이고 있었다. 얼마 전까지만 해도 극히 적었던 귀중했던 자유가, 어느새 거의 가치가 없을 정도로 증대되었음을 알게 되었다.

발터와 후고와 함께 구시가舊市街를 어슬렁거리고 있을 때 아침 하늘이 밝아 왔다. 그 누구도 이 새로운 하루를 어떤 식으로 시작해야 좋을지 몰랐다. 태양은 이미 성 마르틴 교회의 거대한 탑의 낡고 붉은 벽을 시계탑이 있는 곳까지 붉게 물들이고 있었다. 그때 날카로운 눈을 가진 발터가 그 자리에 서서 위쪽을 가리켰다. 이른 시각이었는데 벌써 고딕식 처마 차양 속에서 두 사나이가 움직이고 있었던 것이다. 두 사람은 마침 우리들을 내려다보고 있었다.

"부끄러운 일이로구나! 9년 동안 독일 최고의 탑 중 하나인 이 주위를 배회하면서, 한 번도 올라가 본 일이 없다니!"

세 사람 중에는 누가 그렇게 말했는지 기억나진 않지만 우리는 외국에서 온 관광객처럼, 종소리가 울려 나오는 대사원 주위를 돌았다. 그리고 이따금 교회 벽에 끼워진 묘비명이며 부숴진 조각품 앞에서 걸음을 멈추었다. 특히 마음을 끈 것은 대사제들의 부조浮彫로, 아직 법의나 법관도 똑똑히 알아볼 수 있었다. 그러나 얼굴은 수백 년 동안 완전히 마멸되어 버려, 이젠 그 그림자도 거의 찾아 볼 수 없었다. 이미 사람 얼굴이라고 할 순 없고 그렇다고 해서 아직 해골이라고도 할 수 없는, 마치 어느 시대의 선량한 정신이 영원한 세계로 들어가는 순간에 눈에 보이는 모습으로 현현顯現된 것처럼 기념비적인 것, 초지상적인 유연성으로 단순화된 것처럼 보였다. 그러나 주위에는 여름 햇빛이 불타고, 과일이며 꽃을 실은 차가 지나가고, 지저분한 먼지투성이의 보도에는 물이 뿌려져 있었다. 기둥이며 돌출부에서는 교회 비둘기가 웃고 있었으며 참배인이 계단을 올라가고 있었다.

교회 현관에는 거지 노파가 서 있었다. 백발이었으나 허리는 꼿꼿하고, 볼은 병적으로 쑥 들어가 있었다. 의복은 약간 지저분했지만 초라하지는 않았다. 구걸이라기보다는 요구하는 것처럼 오른손을 내밀고 사나운 표정으로 뭐라는지 모를 소리를 중얼거리고 있었는데, 기도하는 것 같기도 하고 악담을 하는 것 같기도 했다. 유럽 산 벚나무로 만든 T자형 지팡이가 옆 벽에 세워져 있었다. 참배 온 사람들은 이미 낯이 익었는지 모두 돈을 주었다. 그러나 노파는 누구에게도 얼굴을 돌리지 않고 비스듬히 위쪽에다 시선을 주고 있었다. 가까이 가서 보니, 푸른 기가 도는 흰 막이 눈동자를 가리고 있었다. 장님이었던 것이다.

우리들의 지갑은 형편없이 가벼워져 있었기 때문에, 처음에는 노파에게 아무것도 주지 않기로 의견의 일치를 보았으나, 많은 동정자들이 있는데 슬쩍 지나가는 것이 부끄럽게 여겨졌다. 그래서 잔돈을 있는 대로 긁어 모아, 마치 달라고 하는 것처럼 내밀고 있는 손에다 던졌다.

성당 안에서는 마침 새벽 오르간 소리가 울리고 있었다. 음악은 높은 하늘을 떠나 지상으로 미끄러져 내려와 신자들의 소리를 짊어지기 위해서 몸을 구부렸다. 그리고 모든 사람들의 소리를 다시 짊어지고 높이 올라가기 시작했다. 우리가 탑으로 들어가는 좁은 문을 찾고 있는 것을 아무도 눈여겨 보지 않았다.

그 문을 따라 어둠 속을 통과하여 위로 올라갔다. 유리를 끼운 둥근 창으로 교회 내부가 다시 나타났다. 태양은 마침 제단 위까지 비치고 있었다. 색채화가 그려진 유리를 지나서 오기 때문에, 예배하는 전경 위에 청, 홍, 황금의 광선이 퍼졌다. 다음 창에서는 벌써 시가지가 밑에 가로놓여 있는 것이 보였으나 발걸음을 멈추지 않고 다만 기분좋은 현기증을 즐기는 데 그쳤다. 위로 올라가면 그것을 실컷 즐길 수 있을 것으로 생각했던 것이다. 바람은 획획 통풍창에서 통풍창으로 빠져 나가 향의 나머지 냄새를 씻어 냈다. 새로운 작은 창이 끊임없이 계속되고 있었다. 우리들은 곧 갈색과 회색이 섞인 새가 집요하게 탑 주위를 돌면서 이따금 밑으로 급강하했다가 다시 위로 날아오르는 것을 깨달았다. 그 새는 우리가 올라오는 것을 보고, 점점 원을 줄이며 뒤쫓고 있는 것처럼 여겨졌다.

차츰 밝아 왔다. 신성한 죄인을 가두어 둔 것처럼, 종을 매달아 놓은 종루가 가까워졌다. 그런데 우리들은 너무 서둘러 높이 올라온 듯했다. 게다가 수면 부족과 술 때문에 지치기도 했던 것이다. 그는 섬뜩할 정도로 비명을 지르고 그 자리에 서서 벽에다 머리를 기댔다. 수중에 깨어나게 하는 약 같은 것을 갖고 있지 않았으므로 이마의 땀을 닦아주기도 하고 격려해 주는 말밖에는 할 수 없었으나, 곧 기분이 약간 좋아진 것처럼 보였다. 그러자 우리는 쉬기 위해 모두 계단에 걸터앉았다. 조용해진 탑 속에서 가엾은 후고의 경종 소리같은 심장 소리가 다시 들렸다. 어둠 속에서 그의 표정을 들여다보았으나, 여전히 얼굴을 두 손 안에 파묻고 있었다. 그때 나도 갑자기 전날 밤의 영향을 느끼기 시작했다. 위턱과 혀가 이상하게 꺼칠꺼칠하고, 거친 흥분으로 초조해지기 시작했다. 뿐만 아니라 후고의 실신失神이 어느새 내게 옮겨졌다. 동시에 그가 밑에 남아 있었으면 좋았을 텐데 약한 몸으로 이처럼 높은 곳으로 올라온 것에 화가 났다. 그리고 또다시 아버지의 그 약을 생각했다 ― 나는 이미 여러 차례 그 약을 그에게 시험해 보려고 생각했었는데! 그러나 이 고집센 친구는 일체의 약을 문제로 삼지 않는 것이었다. 삶도 죽음도, 이 친구는 모든 것을 별의 세계에서 직접 받으려고 했다.

 정들었던 시가市街의 빛나는 모습을 벽 틈으로 내려다 볼 수 있었다. 그러나 그것도 이미 예전과 같은 시가는 아니었다. 익숙하지 못한 시야의 높이, 좁은 벽 틈의 테두리, 게다가 바로 옆에 고통스러워하는 친구가 있음으로써 생긴 언짢은 일 때문에 기분은 일식日蝕처럼 어두웠다. 마치 한여름 속에서의 가을 느낌 같았다. 하늘에 둘러싸여 위쪽 목장으로 이어져 있는 모니베르크나 성 로레토의 뜰 그리고 나무가 심어진 학교 옆의 광장에도 그것은 있었다. 그때 광장에 차 한 대가 지나가면서 유리창을 번쩍 하고 반사시켰다. 눈을 감자, 내 마음속에 은회색 주교의 모습이 떠올랐으나 그것은 밑으로 내려가 돌 속으로 사라져 유령처럼 꼼짝하지 않았다. 옛날에는 귀족이나 승려 가족은 누구나 신전이나 아니면 바로 그 근처에 매장되었다는 것, 또 건축 중에 추락사한 노동자도 그랬었다는 것이 문득 생각났다. 우리가 있던 높은 곳은 말하자면 무덤의 화환이 잔뜩 늘어서 있는 바로 그 위였던 것이다. 신기한 기쁨이 엄숙하게 솟아올랐다. 시가지와 풍경이 그 죽은 사람들에게 형언할 수 없는 아름다움을 더했다! 인생의 극히 깊은 보증은 죽은 사람들로부터 나오고 있는 것이다. 우리가 지금 이런 모든 것들을 영원히 버리고 이 도시를 떠나야 하는 일만큼 갑자기 어리석게 생각된 일은 없었다. 다른 도시, 다른 지방에서 새로운 운명을 기대하는 일에 대해서 마음속 깊은 곳에서 뭔가 저항하는 느낌이었다. 뿐만 아니라 오랫동안 동경하고 있던 자유는 괴로운 추방으로 변해 버린 것이다.

갑자기 우리와 종루 사이에 있는 마룻바닥을 걸어가는 발소리가 들려 오더니 먼지가 쏟아져 내렸다. 그러자 어떤 노인의 웅얼거리는 목소리가 들려 우리는 귀를 기울이지 않을 수 없었다.

"그들은 노래 부르며 온 시내를 돌아다니면서 허풍을 떨고, 이 세상에서 가장 위대한 양 으스댄단 말이야 — 왜 그렇다고 생각하나? 오랫동안 학교의 책상에 붙들어 매여 있었다가 이제는 선생에게 낙제당할 염려가 없어졌기 때문일 거야."

"그래, 꽤 엄격한 통제를 받은 뒤니까 하루 이틀 즐기게 놔두는 거라구."

나중에 들린 노인의 목소리는 자상하고 온화한 느낌을 주었다. 그러나 처음 노인은 어디까지나 자기 주장을 굽히지 않으려 했다.

"그럼 묻겠는데, 그들은 학창 시절에 뭘 했다는 거지? 그 공상가의 병영兵營에서는 어떤 가치있는 일을 하는 것이 엄금되어 있으니 말이야. 신의 광대한 땅에서 사용하지 않는 말을 공부하기도 하고, 이 지상의 새로운 교통 수단 따위는 조금도 상상해 본 일이 없는 케케묵은 시인에 대해 배우기도 하고 — 그런 일이 오늘날에도 허용된단 말인가? 그 이십대의 무리들 중에서 단 한 사람이라도, 단 하루라도 자신의 빵값을 벌 수 있는 놈이나 인간에 도움이 될 수 있는 놈이 있으면, 어디 한번 만나게 해주게나!"

"저 사람이 하는 말은 지당한 말이야" 하고 발터가 속삭였다. 그러나 후고는 이 신랄한 이야기에 갑자기 기운을 차리고 발터의 옆구리를 정답게 찌르더니 속삭였다. "어때, 모두 함께 3부 합창을 해서 졸업식을 위해 연습한 안티고네 속의 송가로 저 노인을 깜짝 놀라게 해주지 않겠나? 아니면 나 혼자서 복화술로 탑의 영靈이 벽 속에서 말하는 것처럼 무서운 죽음이 눈앞에 다가와 있다고 말해 줄까?" 하고 상의했다. 그러나 그것은 하지 않았다. 왜냐하면 또 한 사람의 보이지 않는 노인이 분명하게 온화한 목소리로 항변하는 소리가 들렸기 때문이다. 이 노인의 말은 똑똑히 들리지 않은 채 우리들의 머리 위로 지나갔으나 우리를 변호해 주고 있다는 것을 알았다. 어린 나무 줄기에 새긴 표시가 나무의 본성과 더불어 크고 깊어져서 형태를 바꾸듯이, 젊었을 때는 거의 이해할 수 없었던 말도 우리들과 더불어 성숙해서 결국 오랜 세월이 흐른 후 새로운 형태로 말할 수 있는 것이 되기도 한다.

"이 지상의 어떤 학교도 아직 존재하지 않는, 더욱 고급인 학교의 역할을 대신하고 있어요. 오늘도 훌륭한 가치가 있는 일을 했다고 매일 밤 말할 수 있는 솜씨 있는 사람은 훌륭하고 또 존경받을 만하지! 위대한 경비원은 그런 사람의 운명을 기억해 두어야 해! 그런 사람이 자신의 생활에 대한 기쁨을 상실해 버릴 만큼 지치게 해서는 안 돼! 그러나 이 세상을 울리게 하는 사람도 있지. 이 세상은 여성적이야. 어떠한 소리가 이 세상에서 울려도, 이 소리 속에서 세계는 계속해서 오래 진동하거든. 물질에 얽매인 지도자는 한 세대 전체를 물질에다 바쳐 버려. 그러나 날개를 가진 사람이 한 사람이라도 있으면 사나워진 사랑의 힘과 불타오르는 인식을 고귀한 것으로 만들어 한 세대를 축복하게 되지. 인간 사회를 일상적인 목적과 노동으로만 성립시키거나, 위대한 공상가를 지상의 기억에서 추방하거나, 사물의 비밀을 인식한 사람들의 연결을 파괴해 버리거나, 영원히 새로운 형태를 만들어 내는 고대의 환영을 말살하거나, 때로는 젊은이들에게 관조력과 예감하는 용기를 주는 모든 학교를 폐쇄하면 도대체 무엇이 남겠나? 한층 쾌적한 생활이 되겠지. 아니 좀더 편한 생활이 될지도 몰라 — 아마 점점 피가 새 나가는 인간처럼 모두가 편해지겠지 — 잠 속에는 꿈이 없고, 잠을 깨도 꿈은 없어. 자신의 눈이 태고의 아름다운 빛을 잃고 얇은 유리가 되어 가는 것을 아무도 깨닫지 못하게 돼. 아니 정시각定時刻의 기도에서 꿈을 빼앗으면 이 성당은 결코 크게 솟아오르지 못했을 거야!"

몇 초 동안 침묵이 계속되다가 이윽고 또 다른 노인이 반박했다.

"좋은 말을 들었네. 그러나 여보게, 인류의 배는 아직 바다 한가운데 나가 있진 않아. 방금 떠나 온 마술의 해안을 잊지 않으면 안 되는 거야. 그렇게 해서 비로소 즐거운 항해가 시작되는 거라구."

노인은 이야기를 멈추지 않으려 했다. 바로 그때 우리들은 이제까지 경험한 일이 없는 놀라움으로 벌떡 일어났다. 우리들의 좌우 상하가 삐걱거리고 덜그렁거리는 소리를 내기 시작했던 것이다. 모든 밧줄이 움직이기 시작하더니 사람의 말소리가 전혀 들리지 않고 모든 종이 박살나는 듯한 소리로 울기 시작하고, 탑도 뇌우로 둘러싸인 것처럼 공명해서 흔들리기 시작했다.

　마지막 음향의 큰 파도가 물러가자, 검은 옷을 입은 두 남자가 머리에는 아무것도 쓰지 않은 채 그림자처럼 가파른 계단을 내려왔다. 그리고 눈을 들지 않고 인사하더니 잠자코 우리 옆을 지나 밑으로 내려갔다.

　그러나 우리는 열심히 위로 올라가기 시작해서, 종루를 넘어 밝은 창이 있는 원형의 방으로 들어갔다. 그곳의 아무런 장식도 없는 벽에는 헤아릴 수 없이 많은 탑 참배인들의 이름이 새겨져 있었다. 철문이 반쯤 열려 있었다. 허리를 구부리고 발을 약간 내딛자 갑자기 하늘과 시가지의 중간에 서 있는 셈이 되었다. 단지 고딕식의 장식물이 붙은 조잡한 난간으로 겨우 몸을 지탱하는 상태였다.

　얼음처럼 차가운 바람이 저고리와 머리카락 속을 스쳐갔다. 바람을 쐬고 있자, 마치 머리나 어깨를 조금이라도 움직이면 탑에서 떨어져 버릴 것 같은 느낌이 들었다. 후고나 발터에게는 그런 모습이 엿보이지 않았다. 두 사람은 이곳저곳을 태연하게 가리키고 있었다. 그러나 나는 탑이 무너지지 않도록, 숨을 죽이고 될 수 있는 대로 성당이나 인가에서 먼 곳을 바라보고 있었다.

나는 마음속에 어떤 현상이 점차 일어나는 것을 깨달았다. 그것은 가성假性의 새로운 감각이 머리 속에서나 아래쪽 요추腰椎 근처에서 눈을 뜬 것 같았다. 이 느낌은 담홍색 태엽 모양의 것과 비교한다면 가장 손쉬운 비교가 되었을 것이다. 즉 감기 시작할 때는 매우 빨리 감겨, 샴페인의 거품처럼 어디선지 모르게 계속 새로이 반복되는 태엽 모양의 것이다. 아마도 이런 감각을 불러일으킨 것은 단순히 현기증이었을 것이다. 그러나 그것은 내게 일종의 구원작용을 했다. 먼 하늘을 바라보고 있으면 모든 것이 간신히 균형을 유지하고 있으나, 시선을 가운데다 던지면 탑은 갑자기 무릎을 폭삭 꿇어 버리는 것이었다. 그러면서도 계속 오싹하는 현기증의 감각을 맛보지 않고는 견딜 수 없었다.

그러나 방황하는 눈을 회상에 의해 안정시키는 것은 행복이었다. 예전에도 현기증에 겁을 집어먹은 일은 없었던가? 단 몇 초 동안이었지만 무서운 일이 있었던가? 지금 마음속에 떠오르는 그 불충분하고도 새로운 가성의 감각이 소실되면 영상은 똑똑히 떠오른다. 다뉴브 강변의 바위를 애써 올라간 일 — 무거운 통 속에서 송어가 도망칠 궁리를 하면서 몸뚱이를 빛내고 있던 일, 갑자기 쪽나무 숲을 스쳐서 온 매서운 바람이 불어온다 — 그러나 발밑에 협곡이 입을 벌린다. 이제는 붙잡을 것이 전혀 없다. 수통手桶이 밑으로 끌려간다 — 그러나 침착해라. 아무 일도 일어나지 않는다. 눈이 핑핑 돌고 있는 소년을 힘찬 손으로 붙잡는다. 대지는 다시 움직이지 않는다. 즐거웠던 모든 시간이 빛을 내면서 다가온다. 그러나 영혼은 치유의 유리를 통해서 보이듯이, 그때 일

탑에 오르다 241

을 통해서 위험한 현재를 지켜 본다. 그러자 어떤가! 탑 주위는 이제 흔들리지 않는다. 시가지나 강도 빛과 그림자에 둘러싸여 깊은 안정을 취하고 은방울꽃과 같은 흰 사기 애자碍子가 달려 있는 전주電柱가 늘어서 있을 뿐만 아니라, 지평선의 주랑문柱廊門 같은 은빛 구름 배후에 미래의 먼동이 트기 시작하고 있으나 그것도 이젠 사람을 불안하게 만들지 않는다. 그래서 두 다리는 가볍고 단단하게 녹청색의 탑 주위를 거닌다.

 밑으로 내려와 교회 안으로 들어갔을 때, 사람들은 거의 없었다. 그리스도가 형장으로 끌려가는 그림 앞에서 무릎을 꿇고 있는 여자들이 군데군데 있을 뿐이다. 돌로 만든 성수반聖水盤 위에 비둘기 한 마리가 앉아 있었다. 그곳에 처음으로 날아오는 것이 아니라는 것은 확실했다. 왜냐하면 우리가 지나가도 그 자리를 떠나지 않고 아주 침착하게 양쪽 날개를 성수로 적시고 있었던 것이다.

 교회 현관 앞에는 거지 노파가 여전히 서 있었다. 한 시간 전과 똑같이 흰 막이 덮인 눈은 가만히 위쪽을 응시하고 있었다. 한 쪽 손도 재촉하는 것처럼 똑같이 내밀고 있었고 입술도 계속 무슨 말을 하고 있었다. 이번에는 아무것도 주지 않으리라 결심했다. 쓱 지나쳐서 곧장 레스토랑에라도 들어가려고 했으나 역시 붙들어 매는 듯한 느낌이 들었다. 왜냐하면 교회 안에는 한 사람도 없었기 때문이다. 즉 무서울 정도로 여윈, 가죽처럼 생긴 빛깔의 손이 내밀어진 상대는 우리들뿐이었던 것이다. 거기에는 싫거나 좋다는 말을 할 수 없는 느낌이 있었다. 우리들은 불쾌한 동작으로 또다시 지갑을 꺼냈으나 잔돈은 한 푼도 남아 있지 않았다. 뿐만 아니라 남은 돈을 계산해 보고 안 일인데, 어젯밤 너무 기분을 낸 나머지 주제넘게 많은 돈을 써 버린 모양이었다. 점심을 거른다 해도 고향에 돌아가는 데 필요한 돈마저 모두 약간 부족했다. 그저 몇 페니에 불과했으나 도와 줄 친지는 서너 명 있었다. 그러나 잘 생각해보니 그 사람들도 지금은 이곳에 없다는 것을 깨달았다. 나의 교수님도 어젯밤 리네를 데리고 휴가를 떠나 버렸던 것이다.

우리는 흥분하여, 이 문제를 약간 큰소리로 상의하기 시작했다. 게다가 우리는 거지 노파를 장님에다 귀머거리로 생각했었던 것이다. 그러기 때문에 노파가 단조롭기는 하나 부드러운 목소리로 말을 걸어왔을 땐 거의 기절할 정도로 깜짝 놀랐다.

"이봐요, 그렇게 돈이 없나? 부모님 곁으로도 돌아가지 못한다는 말인가? 기다려요, 기다려. 이쪽으로 와요."

그렇게 말하고 노파는 호주머니 속에서 돈을 한 줌 꺼냈다. 우리들은 말없이 서로 얼굴만 쳐다보고 있었다. 그러나 후고가 먼저 사태를 알아차렸다.

"할머니, 이렇게 말씀드리긴 뭣 하지만, 저희들은 정말 난감했어요." 하고 그는 정중하게 말했다. 많은 동전 중에는 백동전이며 은화까지도 섞여 있었다.

"자, 필요한 만큼 가져요."

눈도 깜빡이지 않고, 노파가 빛을 잃은 눈으로 하늘을 쳐다보고 있는 동안 우리는 필요한 돈을 손가락으로 더듬었다. 쭈그러진 입술은 조금 전처럼 또 움직이기 시작하고 우리들의 작별 악수에 대해서도 가볍게 응했을 뿐, 감사와 축복의 말은 벌써 전혀 듣고 있지 않는 것처럼 보였다. 우리는 정거장으로 가기 전에 목이 마르고 배고픈 것을 참지 못해 식당으로 뛰어들었다. 그곳은 황금 덩굴로 둘러싸인 〈세 명의 흑인〉이라는 간판이 달리고 창에는 제라늄이 빨갛게 피어 있는 곳으로, 거침없이 우리를 끌어당긴 것이다. 입구에서 다시 한 번 성당 쪽을 돌아보니, 마침 검은 옷을 입은 노신사가 실크 모자를 벗으면서 현관으로 다가가 지갑을 꺼내서 잠시 찾은 후에, 재촉하는 듯한 노파에게 돈을 주고 있었다. 장님인 자선가로부터 우리가 얻은 것을 충분히 메워 줄 만한, 보통과 다른 다액의 희사일 것이라고 나는 상상했다. 그리고 내게는 이런 일이 최초의 경험이 아니라는 기분이 갑자기 들었다. 나는 친구들의 뒤를 따라 식당 안으로 들어갔다.

□ 연 보

1878년 12월 15일 남부 독일 바이에른의 요양지 바트 퇼츠에서 태어나다.
1879년 카로사 일가一家는 쾨니히스도르프로 이주하다. 이후 7년간 그곳에서 거주하다.
1884년 초등 학교에 입학하다.
1886년 카로사 일가는 카딩으로 이주하다. 그곳에서 초등학교를 졸업하다. 출생에서 초등학교 졸업까지의 일을 《유년시절》에 쓰다.
1888년 란츠후트 김나지움에 입학하다. 졸업까지의 9년간의 체험을 《젊은이의 변모》에 쓰다
1897년 10월에 뮌헨 대학에 입학하여 자연 과학과 의학을 공부하다. 이 무렵부터 약 1년간의 일을 《아름다운 유혹의 시절》에 쓰다
1898년 카로사 일가는 파사우로 이주하다.
1900년 가을 학기에 라이프치히 대학에서 의학을 공부하다. 이 무렵부터 약 5년간의 경험을 《젊은 의사의 수기》에 쓰다.
1903년 4월 의사 면허 시험에 합격하다. 파사우의 아버지 곁에서 대신하여 진료를 맡기도 하다.

1906년	가을, 프리드리히 나우만 편집의 《구제救濟》에 시를 싣다.
1907년	발레리에와 결혼하다. 대학 시절부터의 서정시를 모은 《스텔라 뮈스티카 혹은 천치의 꿈》을 소책자로 발표하다.
1910년	호프만슈탈의 추천으로 인젤 출판사에서 《시집》을 출판. 단기간 뉘른베르크에서 살다.
1913년	《뷔르거 박사의 임종》 출판. 1930년에 《뷔르거 박사의 운명》으로 제목을 바꿔 출판.
1914년	제1차 세계대전 발발. 뮌헨으로 이주하다. 군의관을 지원. 《유년시절》을 집필하기 시작하다.
1916년	루마니아 전선으로 전속. 전쟁터에서 《유년시절》의 집필을 계속하다. 《도주 — 뷔르거 박사의 유고에서》와 여러 편의 시를 쓰다.
1918년	군의 대위로서 북부 프랑스에 종군하다.
1919년	루마니에에서 북부 프랑스로 전속되었으나, 왼팔에 부상을 입고 뮌헨으로 돌아오다. 다시 병원을 개업하다.
1920년	루마니아 전선에서 쓴 시를 포함하여 시집 《부활절》 출판.
1922년	《유년시절》 출판.
1924년	《루마니아 일기》 출판(이 작품은 1934년 이후에는 《전쟁 일기》로 제목을 바꿔 출판하다).
1925년	이탈리아 여행. 〈베로나에서의 고독〉을 쓰다 (후에 《이탈리아 여행》에 수록).

1926년	〈자전 소묘自傳素描〉를 잡지 《리테라투르》에 발표하다. 이 작품은 후에 〈어느 청춘에 관한 이야기의 성립에 관하여〉라는 제목으로 전집에 수록.
1928년	《젊은이의 변모》 출판. 1933년에는 《유년 시절》과 합본하여 《유년 시절과 청춘 시절》이 된다. 뮌헨 시인상의 제 1회 수상자가 되다. 50세의 탄신일을 기념하여 인젤 출판사에서 《한스 카로사에 대한 감사의 서書》 출판.
1930년	개정판 《뷔르거 박사의 운명》 출판.
1931년	스위스의 최고 문학상인 고트프리트 켈러 상을 받다. 《의사 기온》 출판.
1933년	《지도와 순종》 출판. 히틀러 집권시에 나치스의 문예 아카데미 회원으로 추대받았으나 거절하다.
1935년	〈겨울의 로마〉를 쓰다(후에 《이탈리아 여행》에 수록).
1936년	《성년의 비밀 — 안거만의 수기에서》 출판.
1937년	이탈리아 여행. 〈라벤나의 추억〉, 〈테라치나의 하루〉, 〈베수비오 산상에서〉 등을 쓰다(후에 《이탈리아 여행에 수록).
1938년	프랑크푸르트 시의 괴테 상을 수상하다. 〈현대에 있어서의 괴테의 영향〉을 강연하다. 쾰른 대학에서 명예 박사 학위를 받다.
1939년	이탈리아의 쌍 레모 상을 받다. 〈파두아에서의 몇 시간〉을 쓰다(《이탈리아 여행》에 수록).
1941년	《아름다운 유혹의 시절》 출판. 나치의 선전 기관

	에 해당하는 유럽저작가연맹의 회장에 강제 취임되다. 〈친근한 로마〉를 쓰다 (후에 《이탈리아 여행》에 수록).
1942년	이탈리아 단독 여행. 〈이스키아에의 소여행〉,〈나폴리의 한낮〉,〈피렌체에서의 편지〉를 쓰다(《이탈리아 여행》에 수록). 아내 발레리에 사망.
1943년	〈서구의 비가〉 완성(후에 《이탈리아 여행》에 수록). 〈뮌헨의 하루〉를 쓰다(《이탈리아 여행》에 수록). 헤드비히와 재혼.
1945년	5월 7일 독일 무조건 항복. 1933년에서 이 무렵까지를 《이질異質의 세계》에서 상세히 묘사하다.
1946년	시집 《숲속의 빈터에 비친 별》(1940~45) 출판.
1947년	수필집 《이탈리아 여행》 출판.
1948년	70회 탄신일에 파사우 시의 명예 시민에 추대되다. 뮌헨 대학으로부터 명예 철학박사 학위를 받다. 다시 《한스 카로사에 대한 감사의 서書》가 출판되다.
1949년	두 권의 《전집》 간행.
1951년	《이질의 세계》 출판. 단편 〈1947년 늦여름의 하루〉가 첨가되다.
1953년	75회 탄신일에 서독 정부로부터 공로 대십자장功勞大十字章을 받다.
1955년	《젊은 의사의 수기》 출판.
1956년	의학 공로상을 수상. 9월 12일 파사우 근교의 리트쉬타이크에서 78세로 사망. 《늙은 요술쟁이》(미

	완) 출판.
1957년	《유년시절》,《젊은이의 변모》,《아름다운 유혹의 시절》,《젊은 의사의 수기》를 합본하여《어느 청춘의 이야기》로 출판.
1962년	인젤 출판사에서《한스 카로사 전집》출판.

▨ 옮긴이 소개

서울대 독문학과 졸업.
독일 뮌헨에서 독어독문학 연구.
서울대 교수, 독일학연구소장 역임. 문학박사.
독일 뮌헨대, 부퍼팔대, 하이델베르크대 교환교수.
한국독어독문학회 회장. 한국 카프카학회 회장.
한국문학번역원 원장 역임. 서울대 명예교수.
저서로《카프카문학 연구》《문학과 소외》
  《독일 현대작가와 문학이론》(공저)
  《독문학의 이해》등이 있음.
역서로《양철북》《파우스트》《어느 투쟁의 기록(외)》
  등이 있음.

젊은이의 변모   값 6,000원

1979년 6월 20일   초판 1쇄 발행
2003년 7월 15일   2판 1쇄 발행

  지은이   한 스   카 로 사
  옮긴이   박   환   덕
  펴낸이   윤   형   두
  펴낸데   범   우   사

  등 록   1966. 8. 3.   제 10-39호
  121-130   서울시 마포구 구수동 21-1호
  전 화   717-2121 · 2122 / FAX 717-0429

* 파본은 교환해 드립니다.   교정·편집/박준식·김지선
ISBN 89-08-03300-9 04850   (홈페이지) http://www.bumwoosa.co.kr
    89-08-03202-9 (세트)   (E-mail) bumwoosa@chollian.net

국내외 명작중 현대의 고전을 엄선한 획기적인 본격 비평문학선집
범우비평판 세계문학선

❶ 토마스 불핀치
- 1-1 그리스·로마 신화 최혁순 값 10,000원
- 1-2 원탁의 기사 한영환 값 10,000원
- 1-3 샤를마뉴 황제의 전설 이성규 값 8,000원

❷ 도스토예프스키
- 2-1.2 죄와 벌(상)(하) 이철(외대 교수) 각권 9,000원
- 2-3.4.5 카라마조프의 형제(상)(중)(하)
  김학수(전 고려대 교수) 값 9,000원
- 2-6.7.8 백치(상)(중)(하) 박형규 각권 7,000원
- 2-9.10 ,11 악령(상)(중)(하) 이철 각권 9,000원

❸ W. 셰익스피어
- 3-1 셰익스피어 4대 비극 이태주(단국대 교수)
  값 10,000원
- 3-2 셰익스피어 4대 희극 이태주 값 10,000원
- 3-3 셰익스피어 4대 사극 이태주 값 12,000원
- 3-4 셰익스피어 명언집 이태주 값 10,000원

❹ 토마스 하디
- 4-1 테스 김회진(서울시립대 교수) 값 10,000원

❺ 호메로스
- 5-1 일리아스 유영(연세대 명예교수) 값 9,000원
- 5-2 오디세이아 유영 값 9,000원

❻ 밀 턴
- 6-1 실낙원 이창배(동국대 교수) 값 10,000원

❼ L. 톨스토이
- 7-1.2 부활(상)(하) 이철(외대 교수) 각권 7,000원
- 7-3.4 안나 카레니나(상)(하) 이철 각권 12,000원
- 7-5.6.7.8 전쟁과 평화 1.2.3.4 박형규
  각권 10,000원

❽ 토마스 만
- 8-1 마의 산(상) 홍경호(한양대 교수) 값 9,000원
- 8-2 마의 산(하) 홍경호 값 10,000원

❾ 제임스 조이스
- 9-1 더블린 사람들 김종건(고려대 교수) 값 10,000원
- 9-2.3.4.5 율리시즈 1.2.3.4 김종건 각권 10,000원
- 9-6 젊은 예술가의 초상 김종건 값 10,000원
- 9-7 피네간의 경야(抄)·詩·에피파니 김종건
  값 10,000원
- 9-8 영웅 스티븐·망명자들 김종건 값 12,000원

❿ 생 텍쥐페리
- 10-1 전시 조종사(외) 조규철 값 8,000원
- 10-2 젊은이의 편지(외) 조규철·이정림 값 7,000원
- 10-3 인생의 의미(외) 조규철(외대 교수) 값 7,000원
- 10-4.5 성채(상)(하) 염기용 값 8,000원~10,000원
- 10-6 야간비행(외) 전채린·신경자 값 8,000원

⓫ 단테
- 11-1.2 신곡(상)(하) 최현 값 9,000원

⓬ J. W. 괴테
- 12-1.2 파우스트(상)(하) 박환덕 값 7,000원~8,000원

⓭ J. 오스틴
- 13-1 오만과 편견 오화섭(전 연세대 교수) 값 9,000원

⓮ V. 위 고
- 14-1.2.3.4.5 레 미제라블 1~5 방곤 각권 8,000원

⓯ 임어당
- 15-1 생활의 발견 김병철 값 12,000원

⓰ 루이제 린저
- 16-1 생의 한가운데 강두식(전 서울대 교수)
  값 7,000원

⓱ 게르만 서사시
- 17-1 니벨룽겐의 노래 허창운(서울대 교수)
  값 13,000원

⓲ E. 헤밍웨이
- 18-1 누구를 위하여 종은 울리나
  김병철(중앙대 교수) 값 10,000원
- 18-2 무기여 잘 있거라(외) 김병철 값 12,000원

⓳ F. 카프카
- 19-1 성 박환덕(서울대 교수) 값 10,000원
- 19-2 변신 박환덕 값 10,000원
- 19-3 심판 박환덕 값 8,000원
- 19-4 실종자 박환덕 값 9,000원
- 19-5 어느 투쟁의 기록(외) 박환덕 값 12,000원

⓴ 에밀리 브론테
- 20-1 폭풍의 언덕 안동민 값 8,000원

㉑ 마거릿 미첼
- 21-1.2.3 바람과 함께 사라지다(상)(중)(하)
  송관식·이병규 각권 10,000원

㉒ 스탕달
- 22-1 적과 흑 김붕구 값 10,000원

㉓ B. 파스테르나크
- 23-1 닥터 지바고 오재국(전 육사교수) 값 10,000원

㉔ 마크 트웨인
- 24-1 톰 소여의 모험 김병철 값 7,000원
- 24-2 허클베리 핀의 모험 김병철 값 9,000원
- 24-3.4 마크 트웨인 여행기(상)(하) 박미선
  각권 10,000원

작가별 작품론을 함께 실어 만든 출판 37년이 일궈낸 세계문학의 보고!

대학입시생에게 논리적 사고를 길러주고 대학생에게는 사회진출의 길을 열어주며, 일반 독자에게는 생활의 지혜를 듬뿍 심어주는 문학시리즈로서 범우비평판은 이제 독자여러분의 서가에서 오랜 친구로 늘 함께 할 것입니다.

- ㉕ 조지 오웰
  - 25-1 동물농장·1984년 김회진 값 10,000원
- ㉖ 존 스타인벡
  - 26-1,2 분노의 포도(상)(하) 전형기 각권 7,000원
  - 26-3,4 에덴의 동쪽(상)(하) 이성호(한양대 교수) 각권 9,000원~10,000원
- ㉗ 우나무노
  - 27-1 안개 김현창(서울대 교수) 값 7,000원
- ㉘ C. 브론테
  - 28-1,2 제인 에어(상)(하) 배영원 각권 8,000원
- ㉙ 헤르만 헤세
  - 29-1 향수와 사랑·싯다르타 홍경호 값 9,000원
  - 29-2 데미안·크눌프·로스할데 홍경호 값 9,000원
  - 29-3 페터 카멘친트·게르트루트 박환덕(서울대 교수) 값 9,000원
  - 29-4 유리알 유희 박환덕 값 12,000원
- ㉚ 알베르 카뮈
  - 30-1 페스트·이방인 방 곤(경희대) 값 9,000원
- ㉛ 올더스 헉슬리
  - 31-1 멋진 신세계(외) 이상규·허정애 값 10,000원
- ㉜ 기 드 모파상
  - 32-1 여자의 일생·단편선 이정림 값 10,000원
- ㉝ 투르게네프
  - 33-1 아버지와 아들 이정림 값 9,000원
  - 33-2 처녀지·루딘 김학수 값 10,000원
- ㉞ 이미륵
  - 34-1 압록강은 흐른다(외) 정규화(성신여대 교수) 값 10,000원
- ㉟ T. 드라이저
  - 35-1 시스터 캐리 전형기(한양대 교수) 값 12,000원
  - 35-2,3 미국의 비극(상)(하) 김병철 각권 9,000원
- ㊱ 세르반떼스
  - 36-1 돈 끼호떼 김현창(서울대 교수) 값 12,000원
  - 36-2 (속)돈 끼호떼 김현창(서울대 교수) 값 13,000원
- ㊲ 나쯔메 소세키
  - 37-1 마음·그 후 서석연 값 12,000원
- ㊳ 플루타르코스
  - 38-1~8 플루타르크 영웅전 1~8 김병철 각권 8,000원~9,000원
- ㊴ 안네 프랑크
  - 39-1 안네의 일기(외) 김남석·서석연(전 동국대 교수) 값 9,000원
- ㊵ 강용흘
  - 40-1 초당 장문평(문학평론가) 값 10,000원
  - 40-2 동양선비 서양에 가시다 유영(연세대 교수) 값 12,000원
- ㊶ 나관중
  - 41-1~5 원본 三國志 1~5 황병국(중국문학가) 값 10,000원
- ㊷ 귄터 그라스
  - 42-1 양철북 박환덕(서울대 교수) 값 10,000원
- ㊸ 아쿠타가와류노스케
  - 43-1 아쿠타가와 작품선 진웅기·김진욱(번역문학가) 값 10,000원
- ㊹ F. 모리악
  - 44-1 떼레즈 데케루·밤의 종말(외) 전채린(충북대 교수) 값 8,000원
- ㊺ 에리히 M. 레마르크
  - 45-1 개선문 홍경호(한양대 교수·문학박사) 값 12,000원
  - 45-2 그늘진 낙원 홍경호·박상배(한양대) 값 8,000원
  - 45-3 서부전선 이상없다(외) 박환덕(서울대 교수) 값 12,000원
- ㊻ 앙드레 말로
  - 46-1 희망 이가형(국민대 대우교수) 값 9,000원
- ㊼ A. J. 크로닌
  - 47-1 성채 공문혜(번역문학가) 값 9,000원
- ㊽ 하인리히 뵐
  - 48-1 아담 너는 어디 있었느냐(외) 홍경호(한양대 교수) 값 8,000원
- ㊾ 시몬느 드 보봐르
  - 49-1 타인의 피 전채린(충북대 교수) 값 8,000원
- ㊿ 보카치오
  - 50-1,2 데카메론(상)(하) 한형곤(외국어대 교수) 각권 11,000원
- ㊿+① R. 타고르
  - 51-1 고라 유영(연세대 명예교수) 값 13,000원
- ㊿+② R. 롤랑
  - 52-1~5. 장 크리스토프 김창석(번역문학가) 값 12,000원
- ㊿+③ 노발리스
  - 53-1 푸른꽃 이유영(전 서강대 교수) 값 9,000원

(全冊 새로운 편집·장정 / 크라운변형판)
계속 발간됩니다.

범우사 E-mail:bumwoosa@chol.com TEL 02)717-2121

주머니 속에 내 친구를!
범우문고

독서의 생활화와 양질의 도서를 보급키 위해 문학·사상·고전·철학·역사·학술분야를 망라한 종합교양문고로, 언제 어디서나 누구든지 저렴한 가격으로 부담없이 읽을 수 있는 책!

▶각권 값 2,000~3,000원, 계속펴냅니다.

1 수필 피천득
2 무소유 법정
3 바다의 침묵(외) 베르코르/조규철·이정림
4 살며 생각하며 미우라 아야코/진웅기
5 오, 고독이여 F.니체/최혁순
6 어린 왕자 A.생 텍쥐페리/이정림
7 톨스토이 인생론 L.톨스토이/박형규
8 이 조용한 시간에 김우종
9 시지프의 신화 A.카뮈/이정림
10 목마른 계절 전혜린
11 젊은이여 인생을… A.모르아/방곤
12 채근담 홍자성/최현
13 무진기행 김승옥
14 공자의 생애 최현 엮음
15 고독한 당신을 위하여 L.린저/곽복록
16 김소월 시집 김소월
17 장자 장자/허세욱
18 예언자 K.지브란/유제하
19 윤동주 시집 윤동주
20 명정 40년 변영로
21 산사에 심은 뜻은 이청담
22 날개 이상
23 메밀꽃 필 무렵 이효석
24 애정은 기도처럼 이영도
25 이브의 천형 김남조
26 탈무드 M.토케이어/정진태
27 노자도덕경 노자/황병국
28 갈매기의 꿈 R.바크/김진욱
29 우정론 A.보나르/이정림
30 명상록 M.아우렐리우스/황문수
31 젊은 여성을 위한 인생론 P.벅/김진욱
32 B사감과 러브레터 현진건
33 조병화 시집 조병화
34 느티의 일월 모윤숙
35 로렌스의 성과 사랑 D.H.로렌스/이성호
36 박인환 시집 박인환
37 모래톱 이야기 김정한
38 창문 김태길
39 방랑 H.헤세/홍경호
40 손자병법 손무/황병국
41 소설·알렉산드리아 이병주
42 전략 A.카뮈/이정림
43 사노라면 잊을 날이 윤형두
44 김삿갓 시집 김병연/황병국
45 소크라테스의 변명(외) 플라톤/최현
46 서정주 시집 서정주
47 사람은 무엇으로 사는가 L.톨스토이/김진욱
48 불가능은 없다 R.슐러/박호순
49 바다의 선물 A.린드버그/신상웅
50 잠 못 이루는 밤을 위하여 C.힐티/홍경호
51 딸깍발이 이희승
52 몽테뉴 수상록 M.몽테뉴/손석린
53 박재삼 시집 박재삼
54 노인과 바다 E.헤밍웨이/김회진
55 향연·뤼시스 플라톤/최현
56 젊은 시인에게 보내는 편지 R.릴케/홍경호
57 피천득 시집 피천득
58 아버지의 뒷모습(외) 주자청(외)/허세욱(외)
59 현대의 신 N.쿠치키(편)/진철승
60 별·마지막 수업 A.도데/정봉구
61 인생의 선용 J.러보크/한영환
62 브람스를 좋아하세요… F.사강/이정림
63 이동주 시집 이동주
64 고독한 산보자의 꿈 J.루소/염기용
65 파이돈 플라톤/최현
66 백장미의 수기 I.숄/홍경호
67 소년 시절 H.헤세/홍경호
68 어떤 사람이기에 김동길
69 가난한 밤의 산책 C.힐티/송영택
70 근원수필 김용준
71 이방인 A.카뮈/이정림
72 롱펠로 시집 H.롱펠로/윤삼하
73 명사십리 한용운
74 왼손잡이 여인 P.한트케/홍경호
75 시민의 반항 H.소로/황문수
76 민중조선사 전석담
77 동문서답 조지훈
78 프로타고라스 플라톤/최현
79 표본실의 청개구리 염상섭
80 문주반생기 양주동
81 신조선혁명론 박열/서석연
82 조선과 예술 야나기 무네요시/박재삼
83 중국혁명론 모택동(외)/박광종 엮음
84 탈출기 최서해

85 바보네 가게 박연구	138 요로원야화기 김승일
86 도왜실기 김구/엄항섭 엮음	139 푸슈킨 산문 소설집 푸슈킨/김영국
87 슬픔이여 안녕 F.사강/이정림·방곤	140 삼국지의 지혜 황의백
88 공산당 선언 K.마르크스·F.엥겔스/서석연	141 슬견설 이규보/장덕순
89 조선문학사 이명선	142 보리 한흑구
90 권태 이상	143 에머슨 수상록 에머슨/윤삼하
91 내 마음속의 그들 한승헌	144 이사도라 덩컨의 무용에세이 I.덩컨/최혁순
92 노동자강령 F.라살레/서석연	145 북학의 박제가/김승일
93 장씨 일가 유주현	146 두뇌혁명 T.R.블랙슬리/최현
94 백설부 김진섭	147 베이컨 수상록 베이컨/최혁순
95 에코스파즘 A.토플러/김진욱	148 동백꽃 김유정
96 가난한 농민에게 바란다 N.레닌/이정일	149 하루 24시간 어떻게 살 것인가 A.베넷/이은순
97 고리키 단편선 M.고리키/김영국	150 평민한문학사 허경진
98 러시아의 조선침략사 송정환	151 정선아리랑 김병하·김연갑 공편
99 기재기이 신광한/박헌순	152 독서요법 황의백 엮음
100 홍경래전 이명선	153 나는 왜 기독교인이 아닌가 B.러셀/이재황
101 인간만사 새옹지마 리영희	154 조선사 연구(草) 신채호
102 청춘을 불사르고 김일엽	155 중국의 신화 장기근
103 모범경작생(외) 박영준	156 무병장생 건강법 배기성 엮음
104 방망이 깎던 노인 윤오영	157 조선위인전 신채호
105 찰스 램 수필선 C.램/양병석	158 정감록비결 편집부 엮음
106 구도자 고은	159 유태인 상술 후지다 덴
107 표해록 장한철/정병욱	160 동물농장 조지 오웰
108 월광곡 홍난파	161 신록 예찬 이양하
109 무서록 이태준	162 진도 아리랑 박병훈·김연갑
110 나생문(외) 아쿠타가와 류노스케/진웅기	163 책이 좋아 책하고 사네 윤형두
111 해변의 시 김동석	164 속담에세이 박연구
112 발자크와 스탕달의 예술논쟁 김진욱	165 중국의 신화(후편) 장기근
113 파한집 이인로/이상보	166 중국인의 에로스 장기근
114 역사소품 곽말약/김승일	167 귀여운 여인(외) A.체호프/박형규
115 체스·아내의 불안 S.츠바이크/오영옥	168 아리스토파네스 희곡선 아리스토파네스/최현
116 복덕방 이태준	169 세네카 희곡선 테렌티우스/최현
117 실천론(외) 모택동/김승일	170 테렌티우스 희곡선 테렌티우스/최현
118 순오지 홍만종/전규태	171 외투·코 고골리/김영국
119 직업으로서의 학문·정치 M.베버/김진욱(외)	172 카르멘 메리메/김진욱
120 요재지이 포송령/진기환	173 방법서설 데카르트/김진욱
121 한설야 단편선 한설야	174 페이터의 산문 페이터/이성호
122 쇼펜하우어 수상록 쇼펜하우어/최혁순	175 이해사회학의 카테고리 막스 베버/김진욱
123 유태인의 성공법 M.토케이어/진웅기	176 러셀의 수상록 러셀/이성규
124 레디메이드 인생 채만식	177 속악유희 최영년/황순구
125 인물 삼국지 모리야 히로시/김승일	178 권리를 위한 투쟁 R.예링/심윤종
126 한글 명심보감 장기근 옮김	179 돌과의 문답 이규보/장덕순
127 조선문화사서설 모리스 쿠랑/김수경	180 성황당(외) 정비석 엮음
128 역옹패설 이제현/이상보	181 양쯔강(외) 펄벅/김병걸
129 문장강화 이태준	182 봄의 수상(외) 조지 기싱/이창배
130 중용·대학 차주환	183 아미엘 일기 아미엘/민희식
131 조선미술사연구 윤희순	184 예언자의 집에서 토마스만/박환덕
132 옥중기 오스카 와일드/임헌영	185 모자철학 가드너/이창배
133 유태인식 돈벌이 후지다 덴/지방훈	186 짝 잃은 거위를 곡하노라 오상순
134 가난한 날의 행복 김소운	187 무하선생 방랑기 김상용
135 세계의 기적 박광순	
136 이퇴계의 활인심방 정숙	
137 카네기 처세술 데일 카네기/전민식	

범우사 E-mail:bumwoosa@chol.com TEL 02)717-2121

범우고전선

시대를 초월해 인간성 구현의 모범으로 삼을 만한 책을 엄선

온고지신(溫故知新)으로 21세기를!

1	유토피아 토마스 모어/황문수		29	국부론(상) A. 스미스/최호진·정해동
2	오이디푸스王 소포클레스/황문수		30	국부론(하) A. 스미스/최호진·정해동
3	명상록·행복론 M.아우렐리우스·L.세네카/황문수·최현		31	펠로폰네소스 전쟁사(상) 투키디데스/박광순
4	깡디드 볼떼르/염기용		32	펠로폰네소스 전쟁사(하) 투키디데스/박광순
5	군주론·전술론(외) 마키아벨리/이상두		33	죠子 차주환 옮김
6	사회계약론(외) J. 루소/이태일·최현		34	이방강역고 정약용/이민수
7	죽음에 이르는 병 키에르케고르/박환덕		35	서구의 몰락 ① 슈펭글러/박광순
8	천로역정 존 버니언/이현주		36	서구의 몰락 ② 슈펭글러/박광순
9	소크라테스 회상 크세노폰/최혁순		37	서구의 몰락 ③ 슈펭글러/박광순
10	길가메시 서사시 N. K. 샌다즈/이현주		38	명심보감 장기근
11	독일 국민에게 고함 J.G. 피히테/황문수		39	월든 H. D. 소로/양병석
12	히페리온 F. 횔덜린/홍경호		40	한서열전 반고/홍대표
13	수타니파타 김운학 옮김		41	참다운 사랑의 기술과 허튼 사랑의 질책 안드레아스/김영락
14	쇼펜하우어 인생론 A. 쇼펜하우어/최현		42	종합 탈무드 마빈 토케이어(외)/전풍자
15	톨스토이 참회록 L. N. 톨스토이/박형규		43	백운화상어록 백운화상/석찬선사
16	존 스튜어트 밀 자서전 J. S. 밀/배영원		44	조선복식고 이여성
17	비극의 탄생 F. W. 니체/곽복록		45	불조직지심체요절 백운선사/박문열
18-1	에 밀(상) J. J. 루소/정봉구		46	마가렛 미드 자서전 M.미드/최혁순·최인옥
18-2	에 밀(하) J. J. 루소/정봉구		47	조선사회경제사 백남운/박광순
19	팡 세 B. 파스칼/최현·이정림		48	고전을 보고 세상을 읽는다 모리야 히로시/김승일
20-1	헤로도토스 歷史(상) 헤로도토스/박광순		49	한국통사 박은식/김승일
20-2	헤로도토스 歷史(하) 헤로도토스/박광순		50	콜럼버스 항해록 라스 카사스 신부 엮음/박광순
21	성 아우구스티누스 고백록 A.아우구스티누/김광윤		51	삼민주의 쑨원/김승일(외) 옮김
22	예술이란 무엇인가 L. N. 톨스토이/이철		52-1	나의 생애(상) L. 트로츠키/박광순
23	나의 투쟁 A. 히틀러/서석연		52-1	나의 생애(하) L. 트로츠키/박광순
24	論語 황병국 옮김		53	북한산 역사지리 김윤우
25	그리스·로마 희곡선 아리스토파네스(외)/최현		54-1	몽계필담(상) 심괄/최병규
26	갈리아 戰記 G. J. 카이사르/박광순		54-1	몽계필담(하) 심괄/최병규
27	善의 연구 니시다 기타로/서석연			
28	육도·삼략 하재철 옮김			▶ 계속 펴냅니다

범우사 서울시 마포구 구수동 21-1호 TEL 717-2121, FAX 717-0429
http://www.bumwoosa.co.kr (E-mail) bumwoosa@chollian.net